翻開這本書，讓你隨時遇見大作家！

浮生情海—兩岸現代文學評賞

朱嘉雯 著

五南圖書出版公司 印行

追尋美麗的溫柔

也許每一位男性作家的心靈深處，都躲藏著一個時而溫馴，時而狂野的美麗女子。她們在林語堂的筆下，便成了抗拒禮教、勇敢追求自我生命理想的青春寡婦。老作家說，那是一朵人間最嬌豔的紅牡丹；若是在葉石濤的心目中，則又幻化爲臺南府城花草古街上，最性感，同時也最悲傷的遲暮美人，她因爲戰爭，失去了青春，以及一生的摯愛；到了李喬的長篇鉅作進而轉化爲影視作品時，其中的女子個個都是保家衛國的男人身後最堅實的後盾。沒有她們堅守家園、昂然挺立的姿態，客家精神中大地之母的意象，將無從落實。有時女人也隨著一陣風，輾轉漂

離了本土，跟著遷臺大軍駐足於島嶼之境，那麼她便是梁實秋一生最欽佩的好妻子，即使戰火連天、盜匪入侵，她也能憑著自己的適應力，以及卓越的智慧，安然恬適地度過生命中的每一天。

女人，在眾多男性作家的心中也是一帖治病的良藥，撫慰了亂離歲月中所造成的心病與傷痛。他們一再地書寫女性，藉此抒發了滿腔憂懷的憤懣，和數不盡的傷感，心靈也因此獲得了片時的寧靜。當男作家筆下出現了具體而深刻的女性時，他會傾盡全力將畢生的夢想、幻想、理想，和情感的寄託、情慾的對象，投射在這些女子的身上，因此女人有時也是男性藝術家和創作者的一面隱藏在心中的鏡子，隨時照見作家的心象。於是我們在閱讀中，隨著書裡女子堅毅的步伐，最後終將來到一個男人的面前，我們會聽見他心裡最眞實的呼喚。像是曹雪芹筆下的林黛玉，空有才華，心性高潔，自尊心強而目下無塵，她因此比賈寶玉更貼近作家的內心獨白！又像是蘭陵笑笑生傾心描繪的潘金蓮，那些情態萬千的媚笑與低頭，只有另一位男性作家張竹坡最懂。還是法國小說家福樓拜最為痛快！他直言不諱：「包法利夫人就是我！」男人總是細細地描繪女人，然後在其軀殼裡填進自己的靈魂！

男人寫女人，是為了愛；女人寫女人，卻是為了自己。羅蘭在兩度戀愛失意之後，毅然決然地提起皮箱，遠走他方，從河北靳家隻身渡海來臺，落腳臺北。重新出發，是希望重拾屬於自己的感情和生活。徐鍾珮在板蕩顛沛之間，仍有餘裕照顧身旁一塊兒逃難的兒童和病弱者，並且在臺北川端橋一帶找到了值得品賞的美麗景緻，她藉此抒懷胸臆，寫出自我生命中潛藏已久的一首詩。胡品清酷愛音樂，而且一生用中、英、法三種語言寫作，婚後曾隨夫婿派駐泰國曼谷，對著湄南河溫柔、永恆的流水，寫下唯美浪漫的散文與詩篇。寓臺後為當時的陽明文化學院籌備法文系，山居歲月容她靜靜地品味生活、點評文學，並帶著波特萊爾的詩興，隨時隨地欣賞鄰家的園林和彩葉，同時遙想起家鄉風土的一草一木。女性藉由文學寫作，爲自己的生活創造美學，重新點燃生命的熱情，然後溫習著一切美好的回憶與眞實的感動！

男人寫女人，採取仰視的角度，雕琢出玲瓏有緻的三百六十度具體美麗形象來；女人寫女人，採取挖掘的態度，層層剝除外在的虛幻與僞裝，最終卻落得一身疲憊、不堪與無限寂寥。張愛玲一直在自己婚姻的泥沼中匍匐，猛抬頭，便又掉進了所有女子都曾陷溺的難堪處境。女作家總是變著法兒描述自己的心理和境遇，所以寫丁阿小就是寫她自己，寫婁太太也是寫自己，淳于敦鳳是，白流蘇、顧曼楨、王佳芝、曹七巧……都是。她直言不諱，令人爲之冷汗涔流，待要相信人性中依舊存在著溫情，又恐將來唯一受傷的正是自己。女性愈寫愈深，她們個個都苦於無法自拔，更有那新時期以降的大陸女作家群，踩著前人愛情的苦果，在新世紀這個純屬於個人輝煌的年代裡，咀嚼著自己的寂寞與豐盈，只有在午夜夢迴時分，才獨自深切地體會到，豐盈的是生活，寂寞的是——生命。

朱嘉雯

目錄

第一章

林語堂的女性文學

雲想衣裳花想容

牡丹作爲中國古典文學中的一種特殊意象，具有濃郁的民族氣息。猶如西方崇尚玫瑰，以花露滋養愛情，遍灑繽紛的落英點染了情人們的浪漫天堂……，中國人素以牡丹爲國色天香，在清代李汝珍的《鏡花緣》裡，牡丹仙子貴爲花中之王，爲了堅持「一枝一朵，悉遵定數而開」的信念，既不肯盲從於懦弱的群芳，更不惜得罪人間女皇。溫婉中不失骨氣的柔媚風度，令人風靡。這世界如果沒有花香雲影，逝去的時間何處找尋？那些曾經洋溢著歡愉和甜蜜的春日早晨，曾經如此美好的夏日午後，人們漂浮在馥郁的香海和千姿百態的天光雲影裡，當回憶來到眼前，作家隨即捕捉了它的聲音與色彩，終於使得藝術克服了時間，達到永恆。使我們原本寒慄的心，因爲往日情懷的浸潤，似水溫柔的包裹，而逐漸地溫暖起來。

唐代的浪漫詩人李白以〈清平調〉誦聖：朝雲做衣裳，牡丹爲容顏，賦予了楊貴妃千百年來富麗性感的女神風采。「一枝紅豔露凝香，雲雨巫山枉斷腸」，兩句詩綰合了〈高唐〉、〈神女〉中的朝雲，與輝煌芬芳的牡丹。自隋、唐到北宋，國色天香的花魁之尊，逐步地爲牡丹的悅賞品鑑加冕，猶如梅蘭竹菊各自所擁有的典型文化意涵，嬌豔絢麗的牡丹在色澤與姿態上的視覺藝術，向世人傳遞了溫婉富貴、端莊忍情的精神面貌。從明代徐渭到現代畫家齊白石，「潑墨牡丹」也許神態各異，雲彩般的變化不羈與團團緋紅的多情嬌態，氣韻生動、華麗飽滿，卻不似玫瑰有刺傷人。

《紅樓夢》第六十三回賈寶玉的慶生遊戲是將竹雕籤筒裡的象牙花籤搖一搖，薛寶釵笑著伸手抽出一籤，上繪牡丹一枝，題詞曰：「豔冠群芳」，背後還有一行小字：「任是無情也動人。」怡紅公子賈寶玉此時耳裡聽著芳官細細吟唱崑曲《賞花時》，口內則反覆咀嚼那一行小字。

以花比人，是亙古以來的文學命題，回顧宋人小說裡，楊妃像初夏的牡丹，風華正盛；名妓李師師幽姿逸韻如畫中醉了的春杏；《紅樓夢》裡的林黛玉泛紅的臉兒壓倒了桃花；海棠詩社的探春則是又紅又香的多刺玫瑰……。著名作家林語堂的長篇小說，亦往往以花喻人，收到暗示女主人公性情特徵的修辭效果。例如：《京華煙雲》裡的女主角——姚木蘭，即以花爲名。她生而有一種理念伴隨著她的行爲處世，隨時隨地展現脫俗的雅意。木蘭花雅潔而不浮誇，自然流露出雍容大氣的馥郁馨香，豈容人等閒視之？我們在花香裡欣賞這位以花爲名的女主角，她有時俏皮地隨興吹口哨、投石頭、脫鞋下水，甚至激越地暢懷高歌，任情適性。林語堂多部小說中的女主角，事實上是體現了作者自己對於自然美與愛情美融合爲一的渴望。姚木蘭從青春到遲暮，執著愛著孔立夫，卻直到她冒著生命與名節的危險從直系總司令官手中拿到赦免令，救出立夫的那一刻，孔立夫才終於體會出木蘭的深情，那是一份用生命去關懷自己的摯愛與深情。

木蘭花的華美，是擁有一種低調的素雅質感。她的存在也是以始終縈迴著嗅覺的魅力，提醒了我們含笑、夜合的嬌美可人，以及木蘭白花綠葉的完美組合。在小說裡，姚木蘭確實也有一種雅潔慧黠的獨立姿態，引人羨慕。她嫁給曾蓀亞時婚禮上的嫁妝、筵席、音樂、煙火……，還有蓀亞自幼年起對她忠實的愛，使她成爲高踞世界頂峰的嬌嬌女。只不過在那世人無從窺探的幽僻神祕的情海深處，她卻別有一番心思，這段與世俗的眼眸交錯而迴避閃爍、猶疑難言的神色，是作家捕捉木蘭最幽深委婉的心靈話語。跨越了《紅樓夢》的陰柔唯美，姚木蘭柔中帶剛的本色，也正是林語堂的精神化身。她／他熱愛生活，善於捕捉世間美好的事物，在媒妁之言的保守年代裡，婚後依然無拘無束地與另一半攜手遊賞御河中的芙蕖，吃小館兒、看電影，頗有《八十自敘》裡作家自我描述的生活趣味：

> 逛街就是唯一的運動，還有喜歡在警察看不見時，躺臥在紐約中央公園的草地上。

總而言之，「我要有流露自我本色的自由。」林語堂最欣賞《浮生六記》裡的芸，她和木蘭一樣懷抱著親近大自然的夢想。芸對夫婿說：「布衣菜飯可樂終身。」在婚姻生活裡，鑽營禮教的縫隙，尋找人間樂園。足跡所至，滄浪亭、太湖船，隨風品酒清歌、賞月賞花，興致雅趣接近晚明人文性靈的藝術家生涯，用歷史、地理、文學等豐厚的文化底蘊來過日子，並在每個新鮮的天光裡，讓重新詮釋眼底自然風月的靈感源源不絕地湧現。姚木蘭也願與曾蓀亞一同完成漁翁船婦、歸隱山林的願望，儘管他們大多數的時光，僅是「腰纏十萬貫，騎鶴下揚州」，然而木蘭眞正覺得生活樂趣多、意義非凡的時日，卻正是南遷杭州，捨綾羅穿布衣，拿鍋鏟刮掉鍋底黑煙的平靜歲月。

彷彿又回到了青春

在人的心靈隱蔽的深處，社會上的批評是達不到的。

林語堂針對姚木蘭愛戀孔立夫，在道德評價上，曾如是說。這顯示他對感情的道德觀還有一點不自覺的侷限與無形的門框。不倫的情愛只能隱匿在內心的深處，終身無由見天日。

倘若木蘭的熱戀發生於今日，她會和曾家解除婚約，還我自由。但是當時古老的婚姻制度還屹立不搖，她的一片芳心，雖然私屬於立夫，自己卻不敢坦然承認這違背名教的感覺。同時，她對蓀亞的愛也從來沒有懷疑過。只是她對立夫的愛，是深深地藏在內心的角落裡的。

林語堂留學德國時，曾到東部一座美麗的小城，參觀大詩人歌德的童年之家，想起《少年維特的煩惱》，不禁心動神馳。書中的維特愛上已有婚約的綠蒂，但是他不退卻。他的感情熱烈而思想高貴，他具有童眞，也很有個性，他不在乎世俗的眼光，不願虛僞地奉承所有未使他心悅誠服的事物。就是這一份信念在林語堂的思想裡，在他各時期的創作中，吐蕊開花。我們輕易分辨不出藝術和生活的界線，因爲兩者正有機地結合，因而使得作品情眞意切。姚木蘭的身上，有林語堂式的樂觀與理想性，既反映了他的思想感情，也從而折射出他以天性與時代社會所產生的多重對話。

及至晚年寫作《紅牡丹》時，故事的時代背景不變，作者卻已經完全將門第觀念、三從四德等教條與世俗想法，用女主人公櫻桃般的紅脣，一一駁倒。故事的開端，牡丹以寡婦之身登場，臺詞卻是抨擊守節的惡習，使得老夫子一驚非小，結結巴巴地說：「要寡婦守節是宋儒開的端。」牡丹隨即說道：「由漢到唐，沒有一位儒家提到『理』。難道宋朝的理學家才是對的，孔夫子反而錯嗎？他們把『理』字高高抬起，壓抑了人性。其實漢唐的學者並不曾這樣說過。他們甚至認爲順乎人性才是聖賢所講的人生理想。理和人性應該是同一件事。都是因爲理學的興起，才導致人們開始把人性看做是罪惡而予以壓制。」

牡丹的愛情觀和中國傳統主流文化中的道德觀，存在著不可能忽視的鴻溝，也許林語堂將自己對西方近代思潮中有關女性解放的觀念，帶進了晚清仕紳階層中新寡的少婦身上。如果是這樣的話，那麼牡丹無疑是作家思想中長期以來受到中西文化碰撞而擦出的一朵璀璨的火花。作者將自我胸中大量的思想感情，經過提煉而濃縮在牡丹的精神世界裡。因此每當牡丹感到傳統道德壓抑得使她透不過氣時，她就用生理的衝動逾越禮教的矩度。

在與梁孟嘉的戀愛過程中，孟嘉一開始便很清楚地知道：牡丹是個禮教的叛徒。牡丹也就理直氣壯地說：「總得有人甘冒社會指責的風險來完成一項創舉。人若一心非做一件事不可，他就能做到。儒家的名教思想把女人壓得太厲害了。你們男人是高高在上，女人是被壓在下面的。」孟嘉顯出驚異的神情。作爲一位辭章專家和飽學的翰林學士，他想到的是，這樣有力的文句，若能寫在文章裡就好了。他希望牡丹再說一遍，好讓他銘記在心。

「我說儒家的名教思想把女人壓得太厲害了。我們女人實在受不了。男人說天下文章必須要文以載道，由他們去說吧。可是我們女人可載不起這個道啊！」孟嘉不由得流露出一副賞識的神情說：「我若是主考官，若是女人也可以去趕考的話，我必定錄取妳。」留德時期的那份文學的感動，少年歌德的叛逆精神、反抗意識，又再度燃燒了林語堂的筆，而且更熾熱於以往。他一生眞心嚮往的是，人性本眞的自然流露。他和他筆下的牡丹一樣蔑視禮教拘束，甚至斬釘截鐵地指出：寡婦當然擁有戀愛的自由。而且還要愛得轟轟烈烈，就像維特摯愛綠蒂一樣，即使在她婚後，依然不變。

在小說對話中充分地表達了女性的自我，牡丹和孟嘉的戀愛也就逐步地建立在精神與思想的基石上了。牡丹甚至用她的特立獨行開啓了孟嘉長期於禮教哺育下，重重關閉的心門。他們從鋪石子兒的黑暗小巷往船上走，堂妹的手搭在堂兄的肩上，順著泥濘的小巷沿河岸下坡走去。這一刻，孟嘉彷彿又回到了青春。他的心情已經很久都沒有這麼輕鬆放逸過了。因爲在黑暗裡，一切沒有了顧忌。他覺得彷彿是和一個不知來自何方的迷人的精靈走在一起，這個精靈把他這些年來生活中的孤身幽獨搶奪而去。原來，愛本身具有掠奪性。

牡丹在往後的書信中，記下了這段心情：「愛，表露在每一次的身體力行裡。我還記得他從路旁水溝中爬上來的時候，臉上、衣上都濺著汙泥點點，我感到他青春的情感與強壯的身體。我想要大笑，就因爲我的一句話，他竟然跳入溝中。我至今不能忘懷。

還有我們兩人散步在東單牌樓下，他矯健有力的青春步履，輕靈而迅速。他兩肩寬挺，兩臂肌腱結實，抓住我時，我竟感到疼痛。……他說，在男人的心目中，女人的性感，全在肉體上。其實在女人的心目中，男人的性感，也在肉體上。」「我想，愛情，愛情的美麗，全在熾熱的相思，尤其是分離的時候，遭遇磨難的時候，理性想像與感性矛盾互相衝突而引起心魂蕩漾、六神無主的時候。有愛情而無悲傷，有愛情而無相思，天下哪有這種事？」「愛情一定是悲劇之母，否則豈不成了淺薄的鬧劇或家常便飯？但是爲什麼是這樣呢？我也不太清楚。哪一天一定要當面向孟嘉請教。在我和他分手之後，有沒有可能再度愛他？」

比起木蘭對於感情與人生的含藏與內蘊，牡丹則是積極地衝破了傳統人倫分際的網羅，勇於奔向愛情的洋流，歲歲年年嬉遊於自在的浪花裡，不知所終。孟嘉和牡丹雙雙感覺到了一種難以言喻的默契，他們誰也不知道彼此的手是怎麼湊到一處的，牡丹發覺自己依偎在堂兄的懷裡，有股力量把自己抱得很緊，而自己也緊緊地擁抱對方，他們知道這是雙方互相愛慕的肢體語言，只是再熱切地相擁也不能燃盡那熾烈的情感於萬一。牡丹把臉轉向堂兄，堂兄低下頭吻她的脣，不顧一切。誰也不能再說出一句話來。這赤裸裸熱情爆發的那一刻，任何一個字都是多餘。擁吻之後，牡丹醒來，這時嗅到了原野上飄來丁香的優雅芬芳。堂兄的手指掠順堂妹的頭髮，牡丹但願這柔情似水的撫摩永無止境。「我本來愛紫羅蘭，從今天起，我只愛丁香了。……這些年我一直在尋找這種愛，這種愛才有道理，才使人覺得不虛此生。對我來說，只要我知道你愛我，就算今後再也見不到你，我也很滿足了。即使我被關在監獄裡，我的心也是自由的。」

好想淋一場雨

牡丹的愛是衝出禮教，逃向自由的必經之路。她對社會的價值標準完全不屑一顧，就好像她是從宇宙中另外一個星球上飛來的一樣。這奇女子對學問家的濃情蜜意，是木蘭愛立夫的激情版，也是探索林語堂思想中，女性意識與愛情觀的入口。如果木蘭的吹吹口哨、擲擲小石子已經逾越了傳統淑女的規範，那麼牡丹的趁興淋一場大雨，則更加突顯了作者樂意用淋浴、玩耍來形象化赤子之心的思想境界。

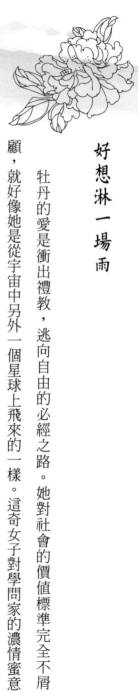

在某個喜怒無常的季節裡，天空飄來一片烏雲，涼風掠過花園上空，白梅的花片翻飛於風中，明顯是暴雨將至。遠處雷聲已隆隆作響，而他們眼前的湖面，仍然在午後的陽光裡閃亮流麗，猶如一池金波，迎風蕩漾。他們坐在一個敞露的涼亭裡，離避雨之處還很遙遠。孟嘉說：「咱們跑去避雨吧。」「爲什麼要跑？」「會淋溼的。」「那就淋溼好了。」「妳眞古怪。」「我喜歡雨。」

不久之後，急雨的大點兒打在房頂上，打在樹葉上，聲音嘈雜，猶如紛繁的樂章。雨點兒橫飛，噴灑入亭，與陣陣狂風，間歇而來。剎那之間，亭內桌凳全罩上一層細小的雨珠兒。孟嘉卻看見堂妹欣喜雀躍。牡丹笑著說：「一會兒就停的。」但是呼嘯而來的急雨，卻劈哩啪啦不停地落下。轟隆一聲，紫電橫空。牡丹仰起臉來，閉上眼睛，讓水珠浸淫面頰：「多美妙啊！」她說著又睜開了眼睛。孟嘉在一旁看著她，頗覺精采。這一場大雨，令人聯想起林語堂曾經翻譯過的《查泰萊夫人的情人》。書中第十五章寫道：「她把門打開了，望著外面的滂沱大雨，像一張鐵幕！驀然她心生一個慾望，她想要在這雨裡飛奔。於是她站起來，急忙忙脫掉襪子，然後脫掉外衣與內衣。他屏息地望著她。在蒼茫的光線下，她是象牙色的。她穿上橡膠鞋，發出一聲野性的傻笑，接著便跑出去了，向著大雨，展開雙臂，朦朧地在雨裡跳著舞蹈……。」

這一段小說文字牽涉到三十年代中國三位文學家對性意識解放的看法。一九三四年底，正當林語堂主辦《人間世》之際，著名文人郁達夫曾在該刊物上發表了一篇〈論勞倫斯的小說——查泰來夫人的愛人〉。文中指出故事中男爵與夫人的生活「都是刻板的不自由的英國貴族生活。」事實上，D. H. 勞倫斯的《查泰萊夫人的情人》中的女主人公康妮正是在這樣的家庭氛圍中厭倦成疾。郁達夫認爲這部書是在表現「英國貴族社會的空疏、守舊、無爲與假冒高尚。」將這部小說與《金瓶梅》比較，「馬上就可以看出兩國作家的時代的不同，和技巧的高下。《金瓶梅》裡有些場面和字句，是重覆的，牽強的，省去了也不關宏旨的，而在《查泰來夫人的愛人》裡，卻覺得一句一行，也移動不得；他所寫的一場場的性交，都覺得是自然得很。」隨後，邵洵美也表達了自己的看法，他認為勞倫斯的這部小說一言以蔽之，便是「性的復活」。作家是「要寫出一個沒有『性』的家庭，那種死一般的生活。」而林語堂在上述二人的評論之後，也寫了一篇〈談勞倫斯〉發表於一九三五年一月五日的《人間世》。文中虛構了朱、柳兩位先生，藉由他們的討論，進一步提出自己的想法，他認為在《金瓶梅》刻意「以淫為淫」的比較下，《查泰萊夫人的情人》則是強調性生活之靈肉復合為一。「故全書的結構就以這一點意義為主，而性交之描寫遂成為全書意義之中點。……在勞倫斯，性交是含蓄一種主義的，這是勞倫斯與金瓶梅之不同。」在《紅牡丹》的性意識表達上，林語堂或有借鏡勞倫斯之處，他希望透過梁牡丹類似查泰萊夫人的行徑，進而強調一種新觀念和新生活主義，亦即兩性互動原本就應該是健全的，不能只有理智、心靈而缺乏肉體的歡愉。林語堂筆下的梁牡丹正是體現了這份天真和率性，以至於在淋著大雨時，牡丹的聲音裡滿是激動，就像她第一次看見太湖時的驚呼：「這麼大！」這童稚的歡顏，令她的情人神往。

雨沒有停止。孟嘉想起了自己的童年，記得童年時也愛在雨裡亂跑，只是現在已經長大，童年往事早已如煙似夢。可是牡丹顯然與她的少女時代始終相偕同行。唉，到哪兒去找到這麼個天眞任性的姑娘呢？

牡丹說：「孟夫子一定喜歡在雨裡跑。」「妳怎麼知道？」「因爲他說：『大人者不失其赤子之心。』……我這一輩子，就希望把在書上念到的地方，都去逛逛，要爬高山，一直爬到離天神不遠的地方，像李太白說的一樣。」「妳眞是狂放不羈！我相信妳雖是生爲女兒身，卻是心胸似男兒。」孟嘉知道他終究會失去牡丹，就像頂天立地的峰巒，不解天邊那朵變化無端的彩雲。

林語堂自稱大學英語系畢業後，到北京清華大學任教，在那國學氣息深厚的古城裡，自慚學問不夠，而自修中文的第一步便是閱讀《紅樓夢》。影響所及，在歐洲撰寫《京華煙雲》時，仍試圖以大觀園中的女子爲藍本，至少他所喜愛的主角木蘭即有探春理性兼具感性的折影，不過此時他的人物型塑，已經有別於《紅樓夢》中，包括男性角色在內的一片純美陰柔風情，取而代之的是女性形象柔中帶剛，男性角色則剛中帶柔的陰陽和諧觀，猶如林氏向西方讀者解說中庸哲學是一半道家，一半儒家，用以在人世間保存人性中原有的快樂。而一切至情至性的作品莫不與作家的自敘有關，當作家撰寫自己感受和體驗最深的生活內容時，才能夠展現自然與眞切的情意。就這樣，他把初戀情人寫進了《賴柏英》，以義母的形象摹寫《京華煙雲》裡的古典美人。

從《紅樓夢》裡的大家閨秀李紈，到《京華煙雲》中，傳統社會裡理想女性化身的孫曼娘，乃至於《紅牡丹》和《賴柏英》……。青春守寡的古典美少婦形象，在現實人生中脫胎自他小時於鼓浪嶼求學時期過從親密的呂家義母。林語堂探討這類小說人物的興趣，從曼娘開始一直延伸到梁牡丹和賴柏英。他關心她們枯澀而艱辛的處境，他剖析她們並爲她們尋找出路。他用一枝無聲的彩筆，填補了女子因青春喪偶而褪色的靈魂。書中描寫牡丹忘了自己還是居孀，穿了一件白色衣裳，上面印著藍色大花朵，在春天的陽光裡，看起來豔麗得教人驚疑！

在日漸涼爽的初秋，牡丹穿著拖鞋在屋裡踏拉踏拉地走著。手裡還拿著一個蒼蠅拍，各處尋找晚夏的蒼蠅。在追打一隻逃避的蒼蠅時，她得意洋洋地對妹妹喊著：「我自由了！我自由了！你知道這對我多麼重要嗎？」

林語堂在牡丹身上所宣洩的情慾，像滔滔不絕的江水，以排山倒海之勢，酣暢淋漓地開展了女主人公的愛與夢，是人性中自然美與愛情的共同歡唱。牡丹爲情而生，爲性而活，她要打敗腐儒，重新拾回人道與無爲的理想。她對孟嘉說：「把戴東原的思想介紹給我的就是你。你說他對理學家的要害施以無情的攻擊。我很想找他論孟子的文章來看。你認爲他會引人重新回到儒家的學說嗎？」「當然他會。戴東原研究孟子，所以他認爲人性與理性之間並沒有必然的衝突，人是性善的。」

女性的祕密藏在後花園

林語堂晚年筆端的奔騰氣勢，實際上也超越了《京華煙雲》，尤其是表現姊姊牡丹與妹妹素馨的意志與命運的對照效果上，比木蘭和莫愁更鮮明地體現了作者人生經歷中多重文化哲學在其靈魂深處的碰撞與衝突，乃至必須面對而予以抉擇的處境。而林氏長篇小說中的姊妹對照情結，或許也反映出林語堂腳踏中西而逐步走出的看似矛盾，其實相融無間的「一捆矛盾」。

在《京華煙雲》裡，莫愁比姊姊幸運的地方，如同《紅牡丹》裡的素馨，她們有中國人安身立命的本能，在婚姻與愛情上能夠以漸進的方式，與人生各面向融合協調。林語堂說：我是結婚後才開始戀愛的。這沉穩樸實的古老中國，化約在素馨身上的形象是：穿著一件灰藍的衣裳，上面繡著細美的素馨花兒，自己立在鏡子前仔細端詳。素馨的吻，總是那麼甜蜜，但是並不像牡丹那麼狂熱。素馨永遠是那樣兒，每逢宮廷中有集會，她總是把自己打扮得教人一看就顯眼出衆。不僅自己要覺得如此，也要讓別人覺得如此，教人知道贏得一位單身名作家情愛的，就是她這位小姐。

林語堂說：「素馨好比靜美的西湖，而姊姊就像是任性的錢塘江。」姊妹之間截然不同的個性就像：八月中秋奔騰澎湃的錢塘江潮，是不能引起西湖上的一絲波紋的。事實上，素馨比姊姊小三歲，也是個完全成熟的女子，關於女人的何事可爲，何事不可爲，何話當說，何話不當說，這一套女性的直覺，她完全有。但是做母親的仍只是一味地偏愛牡丹，彷彿在牡丹的冒險生活裡，她又把自己的青春時代重新活過一次。她做的每一件事情都傳達了這種傾向，特別是她所極力經營的那個小小的後花園。

這座女性祕密的後花園，隱藏了多少閨情幽思！《牡丹亭．驚夢》一齣純屬女性的內心戲裡，春香說道：「是花都放了，那牡丹還早。」杜麗娘難耐牡丹遲開，而發出強烈的嘆息：這遲來的青春與愛情啊！《牡丹亭》以高唐神女爲青春幻影寫眞，以復甦人欲爲訴求，創造了性愛女神——杜麗娘。在《紅牡丹》裡，孟嘉發現牡丹似乎把《牡丹亭》讀得很熟。牡丹則回答說：「我十三歲就看了。」作者以孟嘉的慧眼照亮了眼前這對姊妹的情愛本質。他對素馨說：「妳的看法是客觀的。看愛情從外部來認知它的樣貌，而妳姊姊則是進入到愛情的內在去感受它。」

素馨的確是掌握了「君子之道造端夫婦」的家庭倫理觀，因此面對談論愛情這話題，她以賢慧穩健的態度坦然地說：「天下有詩以前就有了愛情。《詩經》上有好多愛情詩。開頭就是說文王與妃子的愛情。有生命處，即有愛情存在。要點是看最後怎樣個結局而已。」如果說，素馨的愛情觀是「詩經」的愛情觀，那麼牡丹的情慾世界則無疑來自《楚辭》以降，尤其是〈高唐〉、〈洛神〉系列中，別具一格的浪漫文學傳統。

除卻巫山不是雲

在神話世界裡，牡丹與巫山有著神祕的連結：傳說西王母最小的女兒名叫瑤姬，她的美麗和聰明深得父母及衆人的喜愛。王母欲保護瑤姬不受風吹雨打，因此不允許她隨興遊玩。（就像杜麗娘不被允許到後花園、梁牡丹不可以在人前唱歌一樣。）但是瑤姬寧願忤逆，也要暢懷地享受瑤池外的大自然風光，並盡情地歌唱及跳舞。瑤姬身旁有一群侍女和侍臣，他們經常悠遊忘情地徘徊在巫山上空。有一天忽然望見巫山一帶天昏地暗，飛沙走石，惡龍正在興波作浪，瑤姬轟雷施罰，卻讓龍骨堵塞了長江，江水匯積三峽引致水患。大禹聞訊趕來，指揮疏洪，卻因山高石堅，水勢猛烈，而治水無效，正在苦無對策之際，瑤姬主動地提供了黃綾寶卷，書中記載了疏渠的方法，更有驅使虎豹、制服蛟龍的祕訣。然而瑤姬的求愛與大禹的退避，使她最終化作傷心而美麗的牡丹。牡丹的意象自此與熱戀中的創傷相結合，造就了它繁華富麗表象下，鬱鬱哀婉的情調。

瑤姬的傳說，另有一種說法是，她最終化爲獨立於天地間的神女峰，而巫山神女成爲中國情慾美的象徵，自《牡丹亭》第一齣〈標目〉即云：「有夢梅柳子，於此赴高唐。」往後的關鍵場景，如：〈驚夢〉、〈尋夢〉、〈寫眞〉、〈幽媾〉……等，則基本上都以巫山雲雨作爲譬喻以進行歡會的書寫。例如：〈驚夢〉云：「行來春色三分雨，睡去巫山一片雲。」湯顯祖將巫山神女的性感與情慾注入了杜麗娘含苞的內在核心，也用遲來的牡丹寄託了她的傷春情懷，讓她朝朝暮暮期盼「雨迹雲蹤才一轉，敢依花傍柳還重現」，只可惜「昨日今朝，眼下心前，陽臺一座登時變」。牡丹花的豐美揉合了巫山雲雨的繾綣寄託了女性肉體的美感，在《紅樓夢》裡，除了冷香丸的主人薛寶釵，因如雪的手臂上籠著御賜的紅麝串，使得寶玉不得不爲這如此醒目的美而心神盪漾，更有鮮豔嫵媚、風流裊娜的秦可卿，在那聞名的第五回裡，親自展開了西施浣過的紗衾，移了紅娘抱過的鴛枕，在描繪楊貴妃多情撩人的海棠春睡圖畫下，引寶玉入夢，啓動了他最敏感的情慾神經。

《紅牡丹》的譯者張振玉認爲這部作品中過於理想性的畫面之一在於「牡丹之美，人間能有幾人！」她白皙柔嫩的臉龐、黑長的睫毛、挺直的鼻樑、濃郁美好的雙脣，端正的下巴……，曾經是多少男人好奇想望的對象。她死去的丈夫費庭炎的同僚們，就是爲了爭睹她的丰采，才來弔唁的。更遑論，梁孟嘉失去她之後，所生的那場大病，幾乎垂死，即使病癒也恍如隔世。白薇爲牡丹辯護：「男人們迷戀她。那不是她的過錯。她長得那麼美。」「不錯，她的美氾濫成災。她比好多女人美，也比大多數女人勇於濫情。」這花容月貌爛漫得失去了邊際，是《牡丹亭》裡埋下的前世宿命。〈寫眞〉一齣極力描摹杜麗娘具有高唐神女的容貌：「蜀妝晴雨畫來難，高唐雲影間。」她在夢中自薦枕席，又化身爲鬼魂與柳夢梅私奔，其纏綿不盡的情韻則有如同朝雲之入楚王夢。杜麗娘賴以發展原始情慾的內在基因，還有繼〈高唐〉、〈神女〉之後的又一性愛化身——〈洛神〉。原來杜母姓甄，書中明言：「魏朝甄皇后嫡派」，她是「甄妃洛浦，嫡派來西蜀」。湯顯祖自覺地將《牡丹亭》裡的女主人公塑造成自《楚辭》以降，中國浪漫文學傳統與性愛女神的嫡系，以有別於《詩經》以下的儒家道統觀。因此木蘭與莫愁，乃至於牡丹與素馨，既爲親密好姊妹，卻又同時向讀者呈現了異樣的生命風情。

梁孟嘉說：「妳像《牡丹亭》裡的杜麗娘。妳是那一等人物。」牡丹覺得有趣，微笑不語。能夠和《牡丹亭》裡的女主角相比，牡丹聽了心裡很舒服。因爲這是一本以愛情克服死亡的好戲，也是牡丹很愛看的書。她喜愛杜麗娘的傻，喜愛她的太多情與太癡情。張振玉說：「本書寫寡婦牡丹，純係自然主義之寫法，性之衝動，情之需求，皆人性之本能，不當以違背道德而強行壓抑之，本書之主題似乎即在於是。」故事以牡丹不幸喪夫的祭禮開始，歷述女主角在情與欲的需求中，先後與堂兄孟嘉、老情人金竹、拳術家傅南濤，以及詩人安德年相愛。為了追求自由與獨立，她離開了過於斯文儒雅的孟嘉，投入武術家的懷抱，又因南濤坐牢，及得知金竹病重的消息，而南下杭州，在輪船中與一位大學生發生戀情而共眠。金竹逝後，她傷痛過度卻也反璞歸眞，希望能就此隱居……，林語堂繼《京華煙雲》之後，再次通過藝術形象，將他立足愛與美，終至逐步回歸自然的人生觀照，演繹出來。

從朝雲、洛神到杜麗娘，這一系輕盈豔冶、美貌異常，並且主動追求性愛的女性，像環鏈般彼此攜手相連，直指戀愛的核心在情慾的滿足，「妾千金之軀，一旦付予郎矣。勿負奴心，每夜得共枕席，平生之願足矣。」杜麗娘不願籠統地泛談「情」，她用性愛充盈人欲的內涵，據此以批駁禮教。《牡丹亭》的思想文化因而明白道出情的根本就是「欲」。杜麗娘的母親是性愛女神的後裔，梁牡丹的母親也不由自主地偏袒著浪漫不羈的女兒。杜麗娘的父親卻是代表儒家道統詩聖杜甫的後代，而梁牡丹的父親也同樣地拘謹，不准妻子女兒開心地賞花唱歌。她們身上流著雙親的血液，時而為禮教所壓抑，時而還原了自我本性。在婚戀道路上的抗爭，形成了是人欲與禮教衝突的時代縮影，也是自遠古以來，人與自然從融合無間到逐步崩離的具體表徵。

你懂不懂愛情？

這禮教與情慾在血脈中的衝擊，同樣擾亂困惑著古典文學世界裡，另一位宦家千金崔鶯鶯的心，使她千回百轉，愁腸百結。《西廂記》將這教養良好、自尊自重，與熱切盼望大膽求愛的雙重人格心理，作出精細的鋪陳。正好爲神女與洛神，這兩位形象朦朧，態度曖昧的女神心思，抒發了女性情愛意識在天平兩端擺盪的心理揣摩。在《紅牡丹》裡，張生與雙文的豔史也是牡丹的背景知識。梁孟嘉曾說：「妳知道爲什麼在愛情故事裡《西廂記》最受人歡迎？就是因爲偷情。別人不敢，但是鶯鶯敢。這其中有一種天不怕地不怕，不顧一切的任性。認眞說起來，一個成長的小姐偷一次情又有什麼不對？她若正式訂婚，合法嫁了丈夫，與丈夫正式效魚水之歡，那個故事就提不起讀者的興趣了。愛情總是要衝破藩籬的。」牡丹也以同情的理解語氣說道：「她青春年少，是隨時會發生男女情愛的時候兒。你想她和寡母住在荒郊古寺之中，從來沒遇見一個像樣的青年男子。張君瑞的出現，正合乎她少女的心願。她就傾身相許。即使她那時的行動純粹是熱情，或完全是肉慾。但是因爲她年輕，很年輕——我想那時候兒她是十九歲。

我們憑什麼去批評她？」

而孟嘉對這位堂妹的理解，也正是如此。他知道現在的她，也正當愛苗滋長的青春年華，猶如朝陽的初旭點染了剛剛綻放的玫瑰花瓣兒。他認為牡丹在她現在二十二歲的時刻，已經到了女性充分覺醒的時候兒了，而很多女人即使過了三十歲也未必能夠意識得到。不過牡丹現階段的愛其實尚未眞正地成熟，充其量只表示出青春女性純粹的強烈追求而已，對於經驗豐富，美感度更高的性的享受，那種極致的精美，她還不眞正懂。她現在只知道男女之事，而不知道其間的藝術。譬如飲酒，只知舉杯一飲而盡，殊不知尙有細飲慢品的境界。

孟嘉也發現牡丹有才氣，能寫字做文章，卻不耐煩把一本書從頭到尾讀完。但是他仍然欣賞牡丹言必己出的獨創心靈，他知道一旦她有了豐富的思想和經驗，她就會突破常軌藩籬，同時也會離他遠去。「這是妳的個性。我不希望妳有所改變而失去了本來的面目。儘管從我第一眼見到妳開始，別的女人都與我風馬牛不相及了。天下只有一個牡丹，獨一無二的。或許有人長得像妳，但是她們沒有妳的聲音、妳的心靈，和妳的生活態度。」「我的生活態度如何？」「就是妳全部個性的表現。妳坐的樣子，妳站的樣子，妳移動的樣子，妳的手垂在左右兩邊的樣子，走路時的抬頭，妳對人生的看法，妳對美滿人生的尋求，妳對美滿人生的渴望……，還有妳的熱情，妳的任性不肯節制，以及妳的成熟……。」

林語堂以打造偶像的筆觸，讓整部小說專爲一人賦彩。在她的世界裡，只有愛情，能使生活美滿。因爲在現實週遭有許多醜陋的、痛苦的事。多少渴求的眼光，在盼望著幸福和滿足。而林語堂所生活的時代，更有許多屠殺與仇恨。他希望人們能憑著想像重新創造生活，把對生活的想法表現出來，然後就可以與殘酷扭曲的眞實生活拉開一段距離，再基於對藝術的愛，進而將醜陋與痛苦轉變成賞心悅目的美。

牡丹臉上的渴望，曾經在某一瞬間，掠過抑鬱的陰影。她得到遠方飄來音樂的暗示，輕輕地哼著曲子，並且在辭句中間的空白處，「啦——啦」地爲自己伴奏。這瓣月下皎潔如玉、紅豔凝香、浸染露華的花影，從巫山楚王的殿堂上飄忽而來，在沉香亭北與明皇共舞一段，隨著杜麗娘的一縷芳魂遊賞了頹敗的後花園，輕輕點過薛寶釵的蘅蕪院，最後停落在林語堂的心靈扉頁裡，她是孤單的，也是永恆的。

小說結尾處，我們彷彿又回到了遠古的巫山之上，陽臺之下：早晨的太陽偷偷兒爬上了山峰，在寂寞無人的山谷間，照出片片的光影。露水在楓林和柿子樹上閃耀。山谷中隱僻的地方還有一層迷濛的晨霧籠罩著。那是個奇異的世界，人好像又回到了原始的洪荒時代，正像茫茫大地上僅有的兩個人。此時牡丹輕輕嘆了一口氣：「你懂不懂愛情？那才妙呢。」

第二章

梁實秋的悼亡美學

一片傷心畫不成：詩人的深情與愁腸

後浪漫主義時期，奧地利籍的重要作曲家馬勒（Gustav Mahler, 1860-1911）在第五號交響曲中，曾經反覆地運用了德國民謠的主題動機。在這首死亡之歌裡，弟弟問姊姊：「我們何時回家？」姊姊回答：「在公雞啼時，我們就回家。而破曉之前，快樂是不會結束的。」當晨曦照耀在姊姊被露水弄溼的蒼白臉頰上，她轉爲虛弱地說：「快找到我的房門和小床，你知道，睡在草皮底下是最幸福的……。」死亡的底蘊往往潛藏在幸福溫馨的對話中，因而更見其深沉。馬勒的創作實源於對妻子的深愛，這首交響曲著名的第四樂章尤其道盡了一切。

以畢生精力翻譯莎士比亞全集的現代著名作家梁實秋，晚年痛失愛妻。他的悼念與追憶盡在《槐園夢憶》：「季淑於民國六十三年四月三十日逝世，五月四日葬於美國西雅圖之槐園（Acacia Memorial Park）。」那一片芳草如茵，永遠綠茸茸的草皮底下，沉睡著梁實秋對妻子最深的眷戀。也許對於程季淑而言，能夠沉睡在這片草皮底下，也算幸福。然而梁實秋卻永遠無法忘懷四月三十日那個不祥的日子：「命運突然攫去她的生命！」由於市場前的梯子倒下，不幸擊中了程季淑，在緊急手術之前，妻子應醫生的要求，對丈夫輕鬆地一笑，竟成了此生最後的笑靨！她那蒼白虛弱的容顏，在歲月流沙般的積澱中，堆疊出多少詩人喪偶的難遣悲懷與血淚心聲！

歷史上寫作悼亡詩的文學家始於是晉朝潘岳，其三首《悼亡詩》之一：「皎皎窗中月，照我室南端，清商應秋至，溽暑隨節闌。凜凜涼風升，始覺夏衾單，豈曰無重纊，誰與同歲寒？歲寒無與同，朗月何朧朧，展轉眄枕席，長簟竟床空。床空委清塵，室虛來悲風……，霑胸安能已，悲懷從中起。寢興目存形，遺音猶在耳。」亡妻的遺音隨著季節的興替，在詩人的心中轉化為無限悲涼的悽楚之音。至唐、五代以後，詩人們的悼亡更逐漸匯聚成一條深情的渠流，為中國詩歌史憑添哀痛的曲調。唐代趙嘏〈座上獻元相公〉：「寂寞堂前日又曛，陽臺去作不歸雲。當時聞說沙吒利，今日青娥屬使君。」詩人表露了內心難以排遣的寂寞。晚唐著名詩家孟郊亦有悼亡詩篇：「山頭明月夜增輝，增輝不照重泉下。泉下雙龍無再期，金蠶玉燕空銷化。朝雲暮雨成古墟，蕭蕭野竹風吹亞。」山頭的月光照不見泉下之人，那令人哀傷的思念之情將喪妻者引入了無限蕭瑟的困境。五代韋莊〈女冠子〉則更直接地表達了懷念妻子生前嬌豔的容顏與喪妻之後的不勝悲苦：「昨夜夜半，枕上分明夢見。語多時，依舊桃花面，頻低柳葉眉。半羞還半喜，欲去又依依。覺來知是夢，不勝悲。」

宋代陸游、賀鑄、蘇軾等陸續更有悼亡詞的塡寫，辭意纏綿悱惻。如：〈沈園兩首〉：「城上斜陽畫角哀，沈園非複舊池臺，傷心橋下春波綠，曾是驚鴻照影來。夢斷香消四十年，沈園柳老不吹綿。此身行作稽山土，猶吊遺蹤一泫然。」似乎無論妻子逝去多久，鮮明的容顏只會更添顏色，徒留詩人年復一年空嗟悼！賀鑄〈鷓鴣天・半死桐〉云：「重過閶門萬事非，同來何事不同歸？梧桐半死清霜後，頭白鴛鴦失伴飛。原上草，露初晞，舊棲新壟兩依依。空床臥聽南窗雨，誰復挑燈夜補衣。」妻子生前漏夜挑燈補衣的身影，成爲丈夫心中永遠的痛！蘇軾在〈江城子（乙卯正月二十日夜記夢）〉中，對逝世十年的妻子滿懷依戀的追念，同時又自悲身世與晚景，更使其作品成爲千古絕唱：「十年生死兩茫茫，不思量，自難忘。千里孤墳，無處話凄涼。縱使相逢應不識，塵滿面，鬢如霜。　夜來幽夢忽還鄉，小軒窗，正梳妝。相顧無言，惟有淚千行。料得年年腸斷處，明月夜，短松岡。」

悼亡詩的寫作風氣一直發展到明清時期，文學家們以詞體的抒情性格更適於緬懷鶼鰈情深，於是有王士禎的〈悼亡詩〉云：「病中送我向南秦，感逝傷離涕淚新。長憶啼猿斷腸處，嘉陵江驛雨如絲。年年辛苦寄冬衣，刀尺聲中玉漏稀。今日歲殘衣不到，斷腸方羨雉朝飛。陌上鶯啼細草薰，魚鱗風皺水成紋。江南紅豆相思苦，歲歲花開一憶君。」似乎有關閨房樂事的回憶，始終環繞著妻子的尺刀裁縫與夜半更聲相隨，糾結著孤獨的詩人夜夜不寐的愁思。著名的深情詞家納蘭容若有〈青衫溼遍．悼亡〉：「青衫溼遍，憑伊慰我，忍便相忘？半月前頭扶病，翦刀聲、猶共銀釭。憶生來、小膽怯空房。到而今、獨伴梨花影，冷冥冥、儘意淒涼。願指魂兮識路，教尋夢也迴廊。咫尺玉鉤斜路，一般消受，蔓草斜陽。判把長眠滴醒，和清淚、攪入椒漿。怕幽泉、還為我神傷。道書生、薄命宜將息，再休耽、怨粉愁香。料得重圓密誓，難禁寸裂柔腸。」以及〈南鄉子．為亡婦題照〉：「淚咽更無聲，止向從前悔薄情。憑仗丹青重省識，盈盈，一片傷心畫不成。別語忒分明，午夜鶼鶼夢早醒。卿自早醒儂自夢，更更，泣盡風前夜雨鈴。」詞人將悼亡的心聲哭成一片血淚，自夜半到黎明，在夢醒之間只願一切再回到往日……。

結髮為夫妻，恩愛兩不移：以書寫回憶填補心靈的孤寂

秋涼的氣息，無端的塵夢，喚醒了失眠惆悵者內心的孤獨。美國愛德華王子島大學哲學系教授菲力浦．科克（Philip Koch）在《孤獨》（*Solitude: A Philosophical Encounter*）一書中指出，孤獨是一種會向四面八方延展的經驗。「有時候，這種孤獨會讓我寂寞得透不過氣來，讓我覺得自己正被一個急勁的漩渦吸捲入虛空之中。更多時候，我會用回憶來打發寂寞。」於是許多悼亡之作便成爲詩人在不眠的夜裡，讓回憶填滿虛空的心靈慰藉。

在梁實秋最初的回憶裡，程季淑有一頭烏黑的秀髮，「髮髻貼在後，又圓又凸，而又亮晶晶，一個鬆鬆泡泡的髮篷覆在額前。」因爲髮型姣好，在相親時給予梁實秋的姊姊極佳的印象，進而促成人生的姻緣。然而婚後季淑爲了照顧孩子，「把頭髮剪了，不再有梳頭的麻煩，額前留著瀏海，所謂 boyish bob 是當時最流行的髮式……。」結髮近五十年後，梁實秋細數著髮妻歷來的髮式，絲絲秀髮牽繫著縷縷情思，形成他筆端最古典和優美的愛情隱喻。

在古代的婚禮儀式中，在新婚洞房之夜，新人各剪下一綹頭髮，然後互相綰纏繞結，以爲兩人永結同心的信物，故稱之爲結髮。清代陳夢雷有〈青青河畔草〉詩云：「結髮與君知，相要以終老。」又《樂府詩集．古辭．焦仲卿妻》亦云：「結髮同枕席，黃泉共爲友。」漢代蘇武在《李陵錄別詩》二十一首之五云：「結髮爲夫妻，恩愛兩不疑。」夫妻自從結褵以來，一生恩愛不移，白首偕老最是令人動容。民國十九年梁實秋與程季淑帶著三個孩子搬入上海愛多亞路一〇一四弄，隨後發現右鄰夫妻勃谿，時常午夜動武。梁氏回憶道：「我們當時不懂，既成夫妻何以會反目，何以會吵架，何以會仳離。季淑嘗天眞地問我：『他們爲什麼要離婚？』」而這對只知恩愛廝守終身的夫妻，直到晚年兩人相偕白首，猶不諱言身後事。

> 季淑說：「我們已經偕老，沒有遺憾，但願有一天我們能夠口裡喊著『一、二、三』，然後一起同時死去。」這是太大的奢望，恐怕總要有個先後。……我說：『那後死者的苦痛還是由我來承擔罷！』她諄諄地叮囑我說，萬一她先我而化，我須要怎樣地照顧我自己……。」
>
> ——梁實秋，《槐園夢憶》，一九九六年。

回憶是孤獨者的獨特體驗，也是悼亡者內心最大的慰藉，當回憶閃現，四周的一切事物都在瞬間鮮活了起來。生活在這一類的想像中，總會得到暫時的愉悅。在心理治療的領域裡，許多人愈來愈重視「書寫治療」。臨床實驗透過書寫，將人的思想、意識與情感經驗展現出來，寫作的同時，人們也重新形塑了自我對世界的認知與感受，從而釐清內心紛繁的思緒。

在文學的世界裡，創作者都曾以自身的感情創傷經驗作爲抒發的題材，並在書寫過程中，心靈狀態進入自我療癒與轉化的情境，爾後其作品也很可能成爲讀者的治療媒介。於是書寫增進了創作者的生活洞察力與內在自我意識的覺醒。寫作者藉由文字的鋪陳以爬梳人生各階段的不幸遭遇和艱難處境，其中又以個人回憶錄式的陳述，以及將某些生命片段加以重建與敘說，可使作者因而更超脫地回顧當時的感受與想法，因此達到自我抒解的療效。此外，創作者有時也並非純然地書寫生命故事，在觀看、考察與描述的同時，作者可能因沉思與尋繹而逐漸以全新的角度檢視自我的經驗與存在的意義，進而賦予生命嶄新的觀察視角。

對於遭逢精神上苦難的人，回憶體的書寫往往能提供其宣洩的管道。在《槐園夢憶》裡，梁實秋無法自我解釋結髮四十七年的妻子驟然逝世，「在時間空間上配合得那樣巧，以致造成那樣大的悲劇。……不是命運是什麼？」作者在生命中遭遇重大打擊時，開始質疑天地間的平等與公義，「人世間時常沒有公道，沒有報應，只是命運，盲目的命運！」他痛苦地向傳統的悼亡詩人尋求以文學爲媒介的奧援，也以象徵性的筆觸自我隱喻：「我像一棵樹，突然一聲霹靂，電火殛燬了半劈的樹榦，還賸下半株，有枝有葉，還活著，但是生意盡矣。」晚年喪偶，痛失愛侶的心情，又像是兩人手牽著手一起下山，突然間其中一人倒下了，於是「另一人只好踉踉蹌蹌的獨自繼續他的旅程。」

之子歸窮泉，重壤永幽隔：層層互文與戀戀情深

梁實秋撰寫《槐園夢憶》時，曾不斷地與潘岳、元稹等人的悼亡詩互文。在對照古人達觀曠遠的精神面貌時，梁氏流露出哀傷的情緒。潘岳在《悼亡詩》中描述天人永隔之難以置信的孤獨心境：「荏苒冬春謝，寒暑忽流易，之子歸窮泉，重壤永幽隔。」及至「望廬思其人，入室想所歷，帷屏無髣彿，翰墨有餘跡。」往事歷歷猶在目前，追憶昔日情懷，「流芳未及歇，遺桂猶在壁，悵脫如或存，迴遑忡驚惕。」而梁氏也在喪妻後不久有「夜眠聞聲驚醒，以爲亡魂歸來」的渴望。及至魂魄不曾入夢來，而環顧室中，便有「如彼翰林鳥，雙栖一朝隻；如彼游川魚，比目中路隔」的孤獨與絕望。事實上，當年潘岳寫作《悼亡詩》時，亦曾與古人神交，他引用了春秋時期魏國東門吳的身世與遭遇來抒發自我的哀婉悲戚。《列子》記載：「魏人有東門吳者，其子死而不憂，其相室曰：『公之愛子，天下無有，今子死，不憂何也？』東門吳曰：『吾嘗無子，無子之時不憂；今子死，乃與嚮無子同，臣奚憂焉？』」及至戰國時代宋國莊周喪妻，惠施弔平靜喪，卻見其正在敲擊瓦盆和歌！莊子以爲人本來無生、無形，由無到有，再回

到無，亦不過是如四季循環和自然變化，又何需悲傷怨愁？因此潘岳在悼亡詩末訴說了詩人喪偶的沉憂正逐日累積，片刻不能忘懷，唯願有時衰減，如莊周一般達觀。

《槐園夢憶》的文本在層層互文的寫作中，呈現出抒情意境的互相參照與交互指涉。梁實秋感慨淒涼地說：「我現在煢然一鰥，其心情並不同於當初獨身未娶時。多少朋友勸我節哀順變，變故之來，無可奈何，只能順承，而哀從中來，如何能節？」在歷來悼亡詩所形成的語境下，我們將梁氏的引文投入他類文本中，以自由對話的形式重新組織與實現悼亡的意義。古今悼亡文本因而形成了一個潛力無限的網絡，在跨文本的組合中釋放出貫時性的總和意涵，於此同時，梁實秋的個人情感與心境也被投射到巨大的互文性空間裡，從莊周、東門吳到潘岳的悼亡文學也因此進入《槐園夢憶》滿懷愁緒的語言脈絡，爲梁氏的文本增添歷史縱深的交流意義。

作爲古典詩歌的接受者，梁實秋所反映的心理其實正是他通過前代文本的閱讀與自我生命經驗的映照，所油然生發的自我詮釋與療癒機制。猶如一九四六年諾貝爾文學獎得主赫曼・赫塞（Hermann Hesse, 1877-1962）曾一度以喜愛描寫旅行、自然與樸素浪漫的抒情敘事題材聞名，然而他的人生與寫作卻在經歷第一次世界大戰與家庭破裂等人生巨變之後，開始轉向書寫現實與理想、知性與感性之間種種意象交錯的景況。在

《玻璃珠遊戲》（*Das Glasperlenspiel*, 1943）一書中，主角爲了不讓學生失望而意外地死去，其現實與理想的矛盾衝突，即主角自身遭遇的曲折反映，在在指陳作家的心理危機。因此赫曼・赫塞的書寫所導向的無奈與悲劇，實際上是實踐了他的自我治療。此外，在《知識與愛情》（*Narziss und Goldmund*, 1930）中，作者描寫了心目中最理想的雙重形象——哲學家與藝術家，雖然性格不同，而結局也涵蓋著不可名狀的遺憾，然而敘事進程中卻顯現出巨大的悲劇感，以及內在多重性格的逆反，所呈現的作者自我內心剖析，這又是創作者成爲自己以及讀者心理分析與精神療癒的前例。從讀者反映的觀點進一步審視，梁實秋對於古代悼亡的吸收與轉化，猶如赫曼・赫塞將心理分析融入其戰後書寫意識中，透過回溯生命歷程的種種迷茫與空缺，並賦予文本細膩而豐富的文學意象，同時以讀者的身分不斷地向前代作家處汲取文學與生命雙重養分的寫作者，在自我追述與尋求認同的過程中，既暫時轉圜了自己的悲痛，同時也因此深深吸引了具有類似經驗的讀者群，以閱讀活動進而共同建構具有特殊體驗的生命觀。

如果從互文性的角度理解梁實秋對古代經典的引述，則可藉由朱莉亞・克里斯蒂娃在《詩歌語言的革命》與《符號學》等著作中所指陳的意義，進而加以評析。「無論一個文本的語義內容是什麼，它作爲表意實踐的條件就是以其他話語的存在爲前提……，每一個文本從一開始就處於其他話語的管轄之下，那些話語把一個宇宙加在了這個文本之上。」互文性理論直指：引文從來就不是單純的或直接的，而總是按某種方式加以改造、扭曲、錯位、濃縮、或編輯，以適合講話主體的價值系統。（帕特里克・奧唐奈等編，《互文性與當代美國小說》，1989年。）T・S・艾略特亦曾指出，一位詩人的個性不在於創新或模仿，而在於他把一切先前文學囊括在他的作品之中的能力。因此，過去與現在的話語實即同時共存。「我們常常發現，在作品中，不僅最好的部分，而且是最具有個性的部分，事實上都來自前輩詩人最有力的表現。」

梁實秋在《槐園夢憶》裡所表述的心境實際上已經透視了即使意外所造成的傷痛一生難以彌平，然而作者卻得以在寫作當下擁有爲數眾多的前代詩人爲他的悼亡意識築起防止潰堤的保護牆，而作者亦藉由書寫以抽離自我，將生命的熱情投入寫作與追憶，進而以冷靜的心情旁觀自己的生命史，於多層次的互文性書寫與多面相的自我體驗之後，作者觀看自我的方式也因而得到新的視野。於是文學作品透過書寫、閱讀與傳播，敘事者從而興發有別於以往的自我了解與對世界更爲豐富的詮釋。

年年辛苦寄冬衣，刀尺聲中玉漏稀：回憶中，妻子的剪裁與裝束

梁實秋透過對於妻子生平形象塑造，在文學的意義上還原同時也重構了他對自我的認知。在回憶裡，程季淑整體形象的現身，往往與作者本人的主觀認知產生強烈的互動，而梁實秋正是以主觀式的觀察和紀錄，作爲啓開記憶的門扉，爲讀者宣告了女主角的亮相。

> 她的臉上沒有一點脂粉，完全本來面目，她若和一些濃妝豔抹的人出現在一起會令人有異樣的感覺。
>
> ——梁實秋，《槐園夢憶》，一九九六年。

程季淑的素妝成爲梁實秋筆下永恆的定格，作爲追述與鋪陳一生的起點，「完全本來面目」的鄭重刻畫亦同時反映了梁氏的剪裁與取捨。此外，季淑樸素的裝束也是結褵半世紀以後，回憶中最美的畫面：

季淑穿的是一件灰藍色的棉襖，一條黑裙子，長抵膝頭。我偷往桌下一看，發現她穿著一雙黑絨面的棉毛窩，上面鑿了許多孔，繫著黑帶子，又暖和又舒服的樣子。

比較起年輕時代灰藍棉襖與黑絨鞋面的簡樸風貌，婚後程季淑逐漸有時髦的裝扮及絲襪、高跟鞋與百褶裙等多變化的服飾，尤其是鞋面上的綠絲線使得翻譯莎士比亞全集的梁實秋，在回憶錄中樂得引用《脫愛勒斯與克萊西達》第四幕第五景名言：「她的腳會說話」，來讚美季淑當年的風華。

她喜歡穿的是上衣之外加一件緊身的黑緞背心。還有藏青色的百褶裙。薄薄的絲襪子，尖尖的高跟鞋。那高跟足有三寸半，後跟中細如蜂腰，黑絨鞋面，鞋口還鎖著一圈綠絲線……。

隨著時尚風俗的演進，季淑將腦後又圓又亮的凸髮髻修剪成附有額前瀏海的短髮，配合這個新造型，旗袍的長度也修整到及膝，同時符合當年的高領短袖潮流。這時已經到了民國十九年，梁氏一家住在上海弄堂，屋子裡有洋臺、壁爐、新式衛生設備，以及一架勝家縫紉機。梁實秋欣賞妻子的角度，也從當年偷眼細看樸素女學生嫻靜舉止的初戀心情，逐漸轉變爲戲謔地讚揚季淑大張旗鼓剪裁新服飾的家庭生活情趣。

她自己的衣服也是大部分自己做，找裁縫匠反倒不如意。我喜歡看她剪裁，有時候比較質地好的材料鋪在桌上，左量右量，畫線再畫線，拿著剪刀遲遲不敢下手，我就在一旁拍著巴掌唱起兒歌：「功夫用得深，鐵杵磨成針，功夫用得淺，薄布不能剪！」

及到晚年梁實秋由臺灣赴美參加「中美文化關係討論會」，順道伊利諾州看看新婚後的女兒女婿，於是難得和妻子作一短期別離。心情彷彿回到三十多年前在美國作學生的時代，心裡總是記掛著她。行程結束匆匆返國，卻見季淑盛裝到機場迎接：

「鉛華不可棄，莫是槀砧歸？」她穿的是自己縫的一件西裝，鞋子也是新的。她已許久不穿旗袍，因爲腰窄領硬很不舒服，西裝比較灑脫，領胸可以開得低低的。她算計著我的歸期，花兩天的時間就縫好了一件新衣，花樣式樣我認爲都無懈可擊。我在汽車裡就告訴她：「我喜歡妳的裝束。」小別重逢，「其新孔嘉，其舊如之何？」

季淑不僅手藝進步到可以在短短兩天縫製一套令人「無懈可擊」的新衣，而且顯然棄絕旗袍久矣，當時的流行領口開得很低、風格灑脫的西式洋裝。此時爲民國四十九年，梁氏夫婦住在臺北市安東街三〇九號。在溫暖潮溼的亞熱帶島嶼一住十餘年，回顧籌備婚禮之際在南京沒有取暖設備的冬季，梁實秋的心裡更有說不出的暖意與愛憐。當時季淑用藍色毛繩線織了一條內褲，經郵寄送給梁實秋。毛褲上有一排四顆黑扣子，另有雙喜字的圖案。

我穿在身上說不出的溫暖，一直穿了幾十年。

及至新婚之夜，又見季淑預備了一對白緞子枕套，並親自繡上紅玫瑰花，妻子的手藝在梁實秋的筆下始終寄託著深深的依戀：

鮮豔無比，我捨不得用，留到如今。

梁實秋有凌晨外出散步的習慣，季淑於是在隆冬時節，縫製一條絲棉褲，褲腳處釘一副飄帶，綁紮起來便密不透風，又輕又暖。除了這條臺灣獨家的褲子，程季淑還給梁實秋做過一件絲棉長袍，是他在冬裝中最舒適的衣服。而且第一件穿髒了不便拆洗，季淑索性再做一件。

做絲棉袍不是簡單的事，臺灣的裁縫匠已經很少人會做。季淑做起來也很費事，買衣料和絲棉，一張一張的翻絲棉，剪裁衣料，繃線，抹漿糊，撩邊，釘紐扣，這一連串工作不用一個月也要用二十天才能竣事。

往事如煙，然而只要啓動回憶的鎖鑰，生命中的春天就會像嬌豔的朵朵紅花，在眼裡綻放。使得煢然一鰥的作者，在回憶與書寫的當下，耽溺於生命中最美好的時光。關於夫妻之間衣著寒暖的追述，也將化爲永恆的愛的絮語。除了絲棉袍之外，作者又繼而追憶起妻子生前常織毛線，直到暮年視神經萎縮，不能太耗目力，梁氏怕妻子勞累，寧願繼續穿那年輕時代深紅的毛衣。那件磨得光平的紅毛衣，宛如撫慰心情的靈藥，使作者得以四十年來的溫暖，呵護晚年一場意外所造成的至痛。

> 那也是她給我織的，不過是四十幾年前的事了。我開始穿那紅毛衣的時候，楊金甫還笑我是「暗藏春色」。如今這紅毛衣已經磨得光平，沒有一點毛。有一天她得便買了毛線回來，天藍色的，十分美觀，沒有用多少功夫就織成了，上身一試，服服帖帖。她說：「我給你織這一件，要你再穿四十年。」

梁實秋在細數妻子一生的服飾與裝束的幾度春秋裡，暫時療癒晚年如狂風暴雨般席捲身心的喪妻之痛。他的相思以季淑點點滴滴的溫暖手工裁縫爲起點，一直延伸到安東街寓所季淑手植的麵包樹。打開回憶之門，繽紛的花影隨之映入眼簾，舉凡櫻花樹、蘋果樹，甚至西府海棠，梁氏夫婦雖然經歷半生顛沛流離，卻無論走到哪裡，都能把小院種得滿滿的。像是樹秧很大的雙瓣櫻花，能引來滿院子嗡嗡蜜蜂聲。蘋果也結實不少，惹得鄰居惡童偷盜。臙脂色粉紅花苞的海棠花更爲季淑所欣賞，花瓣襯上翠綠嫩葉的嬌豔欲滴，繁花如簇，如火如荼，春光滿院，生氣盎然，令人流連忘返。

梁氏在花樹滿園的畫面裡，追尋起新婚不久，在北平老家垂花門外有一棵梨樹，因多年生長已經摸到房簷上，把整個院子遮蓋了一半，結實纍纍，蔚爲壯觀。然而梁母卻聽信旁人饒舌，說梨與離同音，不祥，於是下令砍伐。熱愛花木的季淑不敢違抗，眼睜睜的看著工人把樹砍倒，心中爲之不懌。

> 我們每到一地，季淑對於當地的花木輒甚關心。平山堂附近的大禮堂後有木棉十數本，高可七八丈，紅花盛開，遙望如霞如錦，蔚爲壯觀。花敗落地，訇然有聲，據云落頭上可以傷人。她從地上拾起一朵，瓣厚數分，蕊如編縫，賞玩久之。

許多花木似乎只要經過季淑的植栽，便能茁壯生長。例如她在書房與臥房之間種下四棵紫丁香，由於生長得很快，一兩年間便妨礙人行，到了非修剪不可的地步。而丁香花開時香氣四溢，所招引蜂蝶更是終日擾擾不休。此外，前院簷下原有兩畦芍藥奄奄一息，經過季淑翻土施肥之後，終日覆以積雪，到來春便又新芽茁發。梁實秋老家書房簷下多蔭，季淑於是種了一池玉簪，依舊是抽蕊無數……。

室虛來悲風：亂離中渡海來臺

就在賞花的當下，軍事情勢逆轉，長江天塹竟一葦可渡！廣州震動，人心惶惶。梁實秋的筆鋒也受到時代劇變的情勢影響而陡然逆轉。當時在學校裡已感受到氣氛不穩，學生們日事叫囂，少數教授則別有用心。當時有人決計遠走高飛到甘肅蘭州，另外有人打算去香港暫時觀望。此時教育部長杭立武，計畫在臺灣臺北復設國立編譯館，梁實秋接受了邀請，便於三十八年六月底搭乘華聯輪，直駛臺灣。渡海的回憶，在往後的悼亡書寫中，僅化爲一句對妻子的體念：

> 季淑暈船，一路很苦。

來臺後，程季淑對於花木興致不減，便在後院牆角搭起了八尺見方的竹棚，養起洋蘭和素心蘭。

她最愛的是素心蘭，嚴格講應該是蕙，姿態可以入畫，一縷幽香不時的襲人，花開時搬到室內，滿室郁然。

而院裡另有南方著名的花木含笑，英文叫 banana shrub，花香略帶香蕉甜味。

有一天，師大送公教配給工友來了，他在門外就聞到了含笑的香氣，他乞求摘下幾朵，問他作何用途，他慘然說：「我的母親最愛此花，最近她逝世了，我想討幾朵獻在她的靈前。」季淑大受感動，爲之涕下，以後他每次來，不等他開口，只要枝上有花，必定摘下一盤給他。

在蔭涼的麵包樹下，亂離中渡海來臺的文人聚集在梁家花木扶疏的院落裡，品嚐相濡以沫的溫情。

孟瑤住在我們街口的一個「危樓」裡，陳之藩、王節如也住在不遠的地方，走過來不需要五分鐘，每當晚飯後薄暮時分這三位是我們的常客。

陳之藩的老師李書田曾爲北洋大學院長，後任職國立編譯館自然科學組。來臺後，李書田請陳之藩赴國立編譯館擔任自然科學組的編審，編譯科學書籍。陳之藩的文筆逐漸受到人文科學組的梁實秋所賞識。在梁實秋升任館長之後，主動爲陳之藩調薪。陳之藩下班後也常到梁實秋家聊天，當時他與同好創辦《學生》雜誌，擔任科學欄主編，又在文藝欄翻譯英國詩，之後結集出版爲《蔚藍的天》。在梁實秋家裡聊天時由於椅子不夠坐，只能搬出洗衣服時用的小竹凳和一只三條腿的小圓木凳。而來客卻仍在樹下怡然就座，不嫌簡慢。他們海闊天空，無所不談。陳之藩的元配王節如當時也在編譯館工作。由於王節如出身旗人貴族，亦是美食家和著名的京戲迷，因此當年雲和街寓所麵包樹下天南地北的話題，總圍繞在美食和京戲：

我記得孟瑤講起她票戲的經驗眉飛色舞，節如對於北平的掌故比我知道的還多，之藩說起他小時候寫春聯的故事最是精采動人。

由於大家都是戲迷，以至一旦從永樂戲院聽戲回來，之後談起顧正秋三天也談不完！此時季淑常給大家張羅飲料，通常是又濃又燙的香片，而冷飲則是酸梅湯，這便會勾起大夥兒對於北平信遠齋的回憶，而程季淑在北平的老家就位於信遠齋附近，於是她又補充了一些記憶中的故事。夏夜空氣沁涼，朋友們坐久了，季淑便捧出一盤盤的糯米藕。道不盡的鄉愁流洩在這些美味小吃趣談中：

> 有關糯米藕的故事我可以講一小時，之藩聽得皺眉嘆息不已，季淑指著我說：「爲了這幾片藕，幾乎把他饞死！」有時候她以冰涼的李子湯給我們解渴，抱憾的說：「可惜這裡沒有老虎眼大酸棗，否則還要可口些。」

從實際的形象轉入精神層面的刻畫，程季淑的道德情操與智慧意志在梁實秋心目中無疑是高大偉碩的。當詩人回憶起結婚當時的心情，他曾引用英語詩人 John Suckling 的“A Ballad upon a Wedding”：

Her finger was so small the ring
Would not stay on,which they did bring

然而結婚當天因戒指太鬆而把戒指弄丟的，實際上卻是梁實秋。

> 我不知在什麼時候把戒指甩掉了，她安慰我說：「沒關係，我們不需要這個。」

在梁實秋的回憶書寫中，程季淑充分展現出將爲人妻的堅毅與自信之美。日後，當梁氏拒絕金錢賄賂時，身爲他的妻子，季淑更是完全地支持：「我願省吃儉用和你過一生寧靜的日子，我不羨慕那些有辦法的人之昂首上驤。」

> 我隱隱然看到她的祖父之高風亮節在她身上再度發揚。

遷臺後梁氏夫婦曾一度住在臺北市雲和街師大宿舍，直到程季淑風溼痛嚴重才搬遷。房子空出來之後，候補遷入的人很多，然而季淑堅決主張不可私相授受，且歷年修繕增建所耗亦無需計較索償。同時季淑維持在大陸時期的一貫作風，搬家前定將房屋打掃清潔，不使繼之者感到不便。唯獨院裡那棵大麵包樹是許多人鄉愁的凝聚點，也是季淑辛勤植栽的碩果，往後更成爲梁實秋相思情深的寄託。

我們臨去時對那棵大麵包樹頻頻回顧，不勝依依。後來路經附近一帶，我們也常特爲繞道來此看看這棵樹的雄姿是否無恙。

民國五十二年十二月十八日，是梁實秋畢生難忘的一天，因爲竟然有獨行盜入侵！當時爲了歡迎女兒歸國，季淑正在廚房預備午膳。生炒鱔絲方下油鍋翻炒，即聽聞盜匪持槍勒索，當她見到歹徒以槍對著梁實秋。便從容不迫地告訴他：「你有何要求，儘管直說，我們會答應你的」。此時偏逢門鈴聲大作，盜匪惶恐以爲警察到門，揚言殺人且同歸於盡。季淑慢慢地對他說：「你們二位坐下談談，我去應門，無論是誰，吾不准其入門。」後來盜匪取錢之後猶嫌不足，奪去梁實秋的手錶，又逼迫季淑交出首飾，機智聰明的程季淑當即以一盒廉價贋品交付。當天夜晚，盜徒就逮，隨即伏法。

此次事變端賴季淑臨危不亂，鎮定應付，使我得以倖免於禍災。未定讞前，季淑復力求警憲從輕發落，聲淚俱下。礙於國法，終處極刑，我們爲之痛心者累日。季淑的鎮定的性格，得自母氏，我的岳母之沉著穩重有非常人所能及者。

自民國十年冬季一個大風雪天裡，梁實秋在北平四宜軒初次向程季淑坦示愛意。到民國六十二年季淑撒手人寰，她的一生以主持中饋爲榮，梁實秋從教職退休後，便以陪她商略膳食爲樂。兩位老人每隔兩日提籃上市，提竹籃攜皮包，緩步而行，繞市一匝便滿載而歸。市廛攤販幾乎沒有不認識這一對幸福的老者。「我願你老來無事飽加餐。」隨口而出的希望，承載了白首偕老的恩情。

「無事」「加餐」，談何容易！我但願能不辜負她的願望。

然而一旦五十年來形影不離的老妻，驟然先行而去，音容頓時宛如夢幻，午夜夢回，芳蹤縹緲，如何憑空弔唁？人生至此，方才體會「一切有爲法，如夢、幻、泡、影」。只是人心皆執著，要眞的放下，談何容易？

第三章

徐鍾珮與羅蘭的離散書寫

拾箱與失鄉

狂飆迷離的一九四七至一九五一年間，國共內戰的情勢由和談的氛圍急轉直下，戰局風捲殘雲，四九年二月前後是兩岸人們決定去留的關鍵時刻，遲疑之間已改變了許多人一生的命運。數以百萬的軍民奔逃渡海的結果是在臺灣渡過了後半生。

這段時期來臺的大陸女作家，諸如：蘇雪林（1899-1999）、謝冰瑩（1906-2000）、沉櫻（1907-1998）、孟瑤（1919-2000）、張秀亞（1919-2001），以及聶華苓（1925-）等，多生長於五四至後五四時代，不僅接受過新式教育，更對於自由主義傳統的體認與嚮往，具有高度信念。

當代自由主義可溯源至十七世紀英國內戰期間，克倫威爾「光榮革命」中的平權主義論述（Levellers），與一世紀之後美洲移民地的反叛，乃至於十八世紀末法國雅各賓革命派的新觀念。自由主義亦出自盧梭及洛克的哲學、珮恩（Thomas Paine）的著作，以及亞當斯密的經濟學分析。這些自由主義的經典性言論敵視種種以封建性爲本質的政治結構，雖然後者長期扮演穩定傳統農村經濟社會的角色，卻在近代日益都市化的境域中，愈趨顯得捉襟見肘。由於歷史衝突的結構使然，自由主義者的理念也漸趨於理性化與人本化，並排斥世襲權威與超自然權柄。這一系列觀念可成爲我們詮釋女性渡海文本的基礎理論。

女作家們在從事創作、教學、翻譯、採訪或編輯等職業多年後，選擇渡海來臺，並於國語政策推行下，展現了高質量的文學成果，同時也造就了女作家群活躍於臺灣文壇的時代。其中將刻骨銘心的渡海經歷，以及流寓初期所思所感，娓娓細訴予廣大讀者，且蜚聲於文壇的散文女作家，可以徐鍾珮及羅蘭爲代表。

徐鍾珮（1917-2006）於一九五〇年六月十日，提著一口大箱子跟著大衆登上基隆港起，四個月間，寫下了《我在臺北》一書，成爲日記與自傳結合的散文集。文中歷敘船上生活的種種艱辛與慰藉，抵臺後從寄居到建立自己家庭的周折。其間曾深刻感受到與難友們高談闊論的暢爽，也有失去小外甥女的哀淒痛惋，以及對於一般家庭主婦所承受的沉重負擔，寄予了同情和理解。在發現臺灣之美的同時，她也以曾經駐派英倫的經歷，對於來臺後所見國際局勢之人情冷暖，感慨良深。

羅蘭（1919-2015）本名靳佩芬，於一九四八年四月二十九日，帶著擺脫前半生歲月，和甩脫詭譎內戰的想望，隻身來到了基隆港，手裡提的是兩只輕若無物的小衣箱。

將近五十年後，她的腦海裡總不忘記的是：「我那有生以來第一次的『海行』」。遂於一九九五年寫下了回憶錄「歲月沉沙」第二部《蒼茫雲海》。將畢生對父親的思念，以及立足臺灣半世紀所闡發之文化總評，消融在生活的涓滴裡，匯聚成江水滔滔的宏觀與細述。

以二十世紀世界文學史的角度審視，極權與共產主義所帶來的壓迫，導致蔚爲可觀的流亡現象，從而引發流亡文學的興起。舉俄羅斯人爲例，自二十世紀上半葉起，由於政治因素的割裂，蒼凝的西伯利亞大草原下的文學傳統，儼然形成一分爲二的局面：一是俄國本土境內的「蘇聯文學」；另一爲滙興於俄國本土之外的「流亡文學」。然而流亡海外的俄國作家，畢竟不是人人都成了索忍尼辛。原因未必是流亡作家之缺乏自覺意識，而是在於離開祖國的文化母土之後，這群失鄉者也同時陷入失語狀態。流亡歐美的詩人、散文與小說家，在文學語言竭力於「西化」，甚或「美國化」的同時，他們確實使得俄國文化漸爲西方世界所了解，卻不見得對蘇聯本土文學產生影響。然而，當蘇聯文學淪爲黨的附庸之後，這批在柏林、巴黎、布拉格寄居的邊緣人始終又自覺著自己才是俄國文化的眞正繼承人。

一九四七年以後，流寓臺灣之大陸文人所發展出的流亡敘述，與上述景況，甚至於東德、北韓等地之流亡現象，可謂同中有異。首先，大陸寓臺人士並非眞正流亡國外，雖然多數作家均曾反映臺灣文化、語言、風土與大陸的差異，然終因文藝、國語政策與作家個人意識型態的契合，以致流亡作家不僅不曾失語，反而相對地容易取得發表場域。而臺灣社會的「美國化」與「西化」，又緊繫於現代化的需求，與臺海安全穩定的基本原則之上，於文藝層面，則進一步開啓了現代派思潮。現代主義之流行於臺灣，某種意義上是塡補了高壓政權下，出走美國乃至於無以爲繼的自由主義思潮。新生一代作家運用意識流之文學技巧來建構他們所承繼自父執輩之流亡生涯中的片斷，此與他國流亡者第二代之遠離祖國，及其西化的發展方向，不可同日而語。

齊邦媛曾於〈得獎「者」張啓疆——看不見的眷村〉一文述及眷村文學道：「五十年代或者因爲呼喊『反攻大陸』而有過短暫的自慰。那時兵尙未老，在等待反攻的那些年，筋血未衰，尙在村口樹下口沫橫飛地講述忠孝節義，講八年抗戰。這些講述留在當年幼小的聽衆心裡，成爲眷村第二代創作靈感的一大根源。」

儘管如此，戰後東渡來臺的大陸作家，因政權激變，而拾起衣箱，踏上流亡的道路，從而改變了臺灣文壇的發展方向與政治格局。僑寓文人從「權作避秦」，到「收復無望」，乃至於「終老斯鄉」的輾轉創作心路，終使得「流離意識」成爲重要的臺灣文學現象之一。外省作家突顯出海外孤島作為民族流亡中心的特殊意義，直到第二代作家的出現，讀者都還能夠從他們的作品中清晰地察覺到中國人退守臺灣的流放悲情，及其身處邊緣，卻又胸懷中心的文化意識。他們將個人的境遇，比附在整體國家命運的那種「憂時傷國」的態度，被白先勇在〈流浪的中國人〉中斷言是：「繼承了五四時代作家的傳統。」

從大陸到臺灣，生於「五四」，長於「後五四」時期的女作家，因其本身才自重重束縛中解脫出來，於是將二十世紀新文藝女性的自由、解放觀點，與臺灣現實生活中奮鬥的經驗相互結合，並落實在流寓生活書寫裡，進而翻新了自古以來「流亡」與「女性」相結合的概念與本質，進而形成臺灣「五四」女學傳統與新流亡論述的合流。本文所以使用「流亡」一詞，實亦來自所論述的對象徐鍾珮等人的自覺性之重複使用，她曾於〈書中情趣〉一文中提及：「輾轉來臺，我雖也割愛了一部分書籍，但是大部分還跟著我流亡。」又如：〈羅馬不是一天造成的〉文中指出：「在大陸上最後的首都成都撤退，臺灣身價大跌時，我的友朋們都已經安居下來，都已經能接受和安頓自己一批流亡來臺的親友了。」

海行是家的延伸

離開吧！在這黑暗愈來愈濃密的時候。

——羅蘭，〈是前生註定事〉。

當戰爭剝奪了人們理想和現實中的家鄉時，乘船渡海便成爲流亡生涯的第一步。一九四八年三、四月間，東北戰事緊急，二十九歲的羅蘭感受到自己在有形的戰爭與無形的黑暗中尋不到出路，日日所面對的是無望的歲月，她急欲掙脫這種無奈的陷落感，於是奔向海外之島的渴望，如同生命對空氣和陽光產生自然而然的生物趨向性一般。她登上了和順輪，離開大沽口，駛向上海，輾轉來臺。

在港口等待潮水之際，彷彿船也遲疑起來：「眞的要走了嗎？」，她起初的構想是：「我所要追求的是一個短暫的『海闊天空』。」作者在船上乘著晚風，將星空設想成「藍緞上灑著大把的碎鑽」，擁毯倚坐船頭，隨著船身左右均勻地搖晃，感覺像在母親的搖籃裡。由意識流的轉進，於是她在大海上漂泊的時日裡，想起了自己的母親。想到母親推動他們兄弟姊妹七人搖籃的手。如今在漫天烽煙裡，始慶幸母親的早逝。女作家呢喃道：「我好像是很快樂。」並非眞感快樂是因爲心繫遠方的家人。朦朧的意識裡，女性始終對於提起皮箱、登上輪船出走一事，感到自己在戰爭中，對於家人是殘忍和痲木的。如若沒有這份殘忍和痲木，如何斷然與「家」分手，成全自我？徐鍾珮晚年回顧、剖析這樣的心情道：「你曾想念過他們嗎？在長長的歲月裡，你曾爲自己的不孝而不安過嗎？沒有，好像沒有，似乎沒有，大概沒有。……」（徐鍾珮，《我在臺北》，一九五一年。）不敢肯定，不能深入追問，因爲炮火下顚沛流離的滋味，已使人們善於克制，克制自己不要悲傷、不要懷念，於是近乎沒有牽戀。

然而顚沛之間，女性的皮箱與輪船的故事，仍在持續中，並且隨著局勢的遽變而愈加倉促與緊急。一九五〇年六月十四日，徐鍾珮說：「南京淪陷了，隨著也淪陷了我的家，和我旅伴們的家。」她形容當初所乘的太平輪二等艙是「一個黑黝黝的大洞」，人一下洞，便有一股異味撲鼻，地下又溼又黏，原來是一艘貨艙改裝船。儘管如此，她仍然十分珍視這同船渡的緣會。對於船上的旅伴伸出溫馨的援手。與她同行的四位太太平均每人兩個小孩。當孩子們一會兒吃，一會兒吐之後，徐鍾珮說：「我滿床成了一幅五彩圖。」想爬出船艙透透氣，結果「甲板上黑壓壓的都是人」，由她代爲照顧的兩個辮子稍走了樣，短髮已蓬鬆的孩子們，就成了「黑洞中的天使」。海風下，浮動的船身中，徐鍾珮想起的是另一位女作家，海軍將領之後——謝冰心。不暈船的冰心，自幼環繞在海隅、水兵和軍艦之間，她據此傾訴對父親的孺慕：「這證明我是我父親的女兒。」見船就暈的徐鍾珮遂又進一步聯想：「我的父親不是海軍出身，我也證明了我是我父親的女兒。」

在女作家的皮箱與輪船故事的背後，分別隱藏著母親和父親的身影。無論已婚或未婚，身爲女兒的意識使他們將船身的意象幻化、聯想爲溫暖的雙親，並藉由「母親的搖籃」與「我是父親的女兒」等想像與宣稱，使得海行展演成爲家庭生活的延伸。女作家透過私密的感官體驗，以及對其他女作家的認同，將其所重視的瞬間印象，諸如：星空下搖晃的船恰如母親推動的搖籃，以及暈船噁心等具體感受正說明了自己是父親的女兒等跳躍式的聯想，使意象在似連非連之間，暗示了內心的思鄉情懷，並以此直覺來綰合短暫的「流亡離散」與永恆的「思鄉懷舊」等兩大主題。

在相同議題上，相較於男作家的直接鋪陳，例如：桑品載於二〇〇〇年寫下的乘船渡海回憶：「……俯著欄杆看海。家早已看不見，甚至連方向都亂了，母親這時候在做什麼呢？祖母和父親有沒有回家？姊姊去不成臺灣只好嫁到上海去了……」（《岸與岸》，二〇〇一年。）又如：張系國等人曾回憶當時的情景：「那年五歲，在南京火車站的逃難人潮中，終於被人擠入開往上海的火車裡。母親卻在車外擠不上去，火車即將開走，好心的人把張系國從車窗遞給嚎啕大哭的母親，如果那時就此走散，不知道現在我在哪裡，……站裡已經不賣票了，全隨人自由上下。行李塞上車後，我從窗口爬了進去，蒙頭蒙眼被車裡的人拉拔站住了，睜開眼，只見滿坑滿谷擠得不成樣的人；車頂是人，車窗是人，一地全是人……。」（見余幸娟，《離開大陸的那一天》，一九八七年。）

女性借物質世界可感之物，間接而朦朧地表達出精神狀態中的事實，均帶來了掩映於亂離處境中的情思與想像。於此思維中，徐鍾珮將倉皇亂離之間所遭遇的暈船嘔吐等難堪的窘境，以幽默而獨具情味的文字來表達，諸如：「……小迪吃了兩口，哇的一聲吐得我一床，毛毛心裡一慌，稀飯打翻，我滿床成了一幅五彩圖，有稀飯，有肉鬆，有燻魚，有榨菜，有……所有大肚子的太太，也全暈船輪流嘔吐。我的床鋪，又暫時做了垃圾轉運站，所有痰盂，橘子皮，瓜子殼，都由我經手……。」舉重若輕地排解了苦難中的憂愁與紛擾，於輕鬆的生活態度與認眞地追尋自由之間，面對眞實卻又荒謬的人生，展開自我的胸懷，笑看浮世繪裡的悲欣與種種的意外和落差。於是女作家打破了流亡生涯的固定觀點，化沉重爲輕靈，進而形成女性流亡書寫的特殊風貌。

旅人之思

一九四九年的大遷徙，是繼明末鄭成功率衆渡海來臺之後，規模最大與流亡時間最長的大分裂。其間文藝思想頗有承續晉室東遷、宋人南渡以降，逐臣遷客、遊子戍人的傳統，同時亦開啓了二十世紀亂離文學的另一章。臺靜農對此文人處境，特以「始經喪亂」陳述之；而唐君毅則形容爲中國人的「花果飄零」。無論是「喪亂」或「飄零」，臺灣作爲中國民族的離散中心，在政治及國際社會上的意義是將塞外小島轉移爲國府中心；就文化層面而言，這一座孤島對遷臺客來說，既是逃避現實的世外桃源，又是抗敵的精神堡壘；既是異鄉又是家鄉；既是國家又是省份……。在多重身分迷失、憂國情結蔓延與危機意識深重的遷臺作家身上，女性借用自然物象，包括風土景緻的色彩、香氣，乃至於音調等感官上的交錯、互用，來提升古來傳統流亡書寫的民族大義與悲憤之情，則時而有之。

羅蘭曾經回憶道：「因爲我喜歡旅行」，於是她用「旅人的心情」來到臺灣，並且幾乎是在開始於新公園內的電臺上班的同時，便欣賞起亞熱帶蓊鬱的花和藤蔓。女作家所鍾情的九重葛和牽牛花等，都是具有「隨遇而安」，以及「閒適之美」的攀蜿植物。她說：「那柔軟的感覺使你覺得它們是那麼自在。」對於中國式的「安閒感」，羅蘭自有一番體會，她引用沈和及陸游的詞：「見芳草，映萍蕪，聽松風，響寒蘆，我則見，落照漁村，水接天隅，見一簇，帆歸遠浦，他每都是，不識字的慵懶漁夫。」「輕舟八尺，低蓬三扇，佔斷蘋洲煙雨，鏡湖原自屬閒人，又何必官家賜與。」來詮釋她的心境：

「悠閒」的形成，有儒家的鎮定，也有道家的飄瀟。所追求的都是一種更深遠、更寬廣的精神內涵。

中國人越是事業上有成，越是書念得多的人，越使人覺得他悠閒。

——羅蘭，〈中國式悠閒〉，《從小橋流水到經濟起飛》，「羅蘭小語第五輯」，一九八七年。

臺灣社會逐漸步向現代化與商業潮流之際，羅蘭所提出的精神內涵，實質上正是深刻的人文關懷。她強調「閒世人之所忙」的冷靜心態。因爲「閒」則能步伐穩定、放寬視野，進而讀書、交友、飲酒、著書，乃至深謀遠慮、未雨綢繆、制敵機先……。她自我期勉於衆人所盲目奔逐的事物之外，擷取爲人所忽略卻有意義的事情來從事，以求貢獻一己之力。

寫作相對於俗累所產生的「閒情」，其實是給女作家保留了工作與家事之餘的最後一點私人領域。羅蘭曾在丈夫帶著孩子去看電影的時候寫道：

> 我難得有段空閒的、屬於自己的時間，就坐在飯桌前，找出紙和筆，想寫點東西。……
>
> ——羅蘭，〈他們埋骨於此〉，《蒼茫雲海：歲月沉沙第二部》，一九九五年。

> 我喜歡寫東西喜歡到不知爲什麼要寫的地步。反正只要給我一支筆，一些紙，我就覺得既快樂又安全。
>
> ——羅蘭，〈臨時房屋風水好〉，《蒼茫雲海：歲月沉沙第二部》，一九九五年。

女作家在瑣碎雜事、閒言碎語和婦職家事之餘，以「偷閒」心情遣發靜觀樂趣，寄託書與幽長，以建立自己存在的價值，設法從空虛中脫困，於是著意觀察生活，體驗臺灣的文化差異。舉凡：榻榻米、木屐、扶桑花，以及任何一種周到的待客方式，乃至於每隔一段時日徹底的衛生檢查等日本遺風和情調，在在使她興起自己「這一代」飽經戰亂的身世之慨。

而這一切在心境上所映照出的陌生與悽清，最後都化解在「旅行者」的心態中，讓離開母土的無根與脆弱的心，能夠從記憶、懷舊當中暫時抽離，以致從不同的角度，使自己成爲擁有新發現的欣賞者。而羅蘭在颱風雨中欣賞花木的飄蕭，則又進而將欣賞者的視角轉變成一位「創作者」：「切身的苦樂幾乎在一瞬間都可以變成一個故事、一幕戲、一部小說、一首詩、一首歌……很值得寫下來。」（羅蘭，〈黃葉舞秋風〉，《蒼茫雲海：歲月沉沙第二部》，一九九五年。）於是寫作成爲女性跳脫與化解「當局者」苦樂的轉化劑。

旅人的心情也同樣地出現在徐鍾珮的〈發現了川端橋〉，她說：

我想我永不會忘記我對川端橋的第一眼！太陽正落在橋的那邊血紅

金黃，橋邊一片平陽土地，河水清澈，有幾個穿著花裙的女孩子跪著在洗滌衣服，橋邊一輛牛車，緩緩而行。

我呆立不動，久久無言。……

——徐鍾珮，〈發現了川端橋〉，《我在臺北》，一九五一年。

徐鍾珮初到臺北，於水源路旁，發現了川端橋映在遠處的一抹青山和近處閒立的幾幢房屋之間。循橋東行，聞著農家的泥土氣息，感受到靜穆與幽嫻的自然之美，比家鄉玄武湖的湖光山色，有過之而無不及。剎時間的驚異與讚嘆，為日後的卜居於水源之濱，帶來了每晚太陽西墜時的橋畔閒步。作家將自我映襯於局勢不定間，隻身流寓離散的寂寞心境，使她在清晨月夜，攜書至此，踽踽獨行中遠眺遼闊的天際，在微風中遣送當時的愁緒，也盼望從這不知名的靈感裡，找回失落的情懷。

所謂失落，是一種無以名之的惆悵，是生活中不算奢侈的寄望，包括了對於摯愛的人的懷念，在山河變色與不斷地奔波中，遭受到折磨，因而面對過去時，但覺不堪回首；展望未來卻又引發生命力奄奄一息的感傷。羅蘭說道：「當初那阻擋我的，是有形的戰爭，後來這阻擋我的是無形的環境。它不向任何人宣戰；它只讓你在四顧漆黑中無奈地陷落。那是一種沒有形貌的猙獰。」失落，或曰陷落，在另一位散文家張秀亞的筆下，亦曾深有所感：「孤獨與寂寞做了我的雙翼，我是一隻愛唱卻不善唱的鳥，我永不是四月林中的新來者，能唱出歡欣的歌。」（張秀亞，《牧羊女》，一九六八年。）

女性此時所找尋的，哪怕是一點莫名的靈感，即使只能爲白雲畫像，爲山泉錄音，也擬擷取留存。於是寫作，成爲一種生活態度和生存方式，爲一葉浮萍的迷茫與惶惑，找到充實感，以安頓心靈的家。是「國軍轉進，戰爭失利」之大局混亂中，收拾自我這個小殘局的途徑與慰藉。

旅人的心，是暫時脫離如同漂浮在和體溫一樣溫度的水中，而失去數種感覺的狀態；以追尋未知領域的探險和尋覓的精神，去擴充自我的知覺界定和意識邊界。遷臺女作家倚賴著，遍佈在生命中每一件事物之細膩描繪，將明亮燦爛而情感洋溢的大大小小故事碎片，拼組成有意義的生命式樣，以展現其感官知覺曾經越過多少不同時空的文化領域。羅蘭說：「小快樂才是構成人生樂趣的主要旋律。」（羅蘭，〈快樂的共鳴〉，《成功的雙翼．羅蘭小語第三輯》，一九七四年。）如同一九四八年來臺的女性小說家沉櫻。她曾經在苗栗頭份一帶，過了一段翻譯與寫作的淡泊生活，卻也是一段人生夕陽裡的光彩。沉櫻喜愛描繪生活中的小事物，她說：

我對於小的東西，有著說不出的偏愛，不但日常生活中，喜歡小動物、小玩藝、小溪、小河、小城、小鎮、小樓、小屋……，就是讀物也是喜歡小詩、小詞、小品文……，特別愛那「采取秋花插滿瓶」的情趣。

——沉櫻，《春的聲音：沉櫻散文全集》，一九八六年。

在頭份果園中所構築的「小屋」裡，沉櫻以散文〈果園食客〉記錄生活樂趣，寫出臺灣鄉情中大自然的花鳥風雨之情，遂使其「小屋」聞名於臺灣女作家之間。掙脫戰爭與逃難的陰影，克服了離家的艱辛，女作家來到臺灣方始擁有維吉尼亞．吳爾芙所說的「自己的房間」（A Room of One's Own），她們以領略臺灣之美的心境，轉化為隨遇而安的文字。因為旅行者的另一重心境正是「隨遇而安」，是以羅蘭說道：「人生遭際不是個人力量所可左右，在詭譎多變，不如意事常八九的環境中，唯一能使我們不覺其拂逆的辦法，就是使自己『隨遇而安』。」（羅蘭，〈隨遇而安〉，《羅蘭小語第一輯》，一九八一年。）

發現臺灣‧發現自己

事實上，深植閒情於小事物，同時也正寄託了女性對臺灣的歸屬與定位。徐鍾珮於新居階院栽種起玫瑰、杜鵑和康乃馨，在一番縱情盛開，花謝旋又綻露新苞的同時，另有幾株花木卻正由綠轉灰，已至於枯葉落盡，幼芽不生。生活中有希望，也有失望，徐鍾珮說：「大概它們立意不管外界春去秋來，也不管移植的是東鄰西院。我的花樹全秉有倔強個性，只是發展方向不同，一個是離開本土，絕不放青；一個是只要我放青，管它是什麼土地。」（徐鍾珮，〈閒情〉，《我在臺北》，一九五一年。）臺灣對於流亡女作家而言，究竟是否能夠成爲滿懷開花結果希望的溫床？梅家玲針對外省女作家的作品做出如下的歸納：

> 這個蕞爾小島的意義其實並不僅止於暫時歇腳的跳板。在爲數可觀的女性文本中，臺灣代表一個療傷止痛的空間，沉澱洗滌過往的錯失與罪愆；更重要的是它象徵一個希望的溫床，對女性而言，尤其

是再出發的起點。

——梅家玲，《性別論述與臺灣小說》，二〇〇〇年。

臺灣成爲再出發的起點，便也意味著乘船渡海是女作家生涯中重要的分水嶺。羅蘭離家時，曾誓言：「絕不願意再由於任何原因而回到我亟欲擺脫的環境裡去。」（羅蘭，〈「他」是誰？〉，《蒼茫雲海：歲月沉沙第二部》，一九九五年。）

一九四八年中，就在個人的成長階段需要一分爲二的時刻，海峽兩岸的政體也同時在進行一場分道揚鑣的政治隔絕。羅蘭於此時和朱永丹成家，婚後幾個月內，工作上仍持續播報國軍渡江、轉進，共軍佔武漢、上海等新聞。臺灣從三月限制軍公教人員及旅客入境，到五月宣布戒嚴，直至國軍完全退守臺灣，兩岸對峙乃成定局。兩岸家書一片蒼涼，女作家著眼於現實生活，仍然是在工作與家庭之間旋轉，淡漠政治的習性，在時局混亂，人們來往穿梭，無所適從，戒嚴法令人怵目驚心的時刻，羅蘭抓住當下唯一的希望，面對新成立的工作與家庭，掩不住興奮地說那是：「我極快樂的生活片段。」（羅蘭，〈風雲變幻彈指間〉，《蒼茫雲海：歲月沉沙第二部》，一九九五年。）

猶如孟瑤小說《浮雲白日》，將渡海來臺，無依無靠的流亡女性在臺灣相互扶持的生活困局，巧妙地轉化爲姊妹情誼下的女性理想烏托邦，用以取代傳統的父權家庭制度。聶華苓也曾在《桑青與桃紅》裡，寫下一群難民以漠視禮教地歡樂作愛來消散流亡者的集體文化記憶。女作家一再地透露其自由追求下對家國與民族思想的解構。亦從而暗示了歷史文化與集體建構記憶出的國族想像，在女性實質生活體驗等思維模式中所佔有的其實僅是微乎其微的份量。

流亡女作家的認同取向，在韓戰爆發後，進入一波新進程的論述空間。在美方軍援和經援接踵而至的情況下，與收入懸殊的臺灣人相比，社會上文職或軍職的美國人，便成爲一特殊階層。此一階層雖不至於高高在上，卻將現代化和商業化的觀念，一步步深入臺灣。同時接受五四新思潮洗禮的女性，在渡海來臺之後，面對兩岸生活禮俗的異同，羅蘭曾省思道：

> 來臺之後，經常發現，本省的家庭和大陸的老式家庭十分相像，所使用的飯桌、供桌、神龕、條案等等家具，都和大陸一般無二。這裡儘管經過了五十年的日本佔據，民間所保存下來的生活型態和傳統禮俗，卻向是比來自大陸的我們這一代還要傳統。

——羅蘭，〈「模範省」〉，《蒼茫雲海：歲月沉沙第二部》，臺北：聯經出版事業公司，一九九五年。

「我們這一代」，不斷地出現在流亡女性筆下，用以度量兩岸及兩代之間在生活型態與思想上的鴻溝。她們接受「五四」的洗禮，走過三十年代的內戰與北伐，從中學或大專起，國仇家恨已滲入了其學思與心靈。羅蘭說：

這一代人們，無論他是在海峽的那一岸，在一生的歲月裡，所努力以赴的，是救國與建國；而在這慷慨悲歌的漫長生途之中，他們所拚命圍堵的，卻是個人的感情。

來臺後不久，女作家發現，臺灣長者文人從漢詩文造詣，以至於對自己文化的一種無形的信心與堅持，遠勝「五四」以後的大陸文人。然而這一切在日據不曾喪失的文化挺拔姿態，卻在美援之前逐漸垂頭，徐鍾珮感嘆道：「年來的孤淒寂寞是難堪的，但是在孤淒寂寞裡，也最能悟出眞理。」「自從發現臺灣發現自己後……我們看盡了世態炎涼……」她因鄰近機場，故而對麥帥座機的來去深具臨場感：「臺灣經緯度未變，豐姿依舊，以前未蒙青眼，現在卻又被驚爲天人。」對於流寓臺灣的抉擇，她始終堅持自我尊嚴的維護立場：「即令美國無有第七艦隊，世上無有美國，我們也不會替自己理想，豎起白旗。」

正當臺灣經濟起飛，逐步邁向已開發和經濟奇蹟之際，女作家看到的是社會潮流指向放棄儒冠，國人轉以小商人爲師，在自我炫耀和標榜的社會習氣中，她們秉持人文關懷的理性良知，以更長遠的文化教育觀點省思，並不諱言道：「我們是失敗的。」於臺灣認同問題上，當許多人捲入中共大規模進攻，聯合國席次難保，又或許美援不來等多重漩渦中無法自拔時，徐鍾珮僅以簡明的一句話答覆異國友人：「任憑弱水三千，我只取一瓢飲。」是女性流亡者強韌姿態的再度證明。

信念與懷念

異地的夜，只是昏昏昧昧。涼涼的夜風吹過來，也像欺生。

——袁瓊瓊，《今生緣》，一九九七年。

袁瓊瓊曾代母親如是說道。流寓文人以地理位置所產生的距離作爲開端，從遊子文學出發，帶出身分階級、社會政治、歷史文化等變動脈絡的環環相繞，將眼前的地理景觀交纏於同一代戰亂下的流亡者內在的思維裡，進而塑造出不同於在地文人的地理觀照、歷史定位和人文風物。一再纏繞著流亡者的家國想像與文化制約，終而歸結到「自我認同」的族群身分標記之中。一生中能夠抵達遙遠的彼岸，無疑是給予作家另一副眼界，和另一種心境。當文學不再只是酬酢往來的禮品或政治攻防的工具，進而昇華至對命運遭際的思考時，所謂的作家便誕生了。

中國近代的戰火，從民初延續到一九五〇年代，儘管名目不一，人們遭遇顛沛流離的苦況，卻無不同。羅蘭說：「渡海來臺時的背景即使每人不盡相同，一個海峽的徹底隔絕，卻是沒有兩樣。」此一隔絕，在所有現實意義之上者，直指「感情」。自倉皇渡海到重新立足，流亡生涯對於多位女作家而言，有著比一般人更警覺的感覺世界，和經歷多重文化所衍生之意識流動不息的印象。在不安與飄蕩的驚夢中，作家藉由書寫以尋覓變動的時代下，唯一凝住不變的一剎那。而她們的寫作，卻又始終環繞著平實親熱的人生觀。於細膩的遣詞造句中，抒發其敏銳的感官搜尋，以及各色各樣生活體驗。而此類日記與自傳體之散文最主要的形式特徵，在於寫作的意義即是一種詮釋自我的過程。女作家揀選渡海經歷、流寓生活加以描繪，實際上是在多樣生命面向中，組創出一個自我認定的版本，藉由寫作找到主體的認同。

穿過戰亂和離家的陰影，女性運用日記和回憶錄撤下了點點智慧星光，使人們於此「亂世之文」中，閱讀到雖是平淺散文，卻猶如情節離奇的小說；作家既深陷重重困境，卻又輕靈地於現實中超越提升。如此「詭麗」特質，使得這些篇什不再默默平蕪。透過朦朧的象徵，在是耶非耶的隱喻間，我們仍將發掘字句背後所有堅強的信念與深沉的懷念。

第四章

琦君的詩化小說

詩意的距離

閱讀琦君的第一部作品《琴心》，感覺像是在冬天的夜裡，雙手握著一杯溫熱香濃的紅茶，使人滿懷溫馨與平靜，即使多年後回味起來，也有夢中朦朧寫意之感。那些風格柔雅、情感馥郁的故事，在和美而不輕綺的筆調下，流露出琦君青年文人的多少浪漫情思。本文所謂「詩化」與「詩意」，乃指涉琦君小說在語言與內容上所造就的典雅氣質，與含蓄委婉的美學效果。張文伯說：

> 琦君爲文，不事雕琢，長於心理描繪，而以空靈淡雅勝。其情致有如綠野平疇，行雲流水，令人超逸意遠，餘味常在欲言未言之間。
>
> ——張文伯，〈琴心・序〉，《琴心》，二〇〇二年。

這些意境深婉的詩化語言，使我們恍若進入到作者的斗室，依偎著一燈熒熒，將琦君一字一句地吹送出滿室的春暖擁在懷裡。這裡的每一個故事，都像是一段美好的回憶，作者以寫意傳情的筆法描寫現實人情，將發乎人性的美好情感與情趣融入生活，造成虛實無間、渾然天成的人物形象，既美化了情致，又開創了意境，同時也富於詩意。而這純化的情意與筆調卻是用飄零一身、客心孤寂的歲月所換來的。那些曾經在內心經過了千迴百折的錘鍊，到達我們眼前之際，已是雲淡風輕，舉重若輕。留待我們繼續追尋的，則是許多如夢般詩化的生活況味。

本文試圖透過語境、生活、人生與亂離等四重視角，來重新閱讀《琴心》與《菁姐》兩部琦君早期的短篇小說，以品味她作品中豐厚幽深的詩意情境。

一場遠方的夢：詩化的語境

文風的肇始與盛極，無論時間短長，都會成爲明顯的時代特色，當新文學運動乘著五四風潮的浪花攀入天際，自由創作的海嘯橫掃古典格律的範限，文體之間相互含融的景象，已在三十年代許多作家筆下呈現。朱自清在〈槳聲燈影裡的秦淮河〉描寫道：

> 這燈彩實在是最能勾人的東西。夜幕垂垂地下來時，大小船上都點起燈火。從兩重玻璃裡映出那輻射的黃黃散光，反暈出一片朦朧的煙靄，在暗暗的水波裡，有逗起縷縷的明漪。在這薄靄和微漪裡，聽著那悠然間歇的槳聲，誰能不被引入他的美夢去呢？
>
> ——朱自清，《朱自清文集》，一九九〇年。

碧陰陰的秦淮河水，彷彿凝結了曾經厚而不膩的六朝金粉，在恬靜的柔波裡，使得作者面對眼前的水闊天空而遙想著另一個紙醉金迷的時空。於是眼前黯淡的水光，竟如幻境般散發出了光芒，那是「夢的眼睛」。五四文人在理性與感性之間營造文學的氛圍，將詩的抒情性語言，視爲一種能夠引發讀者在單純的景象中興起片段遐思的光源。楊昌年教授說：「詩是文學王國中的貴族，是文學藝術中最純淨的精粹。」（楊昌年，《現代散文新風貌》，一九九八年。）

詩化的語境將平淡直述的事理點畫成姿采繽紛的濃美語彙，加上意象的聯想與鏗鏘的音節，使得天空地闊的漫談得以集中在某一完足的具象上，成爲引領讀者情感的主線，也是讀者對文學興發感觸與進而玩味的起點。

五四以降，文人以詩一般的精煉語句，將散文與小說中冗散的言詞收攝在意象層疊豐奇的隱喻與擬稱之中，同時使得句法像詩一般地符合大自然的律動，而文章也就被點綴出充滿了視聽等美文化的藝術效果。徐志摩所詠嘆的朝霧與朝陽是最佳的例證：

> 朝霧漸漸地升起，揭開了這灰蒼蒼的天幕（最好是微散後的光景），遠近的炊煙，成絲的，成縷的，成捲的，輕快的，遲重的，濃灰的，淡青的，慘白的，在靜定的朝氣裡漸漸地上騰，漸漸地不見，彷彿是朝來人們的祈禱，參差地翳入了天聽。

朝陽是難得見的，這初春的天氣；但它來時是起早人莫大的愉快。頃刻間這田野添深了顏色，一層薄紗似的金粉糝上了這草，這樹，這通道，這莊舍。頃刻間這周遭瀰漫了清晨富麗的溫柔。頃刻間你的心懷也分潤了白天誕生的光榮。

——徐志摩，〈我所知道的康橋〉，《翡冷翠山居閒話》，一九九六年。

詩化的環境描繪，不僅在美文的修辭藝術上顯示出意義，同時也將作者內心的情意與情境，藉由一幅幅可見、可聞、可感的圖景傳達出來。表現在小說領域裡，則又擔負了刻畫人物形象與鋪陳情節的任務。

生於五四，長於後五四時期的女性作家群，一方面逐漸脫離了激情運動中徬徨悵惘的情緒，同時也能夠將詩化的散文語言自如地運用在小說寫作上。與琦君同時代的女作家張秀亞便在她的小說開頭裡寫道：

太陽沉入茫茫的海底了，一片紫霧，瀰漫天際。東方，在一線淡藍的天光裡，飛升起一彎羽毛似的弦月，鍍銀了大海的波峰。

——張秀亞，〈同情與愛情〉，《七弦琴》，一九六四年。

作者以長短句帶動讀者吟誦過程裡所興起的音樂韻律感，這些長句氣勢與短詞頓挫的參差交錯，是講求如詩般音響質地的創作成果。而紫色迷霧、淡藍天光，與鍍銀波峰所形成的迷離世界，也足以使我們意識到小說家在超越的想像中，委婉營造出深邃的色調與韻味。作者以精心構製的一場遠方的夢，將小說裡的環境描寫，奠基在超凡脫俗的意境上。而故事裡的菁姐被夕陽染紅的面龐，對照出林昌蒼白得像秋月上一滴冷霧的臉，則又同時實寫了人物具體可感的心聲與情意。如此精雕細琢、典雅飄逸的語言風格，的確帶來了出奇制勝、如夢如畫的意境。

用這樣朦朧的寫意畫來襯托人們心靈深處的情態，則同時也是琦君的特長：「她的神態已不是當年夏夜的涼風那樣爽朗了。」、「她的眼睛裡好像抹上了沉沉的暮靄。美麗的嘴角……總像在嚥下許多許多隱忍的痛楚。」、「我自從住到這兒，與外界完全隔絕，心就像天邊的雲彩那樣悠閒。」（琦君，〈失落的夢〉，《琴心》，二〇〇二年。）

作者用夏夜裡的涼風、沉沉的暮靄和天邊的雲彩來烘托女主角的內心世界，使得自然景象的渲染成爲女性美的修辭語，在具體、生動的形象中，展現了情顯於境而以意勝的古典美學風格。此外，琦君還運用了另一番反襯的手法，在〈失落的夢〉裡，開端即寫下：

> 校園裡一片寂靜；風一絲兒也沒有，上弦的新月，灑下了淡淡的光輝。我穿過疏疏落落的棕櫚樹，躑躅在輕紗樣迷茫的夜霧裡，心頭無端感到一陣沉重與空虛。

原來在輕紗般的夜霧裡，人的心反而更顯得沉重，這無疑也是一幅以文字營造出煙籠詩意的境界，進而以境傳情的寫意圖。詩化的語言看似輕如薄霧，短若一夢，卻在欲言未言之間隱藏了深沉的心聲。琦君在〈漫談創作〉裡曾藉李後主的「砌下落梅如雪亂，拂了一身還滿。」指陳文章於含蓄蘊藉之中，隱約透露的渾厚藝術特質：

> 如雪的落梅飄在他身上，本來是多美的情景，但因國破家亡，寄身

異域，內心悲痛萬分，所以見了身上的梅花瓣，無心欣賞，又把它們拂去。可是拂去了又落一身，見得他心裡的苦惱與落寞。他不明說「落梅如雪更添愁」，只說一句「拂了一身還滿」。含意更深，悲痛也更深了。

——琦君，〈漫談創作〉，《琦君小品》，一九六九年。

琦君特別重視以詩的凝鍊語言，傳達一份深沉的抑鬱之美，亦即語意曲折淒婉的隱藏藝術，猶如國畫中的寫意筆墨，留下多少不盡之意，見諸言外，深扣讀者的心弦。在〈失落的夢〉裡，強忍痛苦成全丈夫婚外情的女性最終感到：

一種酒醒夢回的幻滅之感，像幽谷的寒風吹襲著我，一股力量好像從我內心抽去，我失去了憑依，只覺此身向無底的深淵沉落下去，迷失在黑黝黝的濃霧裡。

作者已將小說中人的悲慟以象徵、委婉又酣暢淋漓的口吻道出，而〈長相憶〉

中，張老師「把手中的花朵丟到水池裡，噴泉灑下來，花瓣片片分散開來，在水面打著旋轉，又漸漸地飄開了。」則是更進一步以動態的描述，餘味深長地暗示那初戀時留下的創傷，將如同這些被摧殘而散開的花瓣，片片飄零，不能夠再復原了。

冉冉綻放的芙蓉：寫意的生活

在詩化的語境當中，融入生活的氣息，使得閱讀過程裡，處處聞到幽幽花香，感到微風輕拂，悠遊在一個不染人間煙塵的角落裡，爲樸實恬然的氣氛所環繞，是琦君文風給予人美的饗宴。在許多寫景的片段裡，有如青藍水墨的繪畫世界，盪漾著柔情似水的光影浮動，琦君筆下人物豐盈的情感，也在這無邊無際的柔波裡得到潤澤。猶如作家現身說法的情境：

> 我早年常常會做一個夢，夢見一團彩色繽紛的圓球向我滾滾而來，當我伸手去捧握時，彩色圓球消逝了，夢也醒了。醒後總是虛虛恍恍若有所失。是我一直在追求著一個達不到的願望，才有這樣的夢嗎？
>
> ——琦君，〈夢中的花朵兒〉，《琦君讀書》，一九八七年。

多年後，她在卓以玉的水彩畫裡，捕捉到了那個早年的夢，原來那是一朵浮動於水光雲影中的荷花。從古典到現代，從繪畫到文學，琦君追求的是一片朦朧而柔媚的寫意天地。她用美文的筆觸來塑造人物、編織故事，同時也鋪陳景象。許多女性美與生活詩情的綰合，總是使人忍不住頻頻回首，例如：菁姐的肌膚「細膩潔嫩得像新剝出來的西湖菱」，她那「盪漾著波光的眼神」配上「翠黛點點」，越發增添了憂鬱之美。於此之際，她們的生活環境亦無不隱含著作者心中亟欲捕捉的一朵夏荷與一抹天光雲影：

夏天傍晚，我們把船蕩進了亭亭似蓋的荷花叢中，綠雲款款地低護著我們的頭和肩。菁姐斜依著，鬢邊的短髮輕輕拂著我的肩膀，一陣陣芬芳撲鼻而來，我分辨不出是荷花香，還是菁姐的衣袖輕香。……花梗梢頭的藕絲拖得長長的，微微飄動，又纏在她的手腕上。她的眼神徘徊於花與大哥之間。剎那間，大哥的眼神也落在花上了。我卻仰臉從荷葉縫中望著碧藍的雲天，心中微微感到點寂寞。

——琦君，〈菁姐〉，《菁姐》，二〇〇四年。

以古典詩詞韻味轉化而出的含蓄心境，表現了小說人物的點點哀愁，不僅婉曲地訴說了作者對詩詞話語特質的熟稔，而如此的文墨同時也可視爲她對生活的體認與追求。在〈長溝流月去無聲〉裡，她便引出陳去非的〈臨江仙〉來訴說這份由悠閒、孤高與寂寞交織而成的生活況味：「長溝流月去無聲，杏花疏影裡，弄笛到天明。」以明月、杏花和弄笛人來增添分隔兩岸的戀人，內心深處的孤清。琦君信手拈來古句，同時也點綴了新文藝的光彩：「新詩、舊詩原是一個家族，兒孫們偶然戴上老祖母的珠翠，或將一條古色古香的花邊鑲在時裝上，豈不益見得容光煥發，別具新裁呢？」（琦君，〈不薄今人愛古人〉，《琦君讀書》，一九八七年。）古典詩詞裡的生活節奏，不斷地飄然隱現於小說場景裡，像是古老的祖母綠與時尚潮流設計的一場對話，使得琦君小說裡詩化的語言，更爲氣韻生動、意境綿長：

屋子裡靜悄悄地，沒一點聲息。只聞得一縷淡淡的幽香，撲鼻而來。藍色的紗帘垂著，陽光灑落在窗臺前的瓶花上，回頭見靠牆琴桌上放著一隻深淺綠花紋的古雅小香爐。爐煙嬝嬝，一縷幽香，正是從那兒散布出來的。壁上懸著一幅風姿綽約的翠竹，意境悠遠。

——琦君，〈紫羅蘭的芬芳〉，《菁姐》，二〇〇四年。

在琦君的許多小說裡，都有如此一段幽靜的歲月，伴著微帶感傷的琴音，處處散發出即使憂愁也算輕快的情調。品味這些文句所構成的意象，使我們領會客觀物質內蘊著作者思想意向中所欲傳達的神韻。而這些小說的詩化特質，其實也就是一種新、舊文學之間轉化的成果。古詩的情韻曾經受限於形式固定的拘束，欲上天下地興發魚龍變化，卻又不得不爲工筆的美學框架所囿。它的精神與價值逐漸於篇篇似曾相識的起承轉合中慢慢渙散，卻幸而在新文學裡，重新找到了語言親切、形式自由的鮮沛活力。

隨著意境與心境的結合，琦君詩化了日常生活的氣息，將讀者領入她悠閒淡遠的文學世界裡，在素描家常夫妻、情人、朋友與親子等互動關係時，讀者彷彿面對著一個相識的朋友，聆聽她娓娓道來人間情事。那些平凡又溫馨的生活題材裡，有歡愉時光，也有悲苦歲月。涵詠於字句之中，體會其溫潤的餘韻，我們所感受到的也就是家居歲月裡淡泊寧靜的生命情懷。

分不清天上人間：愛與死的美麗依存

人生的體驗是文學永恆的課題，其間愛情萌生、滋長、茁壯或者凋萎所牽引出的心靈波濤，則又是文學家形塑百態人生的靈泉。愛與生命的意義，揚起了隱喻、寄託、興發與聯想……的風帆，使得文學作品在消長的浪花間，躍向一次又一次的生命高度，直逼人生的終極關懷。

琦君的情愛書寫溫柔敦敏，於浪漫纏綿的縷縷情思之間自有一股雅正素樸、含蓄曲致的格調。在描寫新婚之夜，誤會冰釋的時刻，女主角心頭的喜悅與羞赧時，琦君寫道：

> 只像是喝了太多的酒，身子又投入了遠離塵世的夢境，隨著風兒飄呀飄的，飄到星球裡、月球裡，飄到了天的盡頭。微風掀開了綠紗窗，我微睜雙眸，看見正在偷窺我們的月牙兒亦含羞地躲入雲端了。

——琦君，〈姊夫〉，《琴心》，二〇〇二年。

如詩的少女情懷或也將有夢醒的一天，哀樂中年、憂愁風雨的人生階段，又該如何相信愛情？「許多人說愛情有如飲啜芬芳的葡萄美酒，醉了有清醒的一天，又如春天裡嬌豔欲滴的花朵，雖然美麗而終必凋謝。我卻始終歌頌愛情如奔流不息的長江大河，如冰雪裡長青的松柏。」（琦君，〈失落的夢〉，《琴心》，二〇〇二年。）音韻鏗然的內心獨白，呈現情感的最強音，只要懂得珍惜，即使正為淒清的現實所磨礪的人，都能持續看見愛情散發出燦爛的光輝。這份信心使得琦君筆下的主人公感到：「自己的心在澎湃的波濤裡飄著飄著，忽然好像抓到了一根大樹，一種有力的依傍。」即使聚散匆匆，也不能動搖這份力量的眞實感：

人生的相聚是短暫的，相互間的情愛卻是永久的，……到了某一個階段，它可能昇華成一種更雋永更細膩更甜美的友愛，甚至手足之愛。

句式的自然律動，詩歌般的音響質地，使閱讀節奏隨之高低緩急，進而將字句情意深嵌內心。琦君告訴我們，唯有這樣的愛才能使人們的心如湖水一般地平靜與包容。即使在造次顚沛、憂心如擣的風晨月夕裡，缺陷的人生也並不乏甜蜜的痛苦，如此已是足夠。

在〈失落的夢〉裡，選擇綠茵花叢來治療心靈創傷的蕙，體現了愛別人勝過於愛自己的情操，她在遇見丈夫外遇的對象以後，對於他們的處境深感同情，於是意識到個人幸福存在的徒然，誠如俄國文豪托爾斯泰在《人生論》裡所云：

愛的開端，愛的根基，不是淹沒了理性的情感的爆發，像人們平常所想像的那樣，而是一種理性的、明朗的，因而也是平靜快樂的情緒。

經歷了心酸、怨懟、憤慨、憐憫等如狂風暴雨的情緒衝擊之後，女主人公以憐惜藝術家丈夫的心，讓她包容也成全了彼此。「我愛他，我應當無條件地愛他的一切，他是個有成就的畫家，我爲什麼不能完成一件更偉大的藝術品呢？」這件偉大的藝術品，猶如一首用行動完成的詩，並且是一首飽含了蒼茫人世裡，生命變奏時刻，掌穩了愛與恨、犧牲與報復的舵，使孤舟不致顛覆於洶湧浪濤中，而能夠找尋新生的壯麗敘事詩。在故事的尾聲，女主角說道：「花瓶雖然有了裂痕，我還一樣地愛著它，外形的破損是無關緊要的，何況它只是生活的一部分呢！」作者在平凡的生活裡，凝煉出人生的曠達之美，帶領著讀者游離出現實世界，乘著如詩般高尚純潔的愛的翅膀，讓我們的心「無止境地向上昇華了」。

儘管愛能夠使人靈魂不死，然而死亡的陰霾在人生與文學的悲劇裡卻是如影隨形，琦君以愛的眼神看待死亡事件，並以柔婉纖細的詩質美文描寫那靈柩中、墓穴裡的人，曾經有過怎樣的美麗人生。使我們更加深刻地感受到小說裡的詩化特質，不僅呈現在文字所營造的情韻與氛圍裡，同時也隱含在充滿女性特質與對俗世關懷的情趣與理蘊中。在〈永恆的愛〉裡，小說家開頭寫道：

> 初萍已安安詳詳地憩息在他的墓園裡了。當老牧師用聖樂一樣洪亮的聲音，為他得升天堂的靈魂祝福時，我心裡感到非常的寧靜，讓眼淚沿著雙頰淌下來。……我抬頭望蔚藍如水的晴空，浮動著朵朵

白雲，彷彿初萍披著翩躚的羽衣，飄飄然步向天堂。初陽暖烘烘地透過我黑色的面紗，像曬著一泓靜止的潭水。

——琦君，〈永恆的愛〉，《琴心》，二○○二年。

在這個倒敘的故事裡，女主角婉瑩始終爲著情人的不治之症而憂心，「我的一顆心就像懸在半空中，晃晃蕩蕩地不知怎樣才好。」然而不知情的初萍卻在愛情的滋潤與翳護下，重新看見春天桃夭柳枝吐出的嫩芽，聞到溼潤空氣裡泥土的芳香，在小鳥解意的啁啁細語圍繞間，笑容回到了臉上。可惜醫生的話仍像是沉重的磨石，碾碎了婉瑩的心。「他就那麼斷定地說你的病是一種不治之症。叫我如何能忍受這種絕望的痛苦呢？」在寒冷的秋風裡，「你和我一同在院子裡散步……，你是那麼的愉快，而我卻是多麼的憂焦。」這一對向死神祈禱的戀人，緊緊靠在一起的身影，使得小說發揮了宗教祝禱時的頌詩美感。愛與死的美麗依存關係一直延續到琦君的下一篇小說〈琴心〉，故事裡的小婉緩緩地奏起梁老師爲父親續完的曲譜，那柔和、甜蜜而充滿情愛的樂調，使她「幾乎聽到了父親的心跳和呼吸。像被擁在天鵝絨那樣溫存的懷抱裡……。」而梁老師追求小婉母親的節拍，又像是春風的腳步，顯得神態怡蕩，作家行文至此也以委婉的筆法點出再現一個完整的家，有小提琴與鋼琴和鳴的溫馨幸福的可能：「碧水樣的晴空飄著幾絲雲彩，輕風送來了醉人的芬芳。我們的心胸裡都開出了燦爛的花朵。」

海天遙寄：亂離悲歌

中國古來離亂文學自愛國詩人屈原的不朽名篇〈離騷〉起，便與歷史治亂相循綿延以至今。琦君的亂離書寫每每隱身在小說人物與主要情節的歷史背景裡，作爲詠嘆情愛世界聚散無常的基調。小說〈探病記〉裡描述蔚如在大雨滂沱中，下鄉探望子安妻子若珍的病。如果當年沒有一場徐蚌會戰，那麼蔚如和子安應該早就在蘇州結褵了。數年後相繼來到臺灣的一對戀人所必須面對的是物是人非的困局。那些如煙的往事總是令人輾轉不能入夢：

> 他恍恍惚惚地想起十餘年前無憂無慮的日子，想起在蔚如蘇州的家中，和蔚如的母親弟弟們嗑玫瑰瓜子，嚼松子糖，閒談笑樂的情景。
>
> ——琦君，《菁姐》，二〇〇四年。

這場「東周春夢」同時也是萱弟記憶深處最美的場景：

……三輛自行車，肩並著肩騎向湖濱公園，躺在柔軟的綠茵上憩息片刻，再經長堤從裏湖兜回來，一路上的水光山色，滌淨了我們心頭所有的憂慮與塵垢。……我們笑著、唱著，像三個剛剛下凡的神仙，懵然不知人間有煩惱事。

而〈長溝流月去無聲〉裡，婉若的心境也如同「人老建康城」的李清照：「來臺灣以後，這顆心好像一直在等待中，一年又一年的……。」思念笑意如湖水清涼的人，也想念他們用臘梅雪煮茶的時光。

在「雲深懷故里，春老尚他鄉」的遲暮心情下，〈探病記〉裡的蔚如還是必須在極端地壓抑之後，才能面對子安。「有時，她覺得明明在說些言不由衷的假話，來哄著子安，寫完了一封信，心裡反倒更不安、更空虛，於是又撕去重寫。」她不能任由澎湃的心潮一氣發洩在紙上，那會使得子安更像浪裡孤舟。面對子安的妻子若珍則更必須故作輕鬆地安慰道：「亂世的離合算得了什麼，過去的事不必再提好嗎？」這場亂離悲歌，不會有終結的一天，對於情愛的思念就像小冰店簷前一串巧奪天工的大蜘蛛網花，即使每日清晨被人撣去，必定重新吐絲。也像是菁姐手裡的荷花，「花梗梢頭的藕絲拖得長長地，微微飄動，又纏在她的手腕上。」而琦君也一再地將小情化爲大愛，讓蔚如下定決心使自己更忙碌也更麻木，好多掙一些錢「爲子安，也爲若珍的病」，一如〈快樂聖誕〉裡的子豐與淑君，「好在彼此都已是飽經憂患的中年，不會再有如火的熱情」，而這份友情也將像「綠野平疇中的潺潺流水，靜靜地、緩緩地永遠不斷地流著。」如此一年等過一年的飄零之感，直是稼軒詞中「萬事雲煙忽過，百年蒲柳先衰」的現代寫照。

重寫綠窗舊夢，覺來渾不分明

琦君在《琴心》一書的〈後記——未有花時已是春〉裡說：「三十八年倉卒來臺，不曾攜出一絲一毫的紀念品。」悲愴中只能時時銘記身爲軍人的父親，曾經在她二十歲生日時口占之詩，還有夏老師給她的絕句與信。這本書的出版便是爲了紀念亂離中相繼去世的雙親以及留在大陸的老師：

> 這一字一句裡，有我的歡笑，有我的眼淚，有我對過去不盡的懷念，對未來無窮的寄望。……我們是從故鄉來的，還是要回到故鄉去……。
>
> ——琦君，《琴心》，二〇〇二年。

琦君在古典詩教與追尋故鄉的道路上寫作，她用湖光山色、芙蓉藕絲營造情愛的環境與意象，那些如詩如畫的景色比現實世界更容易浮現於小說中人的腦海，寫意的筆調下展開了夢境般靜美的航程。在客心孤寂中，小說中人面對著季節的更迭而陷入沉思，作者運用富有詩質的文字描畫出一幅幅人物與情節交融的心靈風景。這些簡單的故事背後處處可見飽經憂患、深懷故里的愁思，以及淳厚雋永的生活氣息。其實流亡意識最核心的地帶，並不一定具有強烈的政治色彩，文人於出入行藏之間，逐步走向世界的邊緣，用自己的聲音召喚而出的人文話語，或許才是我們以修辭的角度重新體認歷史沉重感的開端。校訂青春舊作，琦君想起了蔣春霖的〈風入松〉，正好道出了她的心情：

「風懷老去如殘柳，一絲絲漸減春情。重寫綠窗舊夢，覺來渾不分明。」

第五章

潘人木的成長小說

繽紛的回憶化作無語的青春

在很久很久以前……，噢，是「不久以前」，有一位愛讀童話的女作家，在自己所寫的故事裡，擅自改掉了童話慣有的開場白：

> 仔細想想，哪有什麼事是眞正的「很久以前」？若把這句話引入人生過程，便透著一股不可追、不可尋、不可再、甚至不可信以爲眞的意思。如是一朵花，必已凋謝；如是一片雲，必已遠颺；如是一把青春，必已衰老，一切沒了希望。
>
> ——潘人木，《漣漪表妹．不久以前——校書有感》，二〇〇〇年。

因此，屬於女作家的那一把青春，總像是昨日之夢，並不曾眞正的衰老，它像一抹光線劃過空間，在經年累月之後，人們只在偶然間透過一束繽紛的氣球、一個暖熱的燒餅、一抹駿馬圖裡飄然的長鬃，就能讓黯然的青春，慢慢地浮出往日光影，展現獨特而精采的個性與命運。說著說著，故事裡的女主角，果眞如同綻放中的玫瑰一般，鮮麗起來，那漣漪的臉色，由暗沉轉爲白皙，由白皙轉爲紅潤，由紅潤轉爲白裡透紅的健康，恰似當年模樣。好像記憶仍保留著舊日溫暖的陽光，微風輕吹，使每一段往事觸碰到靈魂深處的心弦，發出陣陣回音，此起彼落地躍然於作家紙上。

爲了呵護這一朵永不凋謝的花，爲了挽留那一片作勢遠颺的雲，作家們潛心思索「關於小說」的奧祕。普魯斯特在《追憶似水年華》誕生之前，先戴上了潛望鏡，探勘那孕育文學維納斯的深藍海底，這日後化爲馬德萊娜小點心的貝殼，如今正載著愛與美的女神，從晶瑩瀲灧的浪花泡沫之中，緩緩升起，並且源源地湧流出創造的靈泉。貝殼開啓的一瞬間，作家的往日時光就如同旭日放出光輝，因爲他已擺脫了智力的強行介入，讓那些吉光片羽的種種心靈印象，在不經意之間從各種年代的腳凳、花瓶、刀子、酒杯裡釋放出來，彷彿靈魂出竅、野馬脫韁。

智力以過去的時間的名義提供給我們的東西，未必就是那樣東西。我們生命中的每一時刻一經過去，立即寄寓並隱匿在某件物質對象之中，就像民間傳說中的靈魂托生那樣。生命的每一刻都囿於某一物質對象，只要這一對象沒被我們發現，它就會永遠寄寓其中。我們是透過這個對象來認識生命的那一時刻的；它也只有等到我們把它從中召喚出來之時，方能從這個物質對象中脫穎而出。而它囿於其間的對象——或者不如說感覺，因爲對象是透過感覺與我們互相關聯的，我們很可能無從與之相遇。因此，我們一生中有許多時間，很可能就此永遠不復再現。

普魯斯特提供了一種不由自主的回憶方式。自主的回憶藉助於智力和推理，那不能眞正使過去再現，以至於我們不相信生命是美麗的，因爲自主的回憶無法召回生命本身的美。「但如果我們聞到一點遺忘已久的氣味，突然間就會沉醉在過去之中。」我們對於逝者的愛，其實未曾消失，只是遺忘了。哪一天一隻舊手套冷不防出現在眼前，我們很可能會爲之熱淚盈眶。只有不由自主的回憶，才能透過當時的感覺與某種記憶之間的「偶合」（無意識聯想），使我們的過去存活於現在所感受到的事物之中。

我曾在鄉間一處住所度過許多個夏季。我不時在懷念這些夏季……對我來說，它們很可能一去不復返，永遠消逝了。就像任何失而復現的情形一樣，它們的失而復現全憑一種偶合。有一天傍晚，天在下雪，我從外面回來，在屋裡坐在燈下準備看書，但一時沒法暖和過來。這時，上了年紀的女傭建議我喝杯熱茶；而我平時是不大喝茶的。完全出於偶然，她還給我拿來幾片烤麵包。我把麵包放到茶水裡浸了浸，放進嘴裡；我嘴裡感到它軟軟的浸過茶的味道，突然，我產生了一種異樣的心緒，感到了天竺葵和香橙的芳香，一種無以名狀的幸福充滿了全身；我動也不敢動，惟恐在我身上發生的不可思議的一切會就此消失；我的思緒集中在這片喚起一切奇妙感覺的浸過茶的麵包上，驟然間，記憶中封閉的隔板受到震動鬆開了，以前在鄉間住所度過的那些夏天，頓時湧現在我的意識之中，連同那些夏天美好的早晨，一一再現了。我想起來了：原來我那時清晨起來，下樓到外公屋裡喝早茶，外公總是把麵包乾先放進他的茶裡蘸一蘸，然後拿給我吃。但是，這樣的夏季清晨早已過去，而茶水泡軟麵包乾的感覺，卻成了那逝去的時間——對智力來說，它已成爲死去的時間——躲藏隱匿的所在。

這段文字後來擴展改寫成了《追憶似水年華》中精緻的貝殼形狀小點心。從普通的烤麵包到紋路細緻的瑪德萊娜，「貝殼」的象徵意義，暗示了偶然興發的回憶與聯想，是創作者靈感的搖籃，如同希臘神話正是用這貝殼搖籃孕育了美神維納斯。自童年以來，久未入口的瑪德萊娜把小說主人公帶回過去在貢布雷度過的時光，讓他進入豐富、親密且如流水般滔滔的回憶。那著名的段落啓發我們追尋過往的眞實歷程。逝去的記憶一旦被找了回來，屬於過去的時間，才能轉化爲心理時間，而作家正是在此刻達到了永恆。任何事情只有以永恆的面貌呈現，才能名之爲藝術而被眞正的領悟與保存。對普魯斯特而言，這種偶合是可遇而不可求的，「一旦那一切是經過有意識的觀察而得到的，詩意的再現就全部喪失了」。

潘人木詩化的青春躲在漣漪表妹的身影裡，躲在一枚皎潔的氣球裡，作家藉由故事的敘述，緩緩地重現往日情懷，其過程就像十九世紀英國作家王爾德唯美小說〈夜鶯與玫瑰〉。小夜鶯總算看到了一位眞正的戀人，他爲了得到一朵紅玫瑰以取悅愛人而深深苦惱著。於是癡心的鶯兒決定用心臟的熱血催生一朵紅玫瑰。等月亮掛上了天際，夜鶯朝玫瑰樹飛去，用自己的胸膛頂住花刺。牠用胸膛頂著刺整整唱了一夜，就連冰涼如水晶的明月也俯下身來傾聽。整整一夜牠唱個不停，刺越來越深，牠的鮮血也快要流光了。牠開始唱起少男少女心中萌發的愛情。在玫瑰樹最高的枝頭開出了一朵異常的玫瑰，歌兒唱了一首又一首，花瓣也一片片地開放。起初，花朵是乳白色的，就像懸在河上的晨霧，早晨的足履，和黎明的翅膀。在最高枝頭上盛開的那朵玫瑰花，如同一朵在銀鏡中、在水池裡照映出來的花影。

然而這時樹大聲叫夜鶯把刺頂得更緊一些。「頂緊些，小夜鶯，不然玫瑰還沒有完成天就要亮了！」於是夜鶯把刺頂得更緊了，牠的歌聲也越來越響亮了，牠歌唱著一對成年男女心中誕生的激情。一層淡淡的紅暈爬上了玫瑰花瓣，就跟新郎親吻新娘時臉上泛起的紅暈一樣。但是花刺還沒有達到夜鶯的心臟，所以玫瑰的心還是白色的，因爲只有夜鶯心裡的血才能染紅玫瑰的花心。這時樹又大聲叫夜鶯頂得更緊些，「再緊些，小夜鶯，不然，玫瑰還沒完成天就要亮了。」於是夜鶯就把玫瑰刺頂得更緊了，刺著了自己的心臟，一陣劇烈的痛楚襲遍了牠的全身。痛楚隨著歌聲而激烈，牠唱著由死亡完成的愛情，唱著在墳墓中也不朽的愛情。

最後這朵非凡的玫瑰變成了深紅色，就像東方天際的紅霞，從花瓣的外環到花心，這新生的玫瑰好似一顆紅寶石。終於牠唱出了最後動人的一曲。明月聽著歌聲，竟然忘記了黎明，只顧在天空中徘徊。紅玫瑰聽到歌聲，更是欣喜地張開了所有的花瓣去迎接那清涼的晨風。回聲把樂音帶回自己山中的紫色洞穴裡，使酣睡的牧童從夢鄉中悠悠醒來。歌聲飄越過河中的蘆葦，蘆葦又把聲音傳給了大海。

在《漣漪表妹》這部長篇小說裡，漣漪的一生走過了暗戀趙白安的純情白玫瑰時期，踏上與老洪肌膚相親，並孕育新生命的粉嫩玫瑰階段，最後在金鵬的臂彎裡死生相許，愛情使人即使在墳墓中也已不朽，她以絕大的代價染紅了生命裡的玫瑰。她的生命以及她的美，如同這朵鮮紅初透的花朵，是作家用筆尖撫著自己的心寫成的一種明亮的標誌，因此當年在一群小姑娘裡，漣漪總是最惹眼、最先受人注意的。她是天然的「櫻桃伴豆腐」，紅白分明的臉蛋兒，細嫩又光潤。中學一年級的時候，老師禁止學生塗脂抹粉，曾當眾說：

「白漣漪！妳搽了胭脂！」

「報告老師，我沒有！」

「立刻洗掉！」

結果她越用力洗，越紅得可愛。這天然純真的美，是作家亟欲回溯的生命初衷，在顛仆離散的成長腳步裡，它曾經與人們幾度離合。如今它在時間的盡頭、回憶的彼岸，隱約地招手。作家總是不願相信幸福的假日會永遠逝去，他們要抗拒時間的腐蝕，讓曾經是激情、苦澀，而且充滿悲劇性的美好少年史，還原爲更加眞實、豐富而飽滿的意象。

潘人木所追憶起的似水年華也曾在一股細緻莫名的幸福感裡，泛起漣漪。幼年時，隨父親遊公園，見月上柳梢，美麗非常，於是央求父親爲她取下樹梢明月。父親便買了一個氣球，說：「這就是妳的月亮！妳一個人的月亮！」從此氣球便與童年的幸福相互歸屬。它的形體雖已破滅，卻化爲永恆的存在。存在於作家的心中，隨日後的環境與心情改變顏色，帶來安慰與指引。

> 我高舉著這個氣球衝入成長。過程中以與青春相撞，與漣漪相知最爲彩色繽紛。
>
> 此刻與漣漪對坐，向對面牆上一幅駿馬圖的明鏡看去，我的氣球正飄動著淺藍，自己的神色也約略重現當年。

一枚氣球升起了記憶的帷幕，於是作家聽見了家鄉鳳仙花種莢的彈裂，看見了舉旗吶喊的可愛的年輕面孔，彷彿他們踏著烽火漫天的同時，也感受到父親塞在自己手裡的溫熱燒餅。不經意地向外望，瞥見壁上的駿馬，飛馳而出，美麗長髮飄過窗外。當親愛的氣球重新歸落懷中，作家以心頭的溫暖保持著它的柔軟，不讓它隨時間化爲鐵石。她與漣漪對坐，就如同與過往的自己對坐。漣漪慢慢地隱去，留下了當年的時空。時空隱去了，又化爲無語的青春。

潘朵拉的手記

小女孩在長大之前，都是《祕密花園》裡「倔強的瑪麗小姐」，這是法蘭西斯・勃內特（Frances H. Burnett）的作品《祕密花園》（*The Secret Garden*）。故事敘述瑪麗是個在印度出生、從小嬌生慣養的女孩，由於父母在流行性霍亂中不幸喪生，瑪麗只得由英格蘭的姑丈克蘭文先生撫養。克蘭文先生因深受喪妻之痛，又厭惡自己體弱多病、脾氣暴躁的兒子，於是長期封閉自己，並經常外出旅遊，對家中事務漠不關心。瑪麗在這陰暗神祕的莊園中，認識了純眞樸實的女傭瑪莎、面惡心善的園丁季元本，以及瑪莎熱愛大自然的弟弟迪肯。接著在一隻知更鳥的引領下，瑪麗發現了一把鑰匙，開啓一座荒廢十年的祕密花園。隨著花園的開啓及復活，瑪莉內心溫柔的一面被喚醒了，整個莊園的命運也漸漸有了改變。大自然神奇的魔力終於使體弱多病的莊園小主人柯林走下病床，解放了桎梏的心靈，也治癒了克蘭文先生十幾年來的心靈創傷。

成長過程中的心靈力量，是勃內特作品中獨特且堅定的信仰。作者在書中以細膩的筆觸及天馬行空的想像力，將一連串不可思議的際遇，描繪成生命的哲理，與大自然的神奇力量，當然還包括潛藏於內心深處的成長魔力。從小生活富裕而驕縱的瑪麗，因父母的疏遠，使得孤獨與冷漠佔據了她稚嫩的心靈，她不懂得愛人，更不知如何愛人，頤指氣使是她對人一貫的態度。直到她開啓了祕密花園，在迪肯的協助下，看到了萬物生生不息的生機，體會到生命雀躍的悸動。在大自然的召喚下，瑪麗內心的眞誠終被喚醒，她體會到之前的煩悶就是寂寞。那座與世隔絕的花園，爲她的生命注入力量，開啓了愛與關懷的花朵，不僅讓瑪麗找回純眞的自我，同時也使性格扭曲乖張的柯林，重拾自信，走出封閉垂死的世界，更掃去了克蘭文先生十年來的陰霾，這股愛與大自然的力量，改變了所有人的愛情及命運。

漣漪既不懂得體諒，對於旁人的愛憐與照顧更是予取予求。她遺傳自父親的任性、揮霍與矯情，也承繼了母親的一點自卑。父母親再如何嬌慣她，她也從未滿足。她在最快樂的時候，還故意去發掘一些不如意的事。總覺得別人的東西都是好的。有一回，在秋天的田野裡燒大豆吃，她搶了表姊的豆子，用力太猛，把脖子上掛的瑪瑙墜子掉進了火裡。於是又忙著去撥火，找尋火裡的瑪瑙墜子，因而燒傷了手指頭，一直到快過年才好。還有一回，在自家的瓜地裡偷瓜。黑夜無邊，她提著風燈，卻因爲提的方法不對，只覺晃眼，什麼也看不清楚，竟以爲眼睛瞎了，不禁大叫，腳下踩碎了好幾個香瓜，也驚醒了瓜棚裡熟睡的王二菸袋！他第二天告了一狀，姊妹倆從此不准再進瓜地了。這些受傷和屈辱，成了小女孩成長的印記。而這一段逝去的時間就躲藏在天空邊緣，彩霞翻紅，一輪落日逐漸埋入的雲堆裡，因爲那紅霞餘暉像極了漣漪失落火裡的瑪瑙墜子。

她被嬌慣壞了又愛發脾氣的性子裡，偶爾夾雜著愛作夢的純眞，就像小瑪麗經常假設自己建造了一座花圃，把又紅又大的木槿花插到小土堆上……。直到她發現了一座眞正的而且是屬於她的祕密花園，廢園中隱密的求生意志將她內心深處匍伏已久的慾望勾攝出來。當夜深人靜，全室都已熟睡時，黑暗和安詳的世界裡卻隱隱透露著成長的危機。這時只有室外甬道裡的燈光，從門縫裡透進來，照著床腳邊同寢室友婉如熟睡以後掉了的書本上。漣漪一向入睡快，而小說裡的「我」卻不容易沉睡，也許是小醒後，特別警覺。房門被人推開了，一個人側身進入，是個女孩子，燈光照著她的腳，似曾相識，從鞋襪判斷，她穿的不是睡衣。她輕輕地移動著，走到婉如的床腳邊停下，踩到了婉如的書，又輕輕踢開，書就溜到床底下去了。過了一會兒，我看見婉如的兩腳下床，穿鞋，跟隨那進來的人，四隻腳在一道光線裡悄悄地走出去，然後門輕輕地闔上。

進來的人是誰？出去做什麼？不像是上廁所，不像是早起溫書。我披衣坐起，走到門邊，聽見窸窸窣窣，過道裡還有腳步輕輕移動的聲音。不只她們兩個人。我壯著膽子去開門，在過道盡頭，貼著玻璃窗望出去，殘月微光下，人影幢幢，朝著這座學校所座落的王府的後花園而去。

重新躺回床上，聽見遠處傳來一聲聲叫賣：

「硬麵餑餑！」

深夜一點半了。

此後每夜，燈熄之後，鼾聲響起，室內一片寂靜之際。我總想打開窗戶，透透新鮮空氣。並且不斷地自問：婉如今夜會不會再被人叫走？那個女孩是誰？她們去後花園幹什麼？此時，鞋聲橐橐，什麼人深夜漫步歸來，經過這間女生宿舍？

終於，後花園裡的祕密聚會也帶走了漣漪，啓發了少女滯閉的心靈：

「這回我就是不能叫你們大家夥兒稱心如意！我要退婚！立刻就退！」所有人都放下筷子，想仔細傾聽她。包括牆上的老鐘，爐裡的煤塊和衝撞在屋簷枯枝間的深秋。

——潘人木，《漣漪表妹》，二〇〇一年。

像杜麗娘於官衙裡住了三年之後，偶然踏進了後花園，在青春的誘引之下，第一次發出了要求自由的心聲。這荒蕪的祕密花園啊！是想像世界裡最迷人而富有神祕氣息的地方，周圍高高的圍牆環抱著它，濃密交纏的花梗向四面舒展，交錯蔓生的枝條，編織成一幅幅輕薄搖曳的簾子，樹枝垂下長長的捲鬚沿著一棵樹攀到另一棵樹，築成了一道又一道亮眼的天橋。修長的藤蔓宛若層層朦朧的紗幕，這片靜謐的土地，正展現著有史以來最神奇美麗的姿容。盛開的百花，成雙的鶯燕，迷惑少女一步步走進這危殆的禁區，「怪不得如此靜寂，我是多少年來第一個站在這兒說話的人！」長期幽閨禁閉的積鬱，一時間傾筐倒篋而出：

你道翠生生出落的裙衫兒茜，豔晶晶花簪八寶塡；可知我常一生兒愛好是天然，恰三春好處無人見。不提防沉魚落雁鳥驚喧，只怕的羞花閉月花愁顫。

──〈醉扶歸〉

原來爲紫嫣紅開遍，似這般都付與斷井頹垣。良辰美景奈何天，賞心樂事誰家院！（白）恁般景致，我老爺和奶奶再不提起。（合）朝飛暮卷，雲霞翠軒；雨絲風片，煙波畫船。──錦屏人忒看的這韶光賤。

──湯顯祖，《牡丹亭》〈皀羅袍〉

在大好春光的感召之下，她的青春與自我意識覺醒了。從此只知執著於自由和幸福的追求：「這般花花草草由人戀，生生死死隨人願，便酸酸楚楚無人怨。」她不滿於自己的處境，想找尋這痛苦的根源。她憧憬著理想，卻找不到出路。心靈的美妙花園，一旦開啓，就會不停地綻放驚人的鮮豔與活力。人生從此隨處轉身便見到小徑、涼亭、石凳、花盆，一群正在成長的小花兒隨著溼潤的泥土，散發著陣陣撲鼻的清香。陶醉其中還不經意地發現了許多尖細的嫩芽兒。這是一座會微笑與呼吸的新鞦韆，在美麗與罪惡之間擺盪。

「小漪，妳敢不敢去後花園看看？」

「怎麼不敢？如果是荒荒涼涼的，說不定有『天天兒』（一串串紫色和淺綠色的野生漿果）哪。改天找個放假日子我帶妳去。」說著還枉然的踮起腳來做探看的樣子。

如今這座王府變得沒有王法了。但是它依然是一部很好的教材，小女孩們在月下祕密品嚐著生命的多重滋味。她們偷來了一座花園，這花園不屬於任何人，她們需要它，也合力照料它，從此沒有人有權利將它奪走。就像王爾德筆下的小夜鶯、《祕密花園》裡的知更鳥，牠們屬於這美麗世界的一環，任何人也無法將牠們抽離這樂融融的荒園。小動物們永遠是童話世界裡的主人公，築巢的鳥兒、好奇的狐狸與溫柔的兔子，機伶的松鼠與頑固的甲蟲……，這個葉莖間擾攘的小世界，對映出人心的荒蕪，那個名實不符的學生迎新大會，利用漣漪的虛榮感，將她推進了謊言與罪惡巧築的深淵，作爲她精神上另一面的「我」，只能無奈地將視線拉到與牆角上的一隻蜘蛛等高，只有從這個高度才能好好地看清楚自己年輕時是怎樣地衝動和愚騃。

每當那只裝著訂婚首飾的潘朵拉盒子被打開的時候，小說裡的「我」知道有千百雙眼睛都朝這邊投射，彷彿感到自己在長高，高得要頂到天花板了。潘朵拉的內心出現了兩種聲音：善妒、貪婪。愛美的白漣漪不計後果地要打開它，取出裡面的黃金和珠寶來與她的對手別苗頭，於是盒子裡預藏著因友情與愛情帶來的憂傷及災禍，反噬了這個管不住自己的女神。這時，另一方屬於理智的聲音，提出了要求：

「小漪！妳把那首飾盒交給我吧！」

她做事情，並不是不知是非，只是控制不了自己，「做了再說」，不計後果。

她無言的望望我，沒問我爲什麼，也不必問，乖乖的遞到我手裡。

「費心了。」

接過越來越輕的盒子，感慨萬千。不知道這個「遊戲」——裝闊的遊戲——何時才能停止。漣漪當初一點這樣的企圖也沒有啊，卻一步一步越走越深。

打開了盒子隨即又後悔的潘朵拉，潘朵拉是神話世界裡宙斯創造的一個報復人類的女人。因爲衆神中的普羅米修斯過份關心人類，於是惱火了宙斯。宙斯在爭奪神界時，就是得到普羅米修斯及其弟伊皮米修斯的幫助，而能登上寶座。普羅米修斯的名字即「深謀遠慮」的意思。而其弟伊皮米修斯的意思爲「後悔」，所以兩兄弟的作風就跟其名字一樣，有著「深謀遠慮」及「後悔」的特性。潘朵拉被創造之後，在宙斯的安排下，送給了伊皮米修斯。因爲祂知道普羅米修斯不會接受祂送的禮物。在舉行婚禮時，宙斯命令衆神各將結婚禮物放在一個盒子裡送給潘朵拉。只是衆神的禮物是好是壞卻難以預料。普羅米修斯警告伊皮米修斯，千萬不要接受宙斯的禮物，尤其是女人，因爲女人是危險的動物。而伊皮米修斯就跟其名字一般，娶了潘朵拉之後沒多久，就開始後悔了。因爲潘朵拉除了善妒、貪婪、愛美之外，最大的缺點是強烈的好奇心。從結婚起，她不斷地想打開衆神送的小盒子，而伊皮米修斯卻要時時刻刻提防她的好奇心，因爲他知道盒子裡的禮物未必都是好的。有一天，潘朵拉的好奇心戰勝了一切。她等伊皮米修斯出門後，打開了盒子，釋放所有的禮物，結果一團迷煙衝出來，其中包含了幸福、瘟疫、憂傷、友情、災禍、愛情……，潘朵拉害怕極了，趕緊將盒子蓋上，但一切都已經太遲，盒子內只剩下「希望」。於是潘朵拉抱著「希望」等著伊皮米修斯的歸來。至今，它一直是人類生活動力的來源，因爲它帶給人類無窮的「希望」，不管遭遇何種困境，它是人類一切不幸中唯一的安慰。

潘人木的內心出現兩個自我，並且都化身成這部小說裡的一對表姊妹，她們相擁嘆息，感傷成長道路上，處處隱藏著教人迷失方向與受盡屈辱的陷阱。唯有童話定義裡的自然天地，才是小女孩心靈短暫的避風港。

我也不耐大禮堂裡陣陣壓向胸窩的空氣。我要溜到外面看看蝙蝠在黃昏裡怎樣翻飛盲撞，蟋蟀在秋草裡如何悲鳴。或者信步走到校門外，奔向那敲著小銅碗賣胡子糕的小販，從他的破布口袋裡摸出個彩來，我早就坐在那裡盼望著這些啦！

然而，每個清晨與深夜，那個祕密花園逕自呼喚著小女孩，它用競相開放的花朵地毯迎接她們逐漸地深入成長的禁區，她們依然是任性而壞脾氣的孩子，面對這奇異的具有誘惑的叢林，有時也禁不住渾身顫抖、淚流滿面。許多個無眠的夜晚，漣漪不能休息，像一隻被騷擾的蜜蜂，不安地來回踱步。耳邊又傳來「硬麵—餑—餑」的叫賣聲，這聲音關聯著某一件事，使人立刻警醒。花園裡的簇簇紫紅與金黃，攪動了她心中原本的秩序與平靜，令她瘋狂地想要擺脫自小訂婚的枷鎖，眼看著燦爛的、自由的、愛的花朵到處開著，她卻是如何的煩悶！連冷清而憂鬱的九龍壁，都像是誰給它訂了親似的，雖然不住地翻騰，卻始終逃不出那長長方方的壁面。

愛神扛著枷鎖

「街上鬧學生了！鬧學生了！」一個鄰居的小孩跑來報告。

「這些孩子每人手裡都拿個小旗兒，一舉一舉的喊口號。我費了好大的勁兒，才看清楚蓮兒的小旗上寫著：『打開我們的枷鎖』！」爸爸繪聲繪影地說。

「打開什麼？」舅媽急著問。

「打開像犯人帶的『大枷』的東西。」爸解釋著。

「那她是帶了大枷去鬧嗎？」舅媽聲調裡又有眼淚了。

自我再度分裂成兩首迴異的生命之歌。漣漪不斷地以首飾盒裡象徵婚姻枷鎖的禮物來換取她的虛榮與平衡她的自卑。她回來了，在那祕密之地開的祕密之會的祕密色彩也掛在臉上了。而在此同時，另一個自我卻選擇了回到寧靜如昔的家，她拒絕了祕密花園，只想永遠做個長不大的小女孩，像往常一樣，星期六回家時，若母親不在門口等望，只要一按門鈴，立刻會聽見小妹一邊唱，一邊和著小花的腳步，像炒豆一般爆到門口來。在客廳內，那古老的時鐘旁，衣架上掛著爸爸的舊水獺皮帽子，妹妹的紅色圍巾。這一切說明了，家裡萬事如恆，就像天空裡的行星，按著軌道正常地運行。她聽爸爸的話，當個乖女兒，爸爸說：

「打開我們的枷鎖」，這句口號，我倒贊成，意義也挺廣泛的。不過要留意，打開了一個，別再套上另外一個。今天，我全看見了，怪不得嚷嚷著遊行遊行！男男女女的緊緊地跨著胳臂兒，有的嘻皮笑臉，有的得意洋洋，像這樣，男女授受不親的枷鎖固然是打開了，卻不想過於隨便也是一種枷鎖啊，而這種枷鎖一旦套上是不容易打開的，因爲它披的是自由平等的外衣。

家門之外，那個披著自由外衣的少女，是作家的另一個自我，她此時正在蹀躞不安的北風中，急躁地找尋安息的幽靈。那狂熱呼喊的聲音與動作，由匆匆翱翔空際的麻雀看來，一定以爲人們發瘋了。枷鎖解開的那一刻，她聽著表姊把信一念再念。發抖的請求，發抖的雙手。紅色小臉迎接著滾下的淚珠，這不是哭的淚珠，也不是笑的淚珠，而是分明看到愛神扛著枷鎖的矛盾的淚珠。

漣漪的小紅嘴兒微微上翹，她烏鴉翅膀般的頭髮像稍有凌亂，這是她情緒受到困擾時的標誌。憂傷時，她哭；快樂時，她跳著笑著，擁抱別人，而今她的情緒十分複雜，長久以來抗拒的婚約，在彬彬有禮而且深情款款的理解中，得到解除。但是她卻僅是向空中拋著自己的枕頭，當枕頭將要落在一盆洗臉水之前，她又用雙手接住。婉如搬走後留下了一幀釘在牆上的動物照片，上面是一隻長著彩色羽毛的蜂虎鳥，此刻只餘右角的一枚圖釘，並未掉落，止於搖擺。漣漪起身將那斜懸著的蜂虎鳥，一把拉下，於是它固定在牆上的最後憑藉就脫落了。

「牠應該有一個面對天空樹木的所在了！」

「我現在什麼都不怕了！我可以做任何事情了！噢！」

收起眼淚，她兩手做飛翔狀，頭髮更像烏鴉翅膀了。

祕密花園裡的靈魂終於得到了自由的翅膀，就像自主的知更鳥與小夜鶯，即使是照片上的鳥，也要掙脫紙張的枷鎖，展翅翱翔。此時天上有麗日，地上有積雪，麗日積雪兩相輝映，心頭的積鬱也消失了。

公主變老鼠

美國兒童文學家法蘭克・鮑姆（L. Frank Baum, 1856-1919）曾有一部名著《綠野仙蹤》（*The Wonderful Wizard of Oz*），內容敘述從前在美國的堪薩斯州大草原上，有一個孤兒桃樂絲，她和收養她的叔叔與嬸嬸，以及一隻小狗透透一同住在小木屋裡。這間小木屋旁邊有一個地下室，是用來躲避龍捲風的。有一天龍捲風眞的來了！叔叔跑去照顧家畜，嬸嬸呼叫桃樂絲趕快躲到地下室，桃樂絲爲了找透透，來不及躲入地下室，竟和透透一起被強風吹到空中。桃樂絲感覺好像坐在熱汽球裡不斷地上升。時間一小時又一小時地過去，突然一陣震動，屋子掉落在一片美麗的森林中，一群小矮人圍過來向桃樂絲說：謝謝妳壓死了長期欺負村民的東方壞巫婆。接著，另一位善良的北方巫婆送給桃樂絲一雙紅寶石鞋，爲她指引黃磚路到翡翠城去見好巫師歐芝大王，並請歐芝大王幫助桃樂絲找到回家的路。

就像這童話情節一般，潘人木小說裡的麗日也不會維持太久，而且照例有個壞女巫出現，她會灑下暴風雨般的魔咒，使得《綠野仙蹤》裡的桃樂絲迷失了方向，稻草人失去了智慧，錫人找不到他的眞心，最諷刺的是，獅子缺乏勇氣。

初春時節，葡萄架旁積了一大堆雪。自從大遊行以後，工友們再也不理會清潔的工作了。就在同樂會曲終人散，大家準備迎接下一次更爲擴大的活動期間，有一天清晨，人們發現一個十分高大的雪人。它雄糾糾地站在葡萄架旁。這個大雪人大得半里外也可辨清它的面目——酷似長德坊肉鋪那個掌刀的胖子，就因爲彷彿是按照活人塑的，看來尤覺可怕。夜裡，尤其是在月光下，看起來倍覺驚悚。它的地點選擇得恰好，早上和白天陽光都照不到它，只在太陽下山的時候，投影在它的左額上，留下一些樹枝的影子，好像一隻灰色的巨掌，正撥動它的眼皮，彷彿用陰森森的口吻說著：「睜開眼睛吧！」

這雪人眞正可怕的地方，是它手裡握著一把「雪亮」的刀子。不只一夜，不只一次，不只一人，當祕密集會有什麼驚人的決定；當戀人們正想說句深情的話；當時人們對著枝椏編織靈感，或當賭錢的同學正擲下最後一堆賭注……，據說，總會不知不覺想到那雪人，彷彿它就在身後站著一般，使人索然無緒，感到一切嗒然窒息。甚至有人說，當你看那雪人時，它的眼珠朝下看；當你不看它時，它就瞪著眼睛在望你了。最恐怖的謠言說它會跟蹤。有人獨自走路經過它，曾聽見它柔軟的腳步，並且看到月光下一個龐大的影子。

那些日子，惡魔支配著、驚嚇著人們，彷彿長德坊胖子手中那雪亮的快刀，倏的一聲，把肉切得比紙還薄。這壞女巫的使者、討厭的傢伙是誰塑的？爲什麼我們不去推倒它？太陽怎麼正好照不到它？這些問題既無人敢問，也無人能答。因爲風聲鶴唳的局勢中，誰若是對某一問題特別關心，都可能引起兩個敵對陣容的紛爭。

這樣一個巨大的惡魔，躲在人們心底，成爲一道陰影，那是小孩長大之前，心靈所負荷的無情壓力。

「妳啊，妳的感情像一樣東西。」

「像什麼？」

「那雪人！喜歡躲在自己的陰影裡，一露光，就化了。」

後來，雪人倒了，漣漪的感情卻依然躲在冰雪的王國裡，假裝自己是那洋裝書“My Story”裡自尊高傲的小公主，不肯輕易露出對於愛的渴望與追求。因爲她的對手正是以黑影裡的強光爲藝術手法，塑造出來的游曳與曖昧的剪影。

積露在笑。她丟下吸了三分之一的香菸，過猛地一踩，熄死腳下，仍是微微一笑。她常常笑，這樣的笑能夠遮掩一切，回答一切，包涵一切。於是，笑就是她最漂亮的財產。

如此神祕而令人不安的笑，使得漣漪實在無能招架。因此，當白安與積露走在漣漪背後時，她只有以亢奮的話語來掩飾心中不知所措的情緒。她不知哪來那麼多的話，說得沒完沒了，一路上就這麼不停地，毫無忌憚的見車談車，見馬談馬。像著了魔似的。然後她們走進書店，白安、積露也跟著進去。漣漪掩飾不住想獲得白安青睞的渴望。

「你們有經濟學原理下冊嗎？」

「你們有貨幣銀行嗎？」

「你們有成本會計嗎？」

「你們有經濟月刊嗎？」

她這一連串的索求，都得到滿意的供應。但在她稍加翻閱之後，看見白安他們離開了，就決定前三種不買了，只買了最後一種，不買一本不好意思，而經濟月刊是最便宜的。

而後那本付了錢的經濟月刊，後來竟然掉了！這難道是宿命的惡兆？

在校園內兩派勢力激烈地短兵相接，衝突一觸即發的時刻，白安向左右一指，在他周圍確實也有不少人。然而其中最迷人耀眼的一道強光，依然是沈積露。她毫無緊張之色，只是微笑著，深情款款的注視著白安的一舉一動。這深情的假面具，將在她的丈夫白安過世之後，才得以揭露，她是英勇的、資深的共產黨員，是代表延安調停國共停戰的副大使，一旦紅朝當政，則隨處可以見到她各種裝束的照片，而表情仍是一貫的微笑。漣漪不禁想起：「要是沒有這個沈暢同志，我的一生將有怎樣的不同？」她還能窺見祕密的後花園嗎？又有誰來誘引她打開潘朵拉的盒子？釋放一切的疾病與災禍，最後僅留下一絲「希望」，讓她的表姊替她好好兒地收著。

趙白安病危的時候，可愛而傲慢的小公主突然變成了一隻老鼠！這《綠野仙蹤》裡的田鼠女王，「長出鬍鬚了，長出尖牙了，長出尖耳朵了，長出圓眼睛了。」這樣的變形，一切只爲了打探、詢問、偷聽、偷看心愛的人。原來每個初戀少女既是公主，又是老鼠！「我不齒自己，又管不了自己。心想等這件事過去，我再恢復自己吧。」小老鼠躲在牆角，每天遙望著頭等病房裡，顯要的貴賓來往穿梭。「我私心深覺與有榮焉。」

白安死後，小公主並沒有恢復原來的形象，那燦爛的陽光依然背棄著她，不爲她裝點絲緞長裙和金色光環。而命運之神竟將她捆紮成一束活生生的稻草人！

依舊是早晨的太陽照不到的角落，令人想起當日校園裡葡萄架旁冰冷的雪人。這凝聚多少恐怖與不安的角落裡，束著一個扎實的、襤褸的稻草人，它單腳挺直，手裡執著又粗又鈍的耙子，可憐它比其他的稻草人更加愚昧。周身的小麻雀嚇不倒它，一群孩子確眞有意要置它於死地。小同志們以彈弓、石頭射殺它，訓練戰技的盲童隊長「一刀飛出，正插在稻草人的腦門上。」孩子們爲他鼓掌。這溫和可親的草人啊！爲何總是找尋不到生存的智慧，而一再地受到致命的傷害？漣漪驚慄萬分地跪下雙膝，希望自己是帶領稻草人的桃樂絲，尋找森林的出口，家的終點。「若我能回到家，一定立刻跪在地上，發出我最莊嚴的誓言……可是低頭一看……原來我的身上已黏滿了乾草，彷彿活生生的稻草人了。」

白漣漪帶著小瑪麗的驚嘆與興奮，環視著祕密花園裡的一切，隨後逐漸體驗到小夜鶯爲眞愛所付出的錐心的代價。因爲禁不住摘採了智慧樹上的禁果，她幾番沉淪，幾度迷失。生活就像桃樂絲的紅寶石鞋，始終找不到回歸的路。她口口聲聲說要回家，但是成人世界裡有那麼多險惡、狡詐的陰魂，網住了眼前的道路。她希望沿著童話國王所指引的黃金地磚，找回成長中失去的青春、美麗和快樂，結果卻是獨自一人奔跑、仆倒、奔跑、仆倒，直到跌入煉獄。直到她的孩子在她面前滾落山崖，直到這世界完全靜了下來。

所幸，找不回青春，仍有一個人摩著她的頭髮說願意陪她度過又老、又醜、又不快樂的生活，直到永遠。終於，祕密花園裡的魔咒被解除了，他們再度打開這深鎖的荊扉，走了出來，原來花園外的世界是如此幽靜而僻寂，這兒有一座座雲霧瀰漫、聳入雲霄的山巔，每當旭日初升，陽光射向山頂時，群山瑰麗的景色便得一覽無遺。此時雲蒸霞蔚，彷彿整個世界現在才誕生。

第六章

張愛玲的婚姻敘事

令現代人疲憊的婚姻制度

藝術首重風格，寫作尤其是如此。名作家張愛玲的處世哲學與文章風格尤爲世人所樂道，她的文風雖是世俗的，然而旁人卻難以望其項背，其間主要原因來自於她對人生的觀照點往往有其絕妙的體會。張愛玲的作品無論任何體裁，均奠基於一語中的之人物形象掌握與情態摹寫，同時我們亦不能忽視其練達而自然有韻致的散文筆法，例如在〈到底是上海人〉裡，張愛玲說：「誰都說上海人壞，可是壞得有分寸。上海人會奉承，會趨炎附勢，會混水裡摸魚，然而，因爲他們有處世藝術，他們演得不過火。」（張愛玲，《流言》，一九九六年。）

張愛玲筆觸所到，時常能以輕淺的語言點描眾生相，並將維妙維肖的音響效果帶入讀者的耳裡，使人爲書中角色的難堪處境，油然而興悲涼之慨。小說《秧歌》裡，有一段話是這樣說的：「他們一直是窮困的。他記得早上躺在床上，聽見他母親在米缸裡舀米出來，那勺子刮著缸底，發出小小的刺耳的聲音，可以知道米已經快完了。一聽見那聲就感到一種徹骨的辛酸。」至於名著〈傾城之戀〉則顯現出張愛玲對一座偌大城市意象的掌握，小說家從上海人白流蘇的視角，看見了充滿刺激色彩與強烈聲光的香港：「那是個火辣辣的下午，望過去最觸目的便是碼頭上圍列著的巨型廣告牌，紅的、橘紅的、粉紅的，倒映在綠油油的海水裡，一條條，一株株刺激性的犯沖的色素，竄上落下，在水底下廝殺得異常熱鬧。」則香港對白流蘇而言，已無疑是一塊生命力勃發，將外來者不由分說地捲進擁擠的人流與心理戰場的強力磁鐵！

反觀上海，那景象卻徒留凝滯的氣氛：「門的上端的玻璃格子裡透進兩方黃色的燈光，落在青磚地上。朦朧中可以看見堂屋裡順著牆高高下下堆著一排書箱，紫檀匣子，刻著綠泥款式。正中天然几上，玻璃罩子裡，擱著琺藍自鳴鐘，機括早壞掉了，停了多年。兩旁垂著硃紅對聯，閃著金色壽字團花，一朵花托住一個墨汁淋漓的大字。」同樣是沉重，同樣使人神經緊繃，上海的白公館已是百足之蟲，死而不僵；而香港這座城市卻成了白流蘇新興慾望的試煉場，「香港的陷落成全了她。但是在這個不可理喻的世界裡，誰知什麼是因，什麼是果？誰知道呢？也許就因爲要成全她，一個大城市傾覆了。」將平凡的愛情演繹得如此突兀！那也正是張愛玲最強烈的藝術風格。

一九四四年，張愛玲在〈自己的文章〉中暢談自己的筆法，其實也連帶地總結了她一貫擅長的書寫主題：「我用這手法描寫人類在一切時代之中生活下來的記憶，而以此給予周圍的現實一個啓示。我存著這個心，可不知道做得好做不好。一般所說『時代的紀念碑』那樣的作品，我是寫不出來的，也不打算嘗試，因爲現在似乎還沒有戰爭，也沒有革命。我以爲人在戀愛的時候，是比在戰爭或革命的時候更素樸，也更放恣的。戰爭與革命，由於事件本身的性質，往往要求才智比要求感情的支援更迫切，而描寫戰爭與革命的作品也往往失敗在技術的成分大於藝術的成分。和戀愛的放恣相比，戰爭是被驅使的，而革命則有時候多少有點強迫自己。」人生一世，除了戀愛，恐怕連革命情操都含有被動的成分。張愛玲發自肺腑地說：「遇見你，我變得很低很低，一直低到塵埃裡去，但我的心是歡喜的。並且在那裡開出一朵花來。」她既無意於政治和歷史的操作，便僅以微觀的角度讓小人物活出自己的生命力，即使小人物爲了在社會上掙扎著生存，而變得世故與滄桑，讀者也只是哀矜而勿喜。張愛玲超越世人的悲憫情懷之處，即在於面對上海這座載浮載沉的浪花之舟，不對舟上的人做出任何價值的批判。

「現代人是疲倦的，現代的婚姻制度又是不合理的。」張愛玲將現代人心理的疲憊處境與婚姻制度相繫聯，五四以後女性的婚戀自由度與選擇性逐漸提高，〈傾城之戀〉裡的白流蘇無視於夫家的顏面，執意不肯在離婚之後還返回夫家奔喪；亦不顧娘家的體面，兩度前往香港與范柳原獨處。既然已不是爲了生活而結婚，現代女子因此對於婚姻生活的要求與理想，便猶如放出籠的鳥兒，飛越了傳統婚姻的框架。張愛玲在〈心經〉裡不無諷刺地說道：「女孩子們急於結婚，大半是因爲家庭環境不好，願意遠走高飛。」而在〈年輕的時代〉裡，沁西亞便因生活艱苦急，一心只想找個人依賴，急切間步入婚姻生活，不久之後卻因賺錢養家而病重，生活「一寸一寸陷入習慣的泥沼裡」，幸福在哪裡？年輕時代的戀愛總歸是葬送。

〈鴻鸞禧〉中的邱玉清、〈琉璃瓦〉中的姚靜靜，都使讀者看到了婚姻換來的是更深的悲哀。試穿結婚禮服的時候，玉清「背著鏡子站立，回過頭去看後影」，然而往者已矣，「對於二喬四美，玉清是銀幕上最後映出的雪白耀眼的『完』字」。婚禮當天，婁太太想起她小時候看過人家迎親，「花轎前嗚哩嗚哩，迴環的、蠻性的吹打，把新娘的哭聲壓了下去，鑼敲得震心……。轎夫在繡花襖底下露出打補釘的藍布短絝，上面伸出黃而細的脖子，汗水晶瑩，如同罈子裡探出頭來的肉蟲。」在一路華美搖擺的行進隊伍中，轎夫、吹鼓手和看熱鬧的人與婚禮當事人都被一種廣大的喜悅所震懾。中國人面對婚姻和婚禮時，內心是搖盪無主的，直到婚後許多年，連婁太太的兒子也結婚了，張愛玲才略帶指責的語氣說道：「她很應該知道結婚並不是那回事。」張愛玲對於婚姻關係中疲憊的現代人，最大的諷刺還在於婁先生一隻手肘抵在爐臺上，用最瀟灑的新派爸爸的口吻問媳婦道：「結了婚覺得怎麼樣？還喜歡麼？」玉清略略躊躇了一下，也放出極其大方的神氣，答道：「很好。」說過之後臉上方才微微紅起來。

一屋子人全笑了，可是笑得有點心不定，不知道應當不應當笑。婁太太只知道丈夫說了笑話，而沒聽清楚，因此笑得最響。

——張愛玲，《傾城之戀》，一九九五年。

婁家一家大小具是漂亮的、要強的，尤其婁先生從窮的時候起就愛面子，特別好應酬，於是將太太一次又一次放在為難的處境裡，讓做太太的不斷重新發現自己的「不夠」。及至家道興隆了，婁太太亦未嘗享受過一兩天順心的日子，因為場面一大，更突顯了她的不夠！然而如果教她去過另外一種生活，教她不用再穿戴整齊、應酬、拜客，她也不會快樂！人生至此走到死胡同！左右為難，凡事沒有順心的時候。張愛玲對「太太」的諷刺，來自婚姻生活的辛酸，然而那份情懷也僅止於落寞、迷惘和悵然，生活整體隱含著悲涼的況味。

婁太太又感到一陣溫柔的牽痛。站在臉盆前面，對著鏡子，她覺得癢癢地有點小東西落到眼鏡的邊緣，以爲是淚珠，把手帕裹在指尖，伸進去揩抹，卻原來是個撲燈的小青蟲。婁太太除下眼鏡，看了又看，眼皮翻過來檢視，疑惑小蟲子可曾鑽了進去；湊到鏡子跟前，幾乎把臉貼在鏡子上，一片無垠的團白的腮頰；自己看著自己，沒有表情……。

在張愛玲的眼中，「太太」的傷悲是連對自己都說不清楚的。她們的具體形象是兩道眉毛永遠緊緊皺著，因爲現實生活裡並沒有過分的悲傷，大部分的時候，僅只是「麻煩！麻煩！」而已。往後在〈《太太萬歲》題記〉裡，張愛玲更清楚明白地點出：「她的生活情形有一種不幸的趨勢，使人變得狹窄，小氣，庸俗，以至於社會上一般人提起『太太』兩個字往往都帶著點嘲笑的意味。」張愛玲正是在寫作〈鴻鸞禧〉的同年，亦即一九四四年八月與胡蘭成結婚的，這篇小說寫完三個月後，他們的聯姻僅以一紙婚書爲憑：「胡蘭成與張愛玲簽訂終身，結爲夫婦。願使歲月靜好，現世安穩。」。胡蘭成在《今生今世》裡回憶道，怕日後時局變動，自己的身分會拖累張愛玲，因而沒有任何儀式，只有張愛玲好友炎櫻爲證。

太太的處世哲學

中國觀眾最難應付的一點並不是低級趣味或是理解力差，而是他們太習慣於傳奇。

張愛玲在一九四七年十二月三日上海《大公報・戲劇與電影》中發表了〈《太太萬歲》題記〉一文，指出她的電影劇本《太太萬歲》裡的太太陳思珍是一位沒有曲折離奇、可歌可泣身世和故事的女子。此處說明張愛玲為其電影劇本的基調定位在「浮世的悲哀」，而她具體想要描繪的一副影像正是「哀樂中年」。二十世紀中期，上海弄堂裡每一幢屋子裡都有陳思珍的影子，她是主婦的典型，平時其實很少出門，一旦出了門卻也很像樣，身披雨衣肩胛的春大衣、手挽玻璃皮包，粉白脂紅的彩妝，「替丈夫吹噓，替娘家撐場面，替不及格的小孩遮蓋……。」

上海太太誠然是張愛玲藉由劇本寫作，想要徹底研究和挖掘的人物。尤其是像這樣一種家家戶戶都熟悉的類型，反倒引起張愛玲無限的重視。她們沒有傳奇的人生，也鮮少英雄聖賢的氣息，其生平事蹟絕對夠不上《列女傳》。她們狹窄、小氣、庸俗，張愛玲甚至於不無調侃地說：除了貞操之外，社會上對她們沒有期望。她們僅僅是在一個狹小的圈子裡周旋家人和委屈自己，卻也仍舊是煞費苦心！張愛玲對她們最大的興趣在於：「沒有環境的壓力，憑什麼要她這樣克己呢？」（張愛玲，《沉香》，二〇〇五年。）這種自動顧全大局的心態，就因爲並不是所謂制度下的犧牲者，才更接近某種意義上的偉大！

「太太」的心理，卻乎是很費解的！這個問題直接牽涉到中國女人是如何由少女變成中年人的？張愛玲曾經翻譯過一篇好友炎櫻的極短篇〈無花菓〉：「有時候你說一個女人像朵花……但是從來沒有誰把一個女人比做無花菓。然而四面看看，像無花菓的，實在是很多很多呀……。」（唐文標主編，《張愛玲資料大全集》，一九八四年。）小說裡的女主角是家中的二女兒，不甚美也不難看，當姊姊挑三揀四地終於結婚之後，就輪到她談婚嫁了。結果第一個媒就做成了，訂婚、結婚，在華麗的喜事上，她也算是一位美麗的新娘。從模範女兒轉身成了模範媳婦，她很快地做了母親，然後幾乎沒有時間溺愛兒女，因爲一個孩子接著一個，唯一值得慶幸的是她還僱得起傭人來看管孩子。

現在她最大的孩子已經二十一歲了，有三個已經上大學，最小的卻只滿周歲，而家裡每天總也免不了許多紛擾……。小說最後是這樣歸結點題的，她的一個學醫的大孩子有天和他們討論生物學：「無花菓這樣東西是有花的哩！不過看不見。藏在菓子的心裡。裡頭粉紅泛白的就是的。那就是花。……有菓子就有花的呀！」炎櫻如此敏感於中國女人的青春提早完結，於是不無慨嘆道：如果中國的女人會戀愛，那麼在廣大的男性社會眼中，便是一抹「發出禍害的豔光」，而中國人往往把婚後中年女性遲遲盛開的愛情花朵稱爲「第二春」，「其實是第一個——從前根本沒有過。」就像無花菓，其實有花，然而開得太晚，導致菓與花同時綻開了，菓實精神飽滿，花朵卻被壓縮得幾乎看不見了！

張愛玲的太太哲學容或來自她自身的觀察和炎櫻說法的交融，總之少女便是在一夕之間成了中年人的姿態，對於張愛玲而言，女人跳過了少婦的階段，將來即使終究得到了快樂的結局，也並不是純粹的快樂，她們的生活有著一種不幸的趨勢，歡樂裡永遠夾雜著一絲辛酸，然而悲哀也不是完全沒有慰藉的。張愛玲歸結地說：「我非常喜歡『浮世的悲哀』這幾個字，但如果是『浮世的悲歡』，那比『浮世的悲哀』其實更可悲，因而有一種蒼茫變幻的感覺。」中國女人婚後的生活處世之圓滑，張愛玲看在眼裡也捫心自問：「那些手腕、心機是否必需的？她這種做人的態度是否無可疵議呢？」於是張愛玲以自然主義的手法在小說和劇本的世界裡剖析太太們的心境，「我並沒有把陳思珍這個人加以肯定或袒護之意，我只是提出有她這樣的一個人就是了。」

《太太萬歲》誠然是一齣家庭諷刺喜劇，張愛玲人到中年，由純文藝寫作倏而轉戰電影圈，然而她其實有更深刻的文學追求，那便是「笑中有淚」的悲喜劇，藉以傳達她所體會到的人生況味。劇中描寫一位賢慧的太太陳思珍，她胸襟開闊，處處為人著想，一心一意只希望家人皆大歡喜，然而卻又運氣不佳，處處捉襟見肘，吃力不討好。例如：她時常在娘家人面前替丈夫吹噓，又不忘在婆家替自己的娘家撐場面，還只想讓婆婆認為她是個好媳婦，讓小姑覺得有個好嫂子。她為了使勢利的父親出錢投資好高鶩遠的丈夫創辦公司，不惜謊稱她婆婆手裡有許多資產。然而一旦丈夫發了財，便和交際花同居，婆婆又因此對她不能諒解，她才覺得心力交瘁，受不了精神上的折磨，終於找來律師辦理離婚，卻又經不住丈夫的軟語訴求，一會兒便又心軟了。

這部電影當年由桑弧導演，於一九四七年十二月十四日同時在上海皇后、金城、金都、國際等四大影院上映，上映之前張愛玲於《大公報》的「戲劇與電影」專欄發表了上述〈題記〉一文，當時主編此專欄的著名劇作家洪深在〈編後記〉裡讚嘆：「好久沒有讀到像〈《太太萬歲》題記〉那樣的小品了。我等不及地想看這個『註定了要被遺忘的淚與笑』的idyll如何搬上銀幕。張女士也是《不了情》影劇的編者；她還寫有厚厚的一冊小說集，即名《傳奇》！但是我在憂慮，她將成爲我們這個年代最優秀的highcomedy作家中的一人。」想來張愛玲是希望藉由〈題記〉一文，向未來的觀眾群說明她的創作意圖，藉此引領觀眾進入她的編劇世界。而洪深所喝采的對象顯然是經過一番人生閱歷之後，於平易的文風中突顯其思想的小品文作者。

張愛玲自身的太太處境

張愛玲在日本戰敗後，因與胡蘭成的關係而陷入敏感的敵僞爭議中，外界對她的謾罵與指責，雖然她一概不予回應，然而這篇〈題記〉刊登之後，連帶地也使洪深受到嚴重的詆毀，儘管《不了情》與《太太萬歲》的票房證明了張愛玲是屬於讀者和觀衆的，畢竟還是傷了她的自尊心。此間還有胡蘭成的情變使她感受到更大的孤獨與悲哀，最終她將這兩部電影劇本的稿酬共三十萬元法幣，附在信裡寄給胡蘭成，從此與他斷然分手。這是她人到中年撰寫《太太萬歲》時，所面臨的外在險巇處境與內心徹底孤絕的困境，於是《太太萬歲》成爲張愛玲寫作歷程與婚戀生涯的轉折點。尤其是「萬歲」二字，喜感的語意中潛藏著無限深沉的浮世悲哀的況味。

一九四六年張愛玲與導演桑弧合作，正式開始從事電影編劇，同年二月張愛玲到溫州與胡蘭成相會。「（胡蘭成）驚而不喜，甚至有怒。」這自然是因爲范秀美的緣故，胡蘭成回憶道：「不是爲要瞞她，因我並不覺得有什麼慚愧困惑。」張愛玲依舊癡心，她說：「我從諸暨麗水來，路上想著這是你走過的，及在船上望得見溫州城了，想著你就在著那裡，這溫州城就像含有寶珠在放光。」

在溫州時，張愛玲住在公園旁的旅館，胡蘭成白天去陪張愛玲，晚上則與范秀美同居。而張愛玲此番前來，其實爲了要求胡蘭成在她和另一女子之間作抉擇。只是這另一女子並不是秀美，而是周訓德，那是胡蘭成於一九四四年在武漢所結識交往的女子。當時胡蘭成已愈感到汪精衛的政權無以維繫，於是他接受日本人山池田的安排，前往武漢主持《大楚報》，這是日本人扶植傀儡「大楚國」的政治文宣報。來到武漢不出一個月，便認識了漢陽醫院十七歲的產科見習護士周訓德，兩人在胡蘭成已與張愛玲有婚約的前提下，胡蘭成再度舉行了一次婚禮儀式。九個月之後，日本投降，武漢重回中國，胡蘭成開始逃亡。他先到上海與張愛玲相處一夜，之後逃往杭州、紹興、諸暨，諸暨斯頌德是胡蘭成的中學同窗，斯家人帶著胡蘭成東躲西藏，最後到了斯頌德在溫州的岳家，而范秀美就是斯老爺生前的小妾，當時她在蠶絲工廠做工，胡蘭成便與她結爲夫婦。「我在憂愁驚險中，與秀美結爲夫婦，不是沒有利用之意。要利用人，可見我不老實。」而在此同時，周訓德已因爲與胡蘭成的關係，身陷牢獄之苦。在溫州的「三人世界」裡，胡蘭成說：「愛玲並不懷疑秀美與我，因爲都是好人的世界，自然會有一種糊塗。」然而張愛玲卻逐漸成爲第三者，或者就是個客人。

惟一日清晨在旅館裡，我倚在床上與愛玲說話很久，隱隱腹痛，卻自忍著。及後秀美也來了，我一見就向她訴說身上不舒服。秀美坐在房門邊一把椅子上，單問痛得如何，說等一會兒泡杯午時茶吃就會好的。愛玲當下很惆悵，分明秀美是我的親人。而她，她像是「第三者」或是客人了。

——胡蘭成，《今生今世》，二〇〇四年。

某日張愛玲誇范秀美長得漂亮，想給她畫像。這時三人興味十足。范秀美端坐著，而張愛玲疾筆如飛，胡蘭成則在一邊看著，然而張愛玲突然停筆了，並且不肯再繼續作畫，亦沒有解釋，只是神色淒然。范秀美走後，張愛玲才說道：「我畫著畫著，只覺得她的眉神情，她的嘴，越來越像你，心裡好不震動，一陣難受就再也畫不下去了。」胡蘭成對張愛玲又自有一番說詞：「我等妳，天上地下，沒有得比較。若選擇，不但於妳是委屈，亦對不起小周。人世迢迢如歲月，但是無嫌猜，按不上取捨的話。而昔人說修邊幅，人生的爛漫而莊嚴，實在是連修邊幅這樣的餘事末節，亦一般如天命不可移易。」張愛玲仍然希望胡蘭成有所抉擇：「《美的畫報》上有一群孩子圍坐吃午時茶果，你要這個，便得選擇美國社會，是也叫人看了心裡難受。你說最好的東西是不可以選擇的這個我完全懂得。但是這件事還是要請你選擇，說我無理也罷。」「你與我結婚時，婚帖上寫現世安穩，你不給我安穩？」胡蘭成答曰：「世景荒蕪，已沒有安穩。」張愛玲自傷自憐：「你到底是不肯。我想過，我倘使不得不離開你，亦不致尋短見，亦不能夠再愛別人，我將只是萎謝了！」第二天張愛玲走了。不幾日張愛玲有錢與信寄給胡蘭成：「那天船將開時，你回岸上去了，我一人在雨中撐傘在船舷邊，對著滔滔黃浪，佇立涕泣久之。」

二十多天的溫州行結束之後，張愛玲被滿腔的淚水包圍，回到上海，張、胡仍有書信往返，只是日漸稀少，但是直到一九四七年初春，張愛玲仍寄出稿費接濟胡蘭成，同年十一月胡蘭成又悄悄回到上海，在張愛玲處住了一夜，又走了。他問張愛玲對自己寫的那篇與小周交往的〈武漢記〉印象如何，又談及范秀美，張愛玲十分冷淡。當夜，二人分室而居。第二天清晨，胡蘭成去張愛玲床前，俯身親吻她，她伸出雙手緊抱著胡蘭成，涕淚漣漣，哽咽中只有一聲「蘭成」！就再也說不出話來。隔年六月張愛玲寫下訣別信：「我已經不喜歡你了。你是早已經不喜歡我的了。這次的決心，是我經過一年半的長時間考慮的。彼惟時以小吉故，不欲增加你的困難。你不要來尋我，即或寫信來，我亦是不看的了。」隨著這封訣別信，張愛玲還附上了三十萬元，那便是張愛玲這反覆下不了決心的一年半裡，所新寫電影劇本《不了情》與《太太萬歲》的稿費。中國現代作家劉川鄂在《張愛玲傳》中指出：

> 她愛得傷心、傷情、傷了靈性。這裡的創傷，不僅影響了她的生活，而且影響了她的創作。她勤奮的筆耕得慢了，生花的筆開得淡了。全身心品味的感覺鈍化了，對意態情致的體悟淡泊了。張愛玲風格弱化了。
>
> ——劉川鄂，《張愛玲傳》，二〇〇三年。

第二度成為太太的艱困處境及其創作

「於千萬人之中遇見你所要遇見的人，於千萬年之中，時間的無涯的荒野裡，沒有早一步，也沒有晚一步，剛巧趕上了，沒有別的話可說，唯有輕輕地問一聲：『噢，你也在這裡？』」張愛玲在散文〈愛〉裡，敘述著青春少女在幾經轉賣、歷盡滄桑之前，曾經在一個美好的春天，手扶著桃樹，同對門的年輕人打招呼。很多年後，即使年華老去，依然記得那一年與幸福擦肩而過的往事。在《半生緣》裡，與幸福相錯過的是另一對戀人顧曼楨與沈世鈞，失散十多年之後，再相逢，僅剩下一句道盡了世間蒼涼的話：「我們回不去了！」張愛玲僅用最樸素的語言，就能速寫出愛情在某個時刻突然抽離，帶給顧曼楨的半生憔悴與辛酸。

「回憶永遠是惆悵的！愉快的使人覺得，可惜已經完了；不愉快的，想起來還是傷心。」人到中年，才逐漸體會「生於這世上，沒有一樣感情不是千瘡百孔的。」深切體會著浮世的悲哀，張愛玲的人生和作品在一九四八年與胡蘭成訣別之後開始進入生平第一部長篇小說《十八春》的創作，「日子過得眞快，尤其對於中年以後的人，十年八年都好像是指顧間的事。可是對於年輕人，三年五載就可以是一生一世。」顧曼楨與沈世鈞在時代的混亂動蕩中隔絕疏離，爾後顧曼楨與祝鴻才、沈世鈞與石翠芝逐漸於平淡麻木的家庭生活，消磨了大喜大悲的心緒，所有的哀樂都沉澱在灰色的記憶底層，使人表面達觀而內心酸楚。世鈞、曼楨、叔惠、翠芝、曼璐，每一個人都在愛情與責任之間承受著殘酷的折磨。人世風雨多變故，被姊夫強暴後囚禁的曼楨，最後利用在醫院生產的時機，向同產房的人求救，終於逃出醫院，從此過著獨自一人的生活。曼璐病重時找到了曼楨，告知她自己已不治，哀求曼楨回家照顧孩子。對於張豫謹的深情、對妹妹曼楨的終身悔疚、對丈夫祝鴻才的愛恨糾葛，曼璐的悲哀使她自己甘願讓位，而祝鴻才也答應跟曼楨正式結婚。然而曼楨依然堅持不肯，隨即曼璐死去，曼楨依舊孤寂地活著。

當顧曼楨偶然發現祝鴻才的女兒得猩紅熱死了，而自己生的孩子也病危，爲了救孩子，她只得回到祝家嫁給祝鴻才。在婚姻生活中，曼楨瞧不起鴻才，鴻才也不斷地折磨曼楨，同時曼楨也折磨自己。鴻才最後只在外面與女人同居，把別人的女兒當成自己的孩子。曼楨心想這時如果離婚，可以爭取到孩子撫養權，因此借錢打官司，千辛萬苦終於離了婚，獲得獨自撫養榮寶的權利。十八年後，曼楨與世鈞再度相逢，兩人具是滄桑中年，愛情幸福如同飛鳥一去不返，人生徒留遺憾。張愛玲在溫州時對胡蘭成作別，其後以梁京爲筆名在《亦報》上連載《十八春》，十九年後張愛玲的第二度婚姻也結束了，她在美國修改《十八春》，回顧一生的情緣，走過半世的辛酸苦樂，「因爲愛過，所以慈悲；因爲懂得，所以寬容」，張愛玲將這部長篇更名爲《半生緣》。

一九五五年的秋天，三十五歲的張愛玲由當時美國駐香港領事館文化專員理查麥加錫充任移民擔保人之後，飄洋渡海到了美國，住進當地爲有才華的藝術家免費提供住宿的文藝營。其後她的英文版小說在美國發行，雖然得到好評，卻沒有爲她帶來收益。一九五六年二月，她寫信給美國著名作曲家愛德華麥克道威爾的遺孀瑪琳麥克道威爾夫人所創辦的文藝營，張愛玲很快地在此得到了宿舍和工作室。在這裡每天上午藝術家們共進早餐，之後便各自在工作室專心創作，連午餐時間都是在自己的工作室裡度過。而每天下午四點鐘，文藝營有自由活動時間，並連續到晚餐。在傍晚的聚會中，張愛玲認識了賴雅。他們談論中國的政治、書法和文藝創作，兩個月後彼此相戀。這時賴雅六十五歲，張愛玲三十六歲。賴雅是德裔人士，青年時代有詩劇創作，與許多美國著名作家相識，他也曾是好萊塢圈內的名劇作家。一九四三年得過輕度中風，由於長時間作品得不到出版機會，因而也申請了麥克道威爾文藝營。賴雅當時在文藝營的期限將屆，他又申請去紐約州的耶多文藝營。張愛玲親自送他到車站，傾訴衷腸，並且在手頭拮据的情況下，送給賴雅一些錢。賴雅在耶多寫信給張愛玲，盼望著能再度回到麥克道威爾。其後，張愛玲寫信給他告知已懷了他的孩子。賴雅便在當天下午寄出一封求婚信。

張愛玲因急匆匆趕到了耶多，而未及時收到賴雅的求婚信。兩人在餐館和公園裡，賴雅當面向她求婚，可是堅持不要孩子。最後張愛玲同意了賴雅的意見，往後維持了十一年的婚姻生活。其間張愛玲得到過丈夫的愛，也在英文寫作方面得到了幫助，算得上是一段短暫平和的家居歲月。然而年老多病的賴雅始終是張愛玲精神和經濟上的負擔。生活的壓力增添了煩愁，也影響了她的寫作。一九五六年十月賴雅又中風了。從此之後，未見起色。一九五八年到一九六〇年賴雅連續患背痛以及腿和腳部的疾病，張愛玲經常必需幫他按摩，鬆緩他的肌肉疼痛。出於經濟考慮，一九六二年張愛玲重回香港找尋工作機會，並且生平首度造訪臺灣，與畫家席德進一同遊覽，又在作家王禎和的陪同下赴花蓮觀光，寫下遊記〈重訪邊城〉，她在臺北的時候，又收到賴雅中風的消息。

爲了及早返美，有錢給賴雅治病，張愛玲在香港夜以繼日地寫作電影劇本。總計這段期間（1957-1964年），張愛玲爲電懋公司編劇的電影劇本，包括：《情場如戰場》（1957）、《人財兩得》（1958）、《桃花運》（1959）、《六月新娘》（1960）、《南北一家親》（1962）、《小兒女》（1963）、《一曲難忘》（1964）與《南北喜相逢》（1964）。此外，還有屢經修改而最終原稿不明的《紅樓夢》上、下集，以及《魂歸離恨天》。一九六四年六月二十日電懋公司老闆陸運濤因神岡空難驟逝，公司改組，宋淇離職，張愛玲也因而失去了寫作劇本的機會。同年，賴雅又因跌跤骨折，張愛玲遂不得不趕回美國。此後賴雅便癱瘓在床，爲了照顧賴雅，她自己支起了行軍床，寫作的同時也獨自擔任護理。一九六六年九月，張愛玲得到了邁阿密大學駐校作家的職位，便將癱瘓的賴雅從黑人區肯德基院住所搬出。至一九六七年四月，張愛玲受邀擔任劍橋瑞德柯利福研究院研究員及加州柏克萊中國研究中心高級研究員，準備從事《海上花列傳》英譯工作。因此她又將病入膏肓的賴雅從邁阿密帶到了麻州以及加州。張愛玲一邊工作，同時照顧賴雅，直至一九六七年十月八日，送賴雅走完人生最後的路。

「要是眞的自殺，死了倒也就完了，生命卻是比死更可怕的，生命可以無限制地發展下去，變得更壞，更壞，比當初想像中最不堪的境界還要不堪。」自一九六六年至一九六八年，張愛玲密集搬家，並辛勤工作和日夜不息地照顧行將就木的賴雅，這段時間也正是張愛玲將《十八春》修改爲《半生緣》的時刻。顧曼楨不幸的遭遇、痛苦的婚姻生活、對孩子的不捨，以及溫柔堅強的性格，故事同時還隱含著張愛玲對於三十年代老上海淒迷的眷戀與懷舊。第二度嫁作他人婦悲哀景況，比起和胡蘭成分手時的內心痛苦，此時更增添了一份身體上沉重的看護工作和往返美國、香港之間的辛勤奔波，以及終日振筆寫稿幾乎到眼睛出血的地步。猶如顧曼楨熬到頭來的想法：也許還能嘗到一點家庭之樂，然而浮上脣邊的卻僅是一個淡淡的苦笑。《十八春》的結局是沈世鈞和顧曼楨一同前往東北，滿懷希望地參加革命，而這一段故事在十九年後的《半生緣》裡，被張愛玲刪除了，只寫到二人重逢，徒留半世的淒楚與一身的滄桑。

《半生緣》最終有一段話，可視爲張愛玲一生情愛生涯的總結：

> 也許愛不是熱情，也不是懷念，不過是歲月，年深月久成了生活的一部分。這麼想著已是默然了一會，再不開口……。
>
> ——張愛玲，《半生緣》，一九九八年。

那麼些年前的事，即使當初再驚心動魄，如今眞的講出來了，卻是用作平淡的口吻，而這也是張愛玲作品敘述藝術中最顯著的特徵。她的一生經歷兩段特殊的婚姻狀態，過程中的艱難苦恨恐不足爲外人道，因此她晚年選擇離群索居，自絕於世人，這也許還是可以用《半生緣》裡最後的話語作結：當曼楨漸漸述說完過往的經歷，突然別過頭去。「她一定是掉下眼淚來了。」

第七章

胡品清的音樂散文

生活是一連串彩色的音符

閱讀胡品清的散文，耳邊經常不自覺地隨著作者的生活步調，響起翩翩飛舞的樂章。有時是優美的詠嘆調，偶爾也穿插著古典吉他的溫柔。詠嘆調（Aria，又譯抒情調）原指抒情的音樂旋律，多爲獨唱曲。現時詠嘆調則專指管弦樂伴奏的獨唱曲。歌劇中的詠嘆調數目最多，但清唱劇和大合唱中也有爲數不少的詠嘆調。自古典音樂晚期，部分作曲家如莫札特和貝多芬開始創作「音樂會詠嘆調」（Concert Aria），這些詠嘆調都具有獨立主題，且不屬於任何大劇目，因此多有獨立的作品編號。

Aria 最早出現在十四世紀，原指歌唱藝人或鍍金工匠的藝術風格。後來漸被專用於音樂領域。而最早的 Aria 還指涉了歐洲古代十四行詩的配樂和管弦合奏的純音樂。最初，詠嘆調的模式沒有重複，自十七世紀開始，出現了以 ABA 模式重複的三段式詠嘆調，稱爲「返始詠嘆調」（da capo aria）。此後，詠嘆調漸漸開始在歌劇中佔有愈來愈多的份量，並出現更多精細的分類。十九世紀中期以後的歌劇，泰半以詠嘆調集合的方式呈現，宣敘調的空間則愈來愈少。尤其是在理察德·華格納的樂劇裡，分曲幾乎完全消失，而宣敘調與詠嘆調之間也就逐漸沒有明顯的區別了。

本文將以「返始詠嘆調」的概念來詮釋胡品清的散文結構，及其行文風格。胡品清（1921-2006），浙江紹興人，浙江大學英文系畢業，巴黎大學現代文學研究。曾任文化大學法文系所主任，榮獲法國文化傳播部頒贈學術騎士勳章及一級文藝勳章。她用中、英、法三種文字寫作，文體包括：詩、散文、短篇小說，以及文學評論。著有散文集《不碎的雕像》、《玫瑰雨》，及譯著《怯寒的愛神》、《法蘭西詩選》等四十多種。她的文學音樂性來自生活裡的小故事本身和音樂的關連，而行文的獨特韻律感與自覺的節奏性語調，更加深了讀者的耳目觀感。作者常說，童年是嚴肅的，因爲舊式教育不懂得兒童心理。然而也許是兒童的天賦創造力不容輕易遏止，小時候男童打扮的胡品清在沒有音符與音感教育的山村裡，竟還是從返鄉探親的鄰家小姊姊的寬裙洋裝，以及她的脣和腳尖上，領略了載歌載舞的歡樂。

生活在音樂色彩澆薄的山村裡，小女孩於日後就讀的教會女中，能夠搖身一變成爲歡樂合唱團的女高音，這故事本身不能不帶著一點神童式的傳奇。也是平凡的人總有不平凡的故事，胡品清自中學步入大學後，隨著漫天的烽火，學校輾轉流徙，最後遷移到窮僻的貴州。離開了碧波瀲豔的西湖和潮起潮落的錢塘，新鮮人體內的音樂細胞是沉寂了？還是持續復甦？作者告訴我們，那是個多災的年代，中學時隨著音符飛躍的歲月，何處尋覓？然而來者可追。在沒有一點娛樂，甚至沒有一家書店的邊遠地帶，他們擁有了一個屬於自己的「回聲合唱團」。團員們黎明即起，在郊野池邊練習著自己的嗓音，他們唱世界名歌，也唱愛國歌曲，甚至帶著音樂走上街頭，合演行動劇，博得了觀眾的淚水與掌聲。於是胡品清日後擁抱那段青春的回憶，似水的年華，輕輕慨嘆：「那是我唱歌的黃金時代。」（胡品清，〈彩色音符〉，《砍不倒的月桂》，二〇〇六年。）

「室友」是每一個初次流寓在外者的親密夥伴。胡品清在重慶沙坪壩的室友，則更兼樂器啓蒙者的角色。她擁有一把四弦琴，那是尼泊爾的傳統民俗樂器，琴的尖端像寺廟的屋頂，背部通常雕刻著具宗教風味的精美神像，聲音傳送出古老民族撫慰人心的悠遠文化情調。此外，西方巴洛克時期，法國傳統畫家拉突爾，以古典主義詳靜平和的表現手法，繪製了一幅「彈四弦琴的人」。凝視這幅畫作，使人感受到畫家在飽經風霜的老人身上，賦予了人的尊嚴。

這一切開啓了作者一生女性情誼的首部曲，往後她不斷地在散文中敘及多位女性知音的純美與眞摯，大約都建立在這第一位親密友人以及四弦琴的美好回憶上。琴，做爲一把美麗的鑰匙，轉瞬間敞開了一室光輝的音樂與友誼，又開展了閱讀者自身的重重疊疊的印象之旅，依稀記得我們自己大學時代也曾經和室友同聲相應，玩在一起，相互怡情。而這段時光也像是音符編織成的羽翼，提攜著愛樂人從歡樂地演唱飛向優雅地彈奏生涯。

婚後，胡品清移居湄南河畔，在那座廟宇林立，鳳凰花開的東方水市裡，人們可能不習慣貴婦張嘴唱歌，卻可以接受主調與和弦暫時分離的蕭邦圓舞曲或柴可夫斯基如歌的行板。於是作者又爲自己打造了一段音樂人生的黃金時代：

> 在那段日子裡，從物質上來說，算是我的黃金時代。雖然我並非眞正的擁有什麼，但至少暫時佔有許多，像租來的鋼琴，像許多的閒暇。
>
> 有一次，曾和一位女友偷得人生十日閒，去檳榔嶼度假……，我們拋棄繁縟，善待自己。早晨醒來的時候，賴在床上，睜著眼睛慵慵懶懶，然後起來哼著當時流行的「Eternally」對鏡理紅妝，也一直迷上了那首歌。

作者在湄南河畔閒雲野鶴的金色生涯裡，最璀璨耀眼的十日，是用音樂與女性鍛造出的人生假期。之後，天涯飄零，曾經留學巴黎，最終回到臺北。某個冬日午後，這位法文系的女教授，決定買一把吉他，像一個愛作夢的小女孩，想用童話裡的花環將自己包圍。在那風雨如晦的陽明山上，讀書無心，寫作無力時，唯有音符帶來安慰。那把吉他給她一個感覺：「有生以來，這是第一次，我絕對沒有做錯。」

我們將在閱讀中慢慢地發現，女作家在音樂事件上所做的抉擇，幾乎都是無怨無悔，比起感情事件容易決斷，也輕易地得到更大的快慰。生命中有許多黯淡的時刻，她往往將自己拋向音符編織的花床，因為脆弱的心，只想躲進繽紛的音樂錦褥裡，保留最後的一點溫馨暖意。張愛玲曾說：「人生是一襲華美的袍，上面爬滿了蝨子。」胡品清則比喻腦海是一座古屋，記憶就像出入其間的幽靈：「夢斷之後，沒有什麼比記憶更令人驚悸。」那些教人不堪的往事，在我們以為早已被歲月之流清洗成淡薄的剪影時，卻在某個不經意的時刻突然排山倒海迎面襲捲而來，幸運的人縱使無處躲藏，也可以浸溺其間尋尋覓覓，而記憶中總有一些關於琴與音樂的紀事，將迷惘而漂泊的心拉回山村海濱，帶進那些遙遠的、黑白的記憶影像中，藉以調和苦澀的心靈。

「記憶中，總有一把鋸琴；懷念中，也有一把鋸琴。」鋸琴是一種上寬下窄，板鋸形式的樂器。演奏時如手持左側平躺的二胡，兩腿之間夾住鋸琴，右手持弓規律地輕輕拉顫，左手握把定住鋸尖，根據技巧和經驗發出各種音色。鋸琴一般適合表現非常抒情與緩慢的曲調。（胡品清，〈尋覓鋸琴的日子〉，《砍不倒的月桂》，二〇〇六年。）

胡品清十五年中，不斷地尋覓一把鋸琴，因爲那曾是遙遠年代裡的一個良伴。找到它，彷彿就能喚回腦海中，空屋裡，少數珍貴的回憶。有些人在氣味裡尋找回憶中的愛侶，例如：普魯斯特；有些人則在小飾物上看見了過往的繁華，像是：曹雪芹。胡品清則是在輕輕脆脆的琴音裡，閉上雙眼，隨即看見烽煙四起，敵人的炮火震碎了盧溝橋上的石獅子，耳邊不斷地傳來轟轟的巨響，人如浮雲，風吹任東西……，最終在震耳欲聾的時代交響背景聲中，看到天際陰霾間的一隙晨光，像舞臺上方的聚光燈，照射在好友C.C. 的身上。因爲她正在以一種最簡便的樂器拉奏著民謠，自娛且娛人。那段生命如游絲如飄蓬的亂離歲月裡，女作家只剪取了一個最溫情悅耳的畫面。來到臺灣後，重建往事的希望卻愈來愈渺茫。不是臺灣沒有鋸琴，而是與本省老人話語不能溝通，情誼不能交流，臺灣的那把鋸琴只能依舊鎖在老閣樓裡，從戰火中走來的女人，注定與它失之交臂。

女學者的表面生活不如心靈層面複雜善變，因爲大部分的時間都給了學校和學生。累積了十多年的法文系教學經驗後，胡品清說自己成了優伶，在不同的課堂間，輪番演出各種性別、年齡、身分與性格的角色：

我必須把自己的聲帶變成鋼琴上的黑白鍵子，爲了能模仿男女老少及孩童的音色。同時，我也必須隨時調整感情，爲了在聲調上表達喜怒哀樂。

——胡品清，〈我如何教中、法、英文〉，《砍不倒的月桂》，二〇〇六年。

在法文戲劇課堂上，解釋名著中的特殊場景，她把自己當成一位女高音，大玩象徵手法彈奏無形的鋼琴，一面唱著索爾格維之歌。爲了不使教學平板而單調，爲了培養學生學習語文的興趣，老師返老還童了，像個幽默的小丑，也適時地扮演了各種法文歌者的角色。音樂，融入了法文教學的課程裡，也揉進每一個莘莘學子的心坎。學院作家的另一項工作是稿酬微薄的專欄寫作，所幸胡品清挺身疾呼：藝術至上！在晚報「我唱我歌」專欄裡，譜寫詞曲；在「詩與樂」的專輯中強調：「音樂是不該有疆界的。」

走下講堂與寫字檯，她是一個眞正的女人。女人，會坐在咖啡館裡，守候著一個迷人的音色；女人，會穿上一件銀灰色毛衣和淺灰色長褲，再配上銀色的香水項鍊，偶爾也打開鍊墜，滴一點芬芳在衣襟上，然後聲稱：我很藝術。女人，會欣欣然地拆開朋友送的禮物，興奮地對讀者說：那是一副領針，天藍色四弦琴的造型！並且進一步細膩地描述道：琴弦是金色的，琴柱也是……四根金弦包藏著一首無聲的友情之歌。女人，會感嘆地說，我們的耳朵是貝殼，保留著靈海潮聲，只是人生就像所有的歌詞一樣，全是美麗的謊言。（胡品清，〈幾件藝術品〉，《砍不倒的月桂》，二〇〇六年。）女人，也喜愛大眼睛的玩具狗，但是頂討厭庸俗的寵物名稱，例如：Lucky 或來喜，她和她的寵物都喜歡「嘟嘟」這樣的法文名字，因爲「聽」起來像圓圓的義大利文，這個充滿音樂感的名字在法文的原意是寵物的意思，於是一個樂音般的詞彙同時滿足了女人與玩具狗狗都想被愛的慾望。（胡品清，〈玩具狗的獨白〉，《砍不倒的月桂》，二〇〇六年。）

在閨房裡，執著地，強烈地執著著使自己的右手把吉他的音色彈撥得很美麗，直到六根弦重若千鈞，不由得聯想起，難怪自己在黑板上寫的字總是不能很白很白，即使在指尖上使盡了力量。所幸吉他不是很貴的樂器，氣餒的時候，將它「冷藏一下也無妨。」（胡品清，〈向六弦琴的獨白〉，《砍不倒的月桂》，二〇〇六年。）我們好像同時看到了女大提琴家杜普蕾的傳記電影。這位英國女大提琴家，生於音樂家庭，五歲時從收音機聽到大提琴的音樂，因此確定了一生的志業。其後在倫敦大提琴學校赫伯．瓦倫處學琴，十歲時成爲威廉．普利茲的學生，這是她最主要的老師。完成該階段的學習後，她進一步到瑞士、莫斯科學習。十一歲獲得蘇紀雅大獎，這是爲紀念已過世的葡萄牙女大提琴家而設的。十六歲時，成功地舉行了倫敦的首演，並與管弦樂團合作。杜普蕾曾與鋼琴家史帝芬．科瓦契形成了絕佳的二重奏組合，從此逐漸鞏固樂壇名聲。一九六五年首度赴美演出。兩年後，與鋼琴家兼指揮家的巴倫波因結婚。一九七一年七月，正當演奏生涯巔峰時期，卻受到嚴重的多發性硬化症侵襲，之後病情持續加劇，同時也因巴倫波因的離開，病情惡化到不可挽回，於一九八七年十月十九日，逝於英國倫敦，享年四十二歲。在傳記影片中音樂家幾次賭氣將大提琴推出冰風雪雨的陽臺，誓言與它絕交。我們所看到的，仍然是女人。

琴弦的內心獨白

胡品清深信法國名詩人波特萊爾的話：「請永遠做個詩人，即使是寫散文的時候。」我們在胡品清的散文裡時常感受到了格律的變化與詩意的節奏，其句式之間的自由韻律有時彷彿五線譜上互相追逐的切分音，刻意地製造不均衡的強弱節拍；有時也出現唐宋詞裡某些詞牌鏗鏘悅耳的聲調效果。例如她敘述自己的求學歷程：

> 話說，我免了小學，直接考入了一所教會女學堂，以神童之姿。
> 似乎，中學裡的歲月都是隨著音符而飛躍的。
> 如今，在風呼嘯、雨滂沱的日子，在讀書不能、寫作不能的日子，
> 在對一切都欲語還休的日子，我就抱起三腳貓吉他讓音符結成一個花環，將我包圍。

為了引發散文的詩意，胡品清時常將長句中的時間和地方副詞單獨立於句首，形成

一個觸目的時空座標，突顯了作家對人世間流光歲月的慨嘆：

> 少小的時候，我總是被石榴的紅燦迷住。
> 在故鄉，石榴花又大又紅。遠望去，像一團熊熊的火。
> 在寶島，所謂的石榴只是侏儒榴樹，所謂的榴花也只是迷你榴花。
> ——胡品清，〈石榴、楓葉、海棠花〉，《砍不倒的月桂》，二〇〇六年。

告別家園以後，歲月悠悠，家鄉一點一滴鮮明的記憶都像張愛玲筆下紅玫瑰幻化的一顆心頭硃砂痣，那形象只會愈加地鮮明飽滿，因爲顆顆石榴寄託了異鄉人濃重的情愁。它亮麗得像印度紅寶，象徵著遊子內心焦躁燃燒的思鄉情結。文中的「在故鄉」與「在寶島」形成了強烈的對照，其後有「熊熊的火」與「青翠的貧瘠」，在色調上，一紅一青，一熱一冷，參差交錯，也加強了兩個獨立的地方副詞所形成的對比性。詩人內心熊熊熱火爲故園鄉情熾烈地釋放著光和熱，就像她鄉愁裡的錢塘，澎湃而急湍。她常常選用：「尋尋覓覓」、「欲說還休」等詞彙，也許是深層意識裡埋藏著李清照南渡後幾番尋尋覓覓，卻落得冷冷清清的孤寂靈魂。胡品清曾經描述某一天午後，朋友送來一盆細細淡淡的海棠，腦海中浮現的文學典故，並不是大觀園裡尊貴得足以入詩入畫的女兒棠，卻是易安居士的〈如夢令〉：「昨夜雨疏風驟，濃睡不消殘酒。試問捲簾人，卻道海棠依舊。知否？知否？應是綠肥紅瘦。」李清照的淒惻伴隨著晚來風急，眼看大雁飛回，人如黃花，正傷心。胡品清有感而發：

> 如今，我的花廊裡也有幾盆地道的中國海棠，只是花訊長寂寂，我珍惜它們，只是爲了葉子，因爲那些葉子象徵那一片有待收復的中原。
>
> 一向，我對人生不甚苛求，一點美麗的事物便能爲我帶來一份怡情的悅樂，何況那盆海棠既象徵剛剛誕生的友誼，又常懷一片孤臣孽子之心。

胡品清幼年伴隨祖母居住鄉間，接受傳統閨閣才女的教養，直到入教會女中爲止。日後的教學經驗也告訴她，唯有童年時期記誦的詩詞語文能與自己一生相隨，往後爲了升學強行記憶的事總無法銘刻在心。或許祖母對她童年的啓蒙爲她婉約的文字風格埋下富於生命力的種子，胡品清的行文不僅是內容蘊含如初春陽光燦爛的溫暖柔情，她所抒發的寓臺思鄉情懷，也間或吹來幾分宋詞裡女性蓬亂鬢角上梅花揉損的微微寒意。這股「微寒」或許也能使同輩讀者浮想起凜冽的故土，以及作者個人的身世悲慨。

在長短句音樂韻律的氛圍裡，將李清照的家國之思轉化爲自我筆下深細的濃愁，胡品清慣於以時間副詞引領長句，在跌宕生姿的文法效果上，寄託了「愁損北人」、「便作春江都是淚」的寂寥心境。而她耗費十五年尋覓當年鋸琴的鏗然音色，也只有在這心境下才能充分地得到理解。

除了修辭與句式，胡品清嘗試以音樂「組曲」的形式，帶出生活細節的精緻品味。她在〈生活組曲〉一文中，先以「盜竊一片彩葉」爲自己的唯美主義拉開序幕，中段文鋒高潮處，乍見畢生難忘的凝紫暮山，而後整篇文章落幕在女作家回到書房，靜靜地欣賞著早已重讀多遍的法國女性文學裡。這一連串的生活組曲是她爲自己做的素描，其文句依然處處閃現詩意的清新與樂句的律動：

陽明道上，有一處人家綠深門户。

年年，入秋以後，庭院裡那株銀桂就讓縷縷清芬向人的鼻孔擴漾瀰漫。每逢我經過那個小小花園的時候，總把腳步停駐一陣子，呼吸那親切的、勾起鄉愁的馥郁。桂花的芬芳，總把我拉回童年的歲月……。

——胡品清，〈生活組曲——盜竊一片彩葉〉，《砍不倒的月桂》，二〇〇六年。

這陽明道上的深綠人家，令胡品清懷念起家鄉祖母庭園裡的丹桂，那氣味的芬芳在嗅覺裡喚起一片追憶，儘管當時已惘然，而花簇葉茂的景象仍然在心胸蕩漾，作者彷彿將自己縮小成童話年代的愛麗絲，幻影成一名歷險者，只為盜採一片閃爍著童年時光的彩色葉片。童年，家鄉，那是不可抗拒的慾望。眼前這座深綠門戶裡的人家，使作者腦海中浮現出幼時文學記憶的海市蜃樓，其中有歐陽修與李清照的「庭院深深深幾許」，或許還有那份「小院閑窗春色深」的靜謐。墨綠、緋紅與鵝黃的林葉呼喚著異鄉遊子，要她供認、懺悔竊盜一片彩葉，是關於一段童年的憶往，也是關於一份對藝術的執著與體認。

在陽明山上居住的時光裡，作者的許多寫景意象都與李清照的「遠岫出雲催薄暮」相對應：

此山中一個風雨淒淒的日子，向晚時刻。假如純然是風雨淒淒，眼前必然會是一片灰濛濛的景象：低低的天，濁重的雲，蕭蕭的風，橫斜的雨。不！單是風雨淒淒四個字無法修飾那個向晚，因爲呈現在後廊外和前廊外的是兩幅迥異的風景。後廊外，風很勁疾，雨甚淒迷。才午後五時就顯出一副黃昏的樣子。

——胡品清，〈生活組曲——看暮山凝紫〉，《砍不倒的月桂》，二〇〇六年。

窗外遠方的山巒起伏，雲霧飄捲，風雨淒清，以至暮色降臨，在古典文學的意境裡時常透露了歲月的推進與女性韶華的流逝，就在這遲暮的時刻，百無聊賴之際，玻璃窗外驀然出現一片紫色的天，「一帶暮山的紫」。女作家不覺放下了餐具，斜倚窗前，久久凝視……。

作爲生活組曲的菁華，如歌劇詠嘆調的婉轉動人，聲聲將人帶入天堂，我們也隨即在那暮山凝紫的天際，看見了華年稍縱即逝的美，陰翳的天空中透出凝紫的氣象，一旦錯過，即是百年身，所幸作者攫取了那最美也是最後的一刻，將它化爲不朽。這幾乎是一篇非常有精神的仿古典樂曲ABA三段體式的行文結構，透過作家深情地凝望，我們也同時攀登了情緒的高峰，以抒情的腳步自然躍升到文脈的主題旋律裡，使得情緒張力更顯得沉鬱而慎重。

有生以來，不曾看見過一幅那麼矛盾的畫面。

作家再一次地運用了陌生化的險句，將四平八穩的句式作了頭輕腳重的微調，像是要我們所有人對大自然獻出「有生以來」的禮敬。

一系列的「生活組曲」行將落幕之前，作者從絢爛歸於平淡，回到書齋，爲開學後的許多事務作準備，包括那些無法推辭的演講，不容婉拒的書評，以及持續性的譯作及連載……。但是唯一的好事還是讀書：「我選擇了我偏愛的葛蕾德夫人……就在被『騙』去演講的時候，我又重讀了那本『新』小說，第五次了。」（胡品清，〈生活組曲——讀法國的「新」小說〉，《砍不倒的月桂》，二○○六年。）胡品清曾經專文論述一九五○年以後的法國新文學，在她的心目中，二十世紀前期法國最重要的文學家除了普魯斯特、卡謬等重量級作家之外，女性文藝的重要指標應推舉葛蕾德夫人。葛蕾德（Gabrielle Colette, 1873-1954），法國二十世紀作家，擅長描繪女性心理，並以優雅而細膩的筆觸，寓詩於散文。以其生動鮮活的語言，成爲法國文壇巨擘。葛蕾德於一九三五年榮獲頒比利時皇家學院法語暨文學獎，一九四五年入選爲國家最高文學榮譽之龔固學院（L'Académie Goncourt）院士。一九三五年葛蕾德獲法國政府的榮譽騎士勳章（Le Grand Officier de la Légion d'Honneur），同年，接受美國駐法大使（Douglas Dillon）所頒美國國家文藝研究院勳章。於一九五四年辭世。生平著作逾五十部，尚有許多短篇小說、文章載於期刊。葛蕾德以多樣化的文學與文字創作，呈現敏銳而專注的生活紀錄，激發讀者從聲音、氣味、觸覺及嗅覺感受鮮活新奇的生活品味。

比起莎岡，這個聰明的女子，葛蕾德夫人更具有女性的典型形象，她熱愛大自然，善於描寫景物，她生動地描畫女性心理，語言的運用亦十分形象化，她是女界的波特萊爾，將散文寫成一篇篇細緻的詩。那似乎也正是胡品清所追求的唯美散文藝術境界，而葛蕾德夫人的離鄉背井，與揮灑奇妙的彩筆歷述鄉間的童年歡笑，諦聽大自然的音響與悸動，幾乎是回應了胡品清尋覓文學知音的心靈訴求。於是她在葛蕾德夫人的作品裡，享受輕柔如天鵝絨般的黃蜂之歌，像影片迅速播放似的觀賞花開花謝的匆匆，轉身回望逐漸蒼茫的天空，與法國女作家同聲嘆息：「我已辭別了故鄉。你將不會在那兒找到什麼，只有悽涼的田野、一座貧苦寧靜的村莊、一個溼潤的山谷和一列微藍的山岡……。」（胡品清，〈關於葛蕾德夫人〉，《法國文壇之「新」貌》，一九八四年。）眼裡看見的是散文，耳中卻聽到了詩。我們在兩位女作家的疊影中看見私生活的多場暴風雨，也體會到大量的歲月在其間流逝，她們的獨立與全心全意地生活，就是天邊幽晦雲雨中凝紫的薄暮。

猶如她循著「快樂的童年」、「浮華世界的沙龍」，與「特別研究過的愛情」等三部曲，來追敘普魯斯特的生活經驗。胡品清也有屬於她自己的三部曲，從盜得一片彩葉以追蹤兒時樂趣，到向晚的驚豔，最後在文學世界裡與心儀的女作家一同回眸記憶中的村莊與山岡，女性從稚氣、豔麗到歸於平淡，終於完成了一套自我生活的音符與旋律。

散文是自彈自唱的藝術

如果說，散文是以廣義的獨白體形式來完成作家自我形塑的特殊體裁，則胡品清的文章大約就是這一典型的範例。讀者優游在她的散文世界裡，可以隨著她的認眞工作、度假旅遊與情海浮沉等許多面向，勾勒繪製出其人的形貌與思想品格。她時常在自我形象上鋪一層朦朧如象徵主義中的抽象音樂薄紗，使我們更加確定其內在意欲追求的是唯美意象與浪漫質地。抒發感情的時候是如此，描繪生活的時候亦是如此。

她經常懷念與好友妮娜一同在檳榔嶼度假的人生十日閑：

> 扔下了，世塵的繁縟；抛開了，社交的負荷。白天裡，我們在海灘漫步，或褰裳涉水，或在岩石上小坐，當疲乏襲來。在夜間，我們諦聽浪濤敲擊海岸，以均齊的節奏。當時年少，只覺得那種韻律別有一番風味，從來不會聯想到長江後浪推前浪或是浪花淘夢成古今。

——胡品清，〈「天堂鳥」的午後〉，《砍不倒的月桂》，二〇〇六年。

面對著浪花的起伏，潮湧潮落，她需要一首歌平衡這尋尋覓覓、顛仆流離的人生，那首曲子在妮娜的口中不經意地哼出，卻成為胡品清一生懷念的主題：「永恆」。「有生以來，我從來就沒有順心過。」「假如反求諸己，我對自己的拂逆只能作如是的結語：妳原非適者。」

散文是容易記載生活，也是最好評斷自我的藝術工具。對社會生活的不適應，讓胡品清診斷出自己是屬於那種「需要忘卻人生的典型」。最好的辦法還是音樂：「我的意思是用迷人的歌喉讓聽者忘卻人生。」哪裡有這樣美麗又仁慈的歌者，胡品清願意飛奔到他的身邊，在那兒求助於一點美麗的外力謀殺記憶，追求遺忘。美好的愛情故事值得終身想念，可惜眞實的戀情多帶有淒迷的色彩，只想教人把它遺忘。胡品清在解讀法國前衛小說家瑪格麗特·呂哈絲《如歌的中板》時，領悟到也許只有相愛的其中一方死亡，才能維持愛情的絕對與永恆。《如歌的中板》女主角安妮身旁的孩子意味著「連婚姻都無法維持愛情的強烈度」，故事中的謀殺案像是一首曲子的主旋律，在情節進行的過程中，以各種變奏的形式來維繫男女主角的連續對話。「謀殺」暗喻了雙方一旦永遠地共同生活，愛的絕對性便逐漸消亡。「現實生活是使愛情有形或無形地變質的東西，無可爭議地。」（胡品清，〈細說「如歌的中板」〉，《法國文壇之「新」貌》，一九八四年。）

一連七個黃昏，安妮與壽凡持續地對談，直到第八天，挑逗性的對白導致了靈肉合一的初吻，那是愛情的高峰點，再走下去就是絕對的消失。原來，分手也是一種死亡，而死亡反而造就了愛情的永恆。在永恆的回憶裡，戀人保存著一份無瑕疵的印記。胡品清在認同瑪格麗特．呂哈絲的同時，她所肯定的是愛情絕對性的一剎那，她們同樣將愛情視爲一種美麗的情愫，如果男女婚後的涓涓細流只能視之爲親情，那麼，在本質上，愛情的存在便需要絕對與永恆的強烈度，一旦熾熱的情緒隨著外在因素而弱化或變質，愛情便不存在了。那時，即使等待也是徒然，因爲所追求的東西並不存在。這時，戀人們祈求音樂的神力能將歌喉化爲雙翼，載著不幸的人兒向遺忘的宮殿飛去。其實人們眞正害怕的恐怕還是遺忘，害怕在遺忘的國度裡，連痛苦都失去了蹤影。捕捉蹤影，繪成一幅瞬間定格的影像，形同作家的天賦職責：「我原只是生活的記載者，而非什麼所謂的作家。」（胡品清，〈歲首二三事〉，《砍不倒的月桂》，二〇〇六年。）胡品清邂逅了天堂鳥的歌者，「望著他消失在人群中的背影，我覺得那像是一種邂逅，又像是摘下一朵花，擲入水中，蓄意做成一幅瞬間的畫面。」而這樣的邂逅也可能就是呂哈絲筆下那位茫茫然的少婦一直以來所等待的東西。

二十世紀，在以「存在」的本質來衡量及賦予一切事物意義的法國文藝評論者眼中，散文與音樂的語言境界始終像翹翹板的兩端。沙特在〈寫作是什麼〉一文中指出，人並不描畫意義，也不把意義賦予音樂，從運用語言的視角審視，音樂、繪畫、雕刻與詩歌的創作者都是拒絕利用語言的人。詩人、音樂家志不在辨別、說明或稱謂，「因爲稱謂活動意味著名稱爲了所稱謂的東西而作永久犧牲的意思。」（沙特著，劉大悲譯，《沙特文學論》，二〇〇〇年。）詩人不說話，但也不是緘默，爲了擺脫語言的實用性，於是刻意將語言散落在狂野的狀態中，繼而做出許多奇妙的搭配。對一般人而言，語言是有用的約定；然而在詩人的眼中，語言如同大地的花草，依存於環境而自由生長；有時也像是人臉部的表情，在辨識了外界的聲音或色彩之後，流露出輕微的悲傷或舒暢愉快的心情。因此，詩人的語言總在組織創造與矢口成韻的天平兩端擺盪，當它傾向於後者時，毋寧更接近了永恆。

另一方面，語言文字將散文家投入了現實世界，然後像一面鏡子，使作家反照出自己的身影。沙特斷言，散文作家是說話的人，但是散文作家又是沒有說什麼的作家。散文的技巧來自談話，而語言僅是指涉生活對象的媒介。散文同時也是一種心靈態度，法國詩人哲學家華萊里比喻，散文如陽光透過玻璃，「當語言躍過我們的視線時，便產生了散文。」如同人們面臨危機時，隨手抓住工具以克服困難。危機解除之後，人們甚至忘了當初手裡拿的是什麼。於是，語言在散文世界裡形同作者與讀者感官的延伸。作者特別能夠意識到，文字就是行動，透過行動，人在對世界的愛恨憂懼、怨慕與希望等情緒中，顯露其原本眞實的面目。相較於詩歌藝術的奔放與跳躍，散文的文字是透明的。讀者往往在不知不覺中，被一種柔和而感覺不到的力量所折服，它不像是一幅畫裡最閃耀的焦點，或是長期爲人所爭議的某種媚惑力，散文語言的均衡美如同偉大合諧的彌撒曲，它不需要讀者拆解每一個語詞，那樣反而失去了全幅的意義。美感是不能強制的，只有把美感當作是附帶的快樂時，那快樂反而更純粹。

詩般的狂野與散文語言的透明質地，在進行胡品清作品的閱讀旅程中，可以被引爲良伴。她將詩人的天職融化在散文的生活角落裡，於是形成了這樣綺麗的句子：

> 事情總是這樣：偶然，誕生，發展，然後消逝，像凌晨放露片刻的綺霞。……有生有滅，像淡淡的雲。
>
> ——胡品清，〈胸針〉，《砍不倒的月桂》，二〇〇六年。

曾經有過濃濃詩意般的愛情感受，在多年後回想起來，也只能以「那一切都過去了」作爲開場白，此情可待成追憶，只是當時許多強烈的感受，如今都化作如逆光翠葉般閃亮的片片光影。作家猶記得初識的場景：崇山峻嶺間的午餐、藍天白浪裡的日子、「綠野仙蹤」的輕快音符與「維也納森林」及「永恆」的感傷曲調……，這些都已成雲煙，唯獨胸前淡紫衣襟下的胸針，載人穿越時空，回到了當初那個作家咖啡屋的詩人之夜。「那夜，燈光淡淡，詩意濃濃」，如果生命只是一連串的俄頃，這一次的相遇便是生命中最玲瓏的心象，是多少年後依舊懸在靈魂深處的俄頃。

胡品清以詩化的語言塡補散文的空間，描繪依稀當年墜入情海的三幅圖畫：

> 第一幅畫，色澤很淡……藍色的多瑙河的音浪從電視機裡流出來，流洩在每個角落裡……我們像是坐在畫裡，沒有詩，沒有哲學……

我們的孤獨也來自同一原因……那天中午，陽光好大，群山多蒼翠。

第二幅畫面是一個海濱，那個我們曾在無奈的日子裡獨自去漂流的海濱……我自海中走出……讓思緒飄向你，飄向很遠的時光。

第三幅畫是香檳廳之夜……燈光柔柔的把一切做成夢境。綠野仙蹤的輕快音符飄著，繼之以維也納森林和感傷的永恆的曲調。……他是一個很好的舞伴，使你在旋轉的時候覺得很悠然。……我告訴他我不是一個愉快的玩伴，因爲我心深處永遠有一潭滯留的憂鬱。於是他告訴我他的名字的希伯來文，意思是安慰者……。

詩歌、繪畫與音樂充盈在散文的懷抱裡，作家獨白式地完成了一個終身不忘的，充滿了愛與藝術的俄頃，而散文的存在只是爲了紀念那些永遠不被遺忘的時刻。

散文的時代強音

「我們這個時代易於激發沉思，尤其是哲學的沉思。」探討了沙特以自由與存在爲軸心的哲學劇本之後，胡品清有感而發。在法國現代主義立論觀點的研討中，胡品清的散文寫作無形中也成爲她探索現代人生存理由的具體實踐。沙特於一九四六年發表「存在主義即人文主義」的學說，並在文學創作中呈現了人的卑瑣、怯懦，甚至包含了絕望的情緒。這些引起基督教徒及馬克思主義者側目的寫作策略，說明了現代派作家對人性近於殘酷的分析，並非僅出於虛無的人生觀，其間的積極意義還是沙特所說的「樹立一種新道德標準」，爲了在沒有上帝的世界裡，使人做到獨立而審慎的自我選擇與充分的自我實現。即使個人選擇的是自我放棄，也該被尊重。

胡品清選用「波希米亞人」的音樂劇碼來省思自己的存在，她既迷戀「永恆」卻又質疑它的眞實。尤其是處於寂寞特別濃重的時刻，「暫時」比「永恆」更具體地承載了存在主義者心中的眞理。「是的，暫時，我不相信永恆了。」她在歌唱者迷人的嗓音中醒悟到「人生就是一條由許多荒謬的環節串成的鏈子。」當麥克風裡傳來：「愛之歡樂，只延續一個瞬間；愛之痛苦，卻是無邊。」胡品清自問：「她是爲我唱的嗎？」某一晚夜生活展開的時候，作者在幽暗的地下室沙龍裡，看盡了吞雲吐霧、自在談笑的飲食男女，空中傳來「哈利路亞哈利路亞，哈利路亞哈利路亞……」這樣不諧調的莊嚴樂聲。也許此時作者想起了尼采的宣言：「上帝之死」，於是她帶著欣賞的眼光注視著前座的女孩，因爲她「笑得好甜蜜，也好放肆。」存在主義學者對於基督教執拗的嘲諷，透過作者輕妙與諧謔的觀感折射出火光，因而此處的文字同時兼具了一點尼采式的高揚戲劇色彩，和些許沙特冷靜、透視的觀點。走出地下室的一刻，同時也進入了清冷的寒夜，自我逃避的一天轉眼將過，幻想著自己活在浦契尼歌劇中，過著波希米亞式藝術家生活的存在主義學者，在夜幕低垂，優美的旋律與哀傷的情感即將曲終謝幕之際，故事裡的主角總要以最堅定的表態爲自己所設計的一天，唱出最後一句畫龍點睛的臺詞：「一個日子終於又被扼殺了，其餘的怎麼辦呢？管他呢！誰知道這是不是最後一個？」

（胡品清，〈那個很波希米亞的日子〉，《砍不倒的月桂》，二〇〇六年。）

第八章 葉石濤的情慾世界

寫作，打開了深層的記憶

> 也許寫作打開了一個平行的宇宙，在那裡，我們能夠隨心所欲運轉我們最深層的記憶，並加以重新編排。
>
> ——安德烈・埃斯曼（Andre Aciman）

一九五一年出生於埃及的猶太裔作家安德烈・埃斯曼，曾在納粹執政時期流亡到義大利和法國，最終抵達紐約定居。他的家族和個人的流放生涯，使他的作品充滿了「離散」、「記憶」與「鄉愁」。在與薩伊德等人合著的《遷徙的文字：關於放逐、認同和失落的反思》（*Letters of Transit: Reflections on Exile, Identity, Language and Loss*, 1999），以及探討意識流作品的《普魯斯特研究》（*The Proust Project*, 2004）等著作中，作者不斷地試圖以書寫返回過往，以一連串放逐、記憶與時間的探索，尋找自己的空間，建構自我的內在家園。「我們書寫生活，不是爲了要看清楚它是什麼樣子，而是從我們希望別人如何看它的方式來看待它。」（安德烈．埃斯曼，〈一位文人朝聖者向昔日邁進〉，《作家談寫作》〔約翰．達頓 John Darnton 編〕，二〇〇四年。）

臺灣作家葉石濤自青年時期即閱讀大量文學作品，並從事小說等文類的經營與寫作，他的多部散文集和短篇小說集呈現了大量的回憶式書寫，尤其是以特定的地方為故事背景，展開了許多迥異的故事情節，卻明顯訴說著同一時空下的戰爭經歷與情愛掙扎。面對他特殊的重複敘事，使我們感受到縱然不是所有的生命都曾經美好，然而美好的人生也許只是一種領會，領會生命中的缺憾，了解到這些缺憾原是多麼地不可原諒，但儘管如此，我們還是能在每一天學會用另一種方式來看待它們。

在當今充滿回憶錄的年代，人們也許是為了遺忘和拋棄過往而寫作；也許是為了給生命一個形式，一個故事，和一個紀年而寫作。尤其是透過不斷地書寫地方，而使童年再現，青春的想望與往日的種種歡笑淚水，也逐漸地在體內的某個深處被召喚而甦醒，帶著記憶的重量重新洗滌了創作者的生命。寫作的意義對作家而言如此深遠，也就足以使我們從中探索創作與記憶之間的重構美學。本文將以葉石濤的戰爭與窮困經歷，及其作品中不斷出現的兩種不同氛圍與象徵意義的地理環境——打銀街與葫蘆巷，來探討作家面對古街道的歷史文化，和在巷弄中受常民生活氣息的濡染，所展開的往日情懷追憶之旅。並在他的重複敘事中，剖析傷痕記憶與擬眞書寫對潛意識心理的抒發及影響。

一、打銀街的繁榮與滄桑

與安德烈・埃斯曼同為經歷二次大戰的臺灣作家葉石濤，自日據時期即寫作不輟，特別是在記憶與鄉愁的重複敘事中，展現了他對過往生命中的某些時刻，懷有強烈的情感，需要藉由不斷地再現與重組記憶，來撫慰寫作當下的自己。特別是以街道的浮世繪景象，來訴說他的家族記憶：

> 六十多年前我生下來的時候，我家葉厝所在的古老街道，人人都按照滿清時代的街名叫它為打銀街，原本是打造金飾、銀飾的工匠和店鋪群集的地方。日本人來了以後，把馬路拓寬，後來也鋪上柏油路變成車水馬龍的現代化道路並且改名為白金町。總算也把古街名的意思略微傳下來。
>
> ——葉石濤，〈左鄰右舍的日本人〉，《不完美的旅程》，一九九三年。

一 舊街的榮光與作家的自我認同

這條位於臺南市的古街，和街上的點點滴滴，在戰後葉石濤逐漸清晰的追述過程裡，再現了終戰前後的文化風貌。作者在短篇小說〈卡薩爾斯之琴〉中，藉由第一人稱「我」，主觀地敘述了戰後祖宅的景況：「當時，剛光復不久，坐落在 N 市打銀街的，原本像廟宇一樣富麗堂皇的祖宅，因爲遭受盟軍 B29 的猛烈轟炸，早已蕩然無存，只剩下些斷垣頹壁可供我們掉幾滴傷心的清淚。」（葉石濤，〈卡薩爾斯之琴〉，《卡薩爾斯之琴》，一九八〇年。）葉石濤於一九二五年出生於臺南府城打銀街，此地古稱四平境葉厝。在葉石濤的家族記憶裡，葉家自來臺開基祖算起，到他本人已是第八代，而當時距離臺灣割讓日本，已逾三十年。他們的古厝也在戰爭期間被日本殖民政府拆掉，因此舉家過著不安定的生活。但是直到戰後政府實施三七五減租條例，他們才因賣掉田地而搬離打銀街。（葉石濤，〈不完美的旅程〉，《不完美的旅程》，一九九三年。）

臺南的古街道在葉石濤的童年記憶裡，像是歐洲中世紀基爾特人（guilt）的生活組織，除了有曾經滿是金飾銀樓群聚的打銀街之外，以出售花卉盆栽爲主的商店街，則稱之爲草花街。在他的小說〈植有蓮霧的齋堂〉裡，這條街上的古厝之一，正是戰後臺灣知識份子籌組「臺灣再解放聯盟」的讀書會所在地。這幢隱身在許多果樹之後，由大門走入須一分多鐘才到達的古厝正廳，曾經聚集了許多男男女女，包括小學校長和醫院護士。他們共同研究母系社會與共產主義，當年的熱血青年在讀書會中慷慨陳詞，試圖為臺灣人尋求一條自由之路。（葉石濤，〈植有蓮霧的齋堂〉，《蝴蝶巷春夢》，二〇〇六年。）

在葉石濤的追憶裡，臺南府城的古街道，除了打銀街、草花街之外，尚有米街，可想而知，從前是個糧食群聚的地方。此外，另有鞋街、竹仔街、打石街、做蔑街、油行尾街、石坊腳、蕃薯崎、破布巷和豆仔市等，似乎也是以同業聚集為主的街道。同時也有許多古怪而又鄙俗的巷弄名稱，諸如：狗屎巷、摸乳巷、木屐巷、十間巷，以及無尾巷。這些巷弄因狹窄而得名，以至每年農曆三月十九、二十兩日的媽祖遶境，都因巷路太狹窄，而被排除在佛轎與行列的行程之外。（葉石濤，〈臺南的古街名〉，《不完美的旅程》，一九九三年。）

在回溯童年的記憶書寫裡，這些富於生活氣息的府城街道，隨著時間的推移，匯集成一條恬靜的常民歲月之河。「這是個適於人們作夢、幹活、戀愛、結婚悠然過日子的好地方。」日據時代，人們稱臺南府城為：「Ki No Miya Ko!」意為「樹林之都」。而在小說〈鳥籠〉一文中，患了氣喘而衰弱臥病的梁秋霜，她所居住的草螢巷和日本黑瓦厝，即給人靜謐而又幽綠的印象。這或可說是十六世紀航經臺灣的葡萄牙人，映入眼簾一片青翠景象的具體縮影。

二 少年成長的心事與情事

回到作者的生身之地——打銀街。隨著少年成長的情慾流動，古街道化成了水，成爲春色盪漾、波光粼粼的愛慾之河。這是《蝴蝶巷春夢》九篇小說中的唯一男主角簡明哲所生長和居住的地方。故事以打銀街爲地理主軸，拉開了簡明哲活動方圓範圍內的人生序幕。劇中充滿形形色色的人們，和他們的起居行止。其中作者特別將每一篇的情節都聚焦在一位孤單無依，而且性需求長期無法滿足的年老婦女身上，使我們可以想見，在那樣的戰亂年代裡，許多哀愁的寡婦都像梁秋霜一樣，只靠著一點點微弱的螢光，過著滯悶喘息和心靈不安寧的生活。在這部小說裡，年輕的簡明哲相繼與九位年長的孀居婦女發生性關係，其中包括了妓家的老蒕阿秀姐、簡明哲母親的手帕交阿媚姨，以及阿媚姨的隨嫁婢阿春姐，還有與簡明哲同校的日本女老師西鄉民子、寡居的秋霜與秋月姊妹、簡明哲學生的家長，客家小吃的老闆娘秀妹，以及組織讀書會，年紀約簡明哲阿嬤的施麗珠老師等。

這些阿姨們總在看似平常的時刻，於幽暗的浴室或臥房裡，陡然間與簡明哲裸體相見。「我回過身這才愕然發現阿姨全身一絲不掛赤裸裸地躺在牀上。伊雪白的乳房比阿秀姐的還要大。不過乳房有些下垂了，乳頭和乳暈都是紫黑色的一粒花生米大小。我的視線往下看，伊的下腹略略突起，三角地帶的黑色叢林又黑又密。」（葉石濤，〈頭社夜祭〉，《蝴蝶巷春夢》，二〇〇六年。）簡明哲出於懵懂的性慾驅使，而逐漸完成了每一回在敬重長輩的心情下，幾乎完全物化的肉體性行爲。他最後與西拉雅族女子潘宛蓉的結縭，卻是在婚約的前提下，以靈肉合一的性愛描述，來完成男主人公象徵儀式性的少年成長與性經驗啓蒙的完整歷程。在故事發展的同時，簡明哲的母親則一直與林校長保持著婚外性關係，直到最後都沒有結婚的打算，則無疑是一條同爲倡議情慾自主的故事隱線，作爲小說主軸的輔助與強化敘事效果而存在。

作者不斷地透過性愛場景的描述，把生活創造成了青少年夢幻國度，儘管他曾經在出稿的過程中受到質疑而產生掙扎。然而作爲文學家，葉石濤並不迴避成長過程中，與吃飯、睡覺等量齊觀，甚至更重要多倍的情慾宣洩，因此情慾的主題反而成爲作家眼中的文學寶庫。作者深入剖析個人的私事，並以個別性轉化爲普遍性作爲寫作的職責，因此就一部小說而言，沒有任何主題是過於私密的，其間端看作家如何處理，和讀者如何賦予它意義。葉石濤在蝴蝶巷系列故事裡，全面書寫性愛，而不受禮教與倫理的威嚇，並將這些題材毫不避諱地寄寓在自己的生身之地，並透過其他散文與小說等體裁的反覆書寫，抒發他一生對自己出生地充滿情慾與鄉愁交織難分的深刻情懷。猶如前言所提及的埃及猶太裔作家安德烈．埃斯曼在〈一位文人朝聖者向昔日邁進〉一文中的自剖：「我的內心探索旅程是從書寫某個『地方』開始。有些人的起點是書寫愛情、戰爭、痛苦、殘酷、權力、上帝或家園。我則是描寫一個地方，或是，描寫對一個地方的記憶。」

三 作家的隱性神經

作家最深層的內在始終有一座密室，那也像是一條隱性的神經，帶來了想像力的刺激和興發，同時也是提供回憶拼貼與重組再現的場域。有時我們可以用這條隱微的神經來鑑別一位作家在不同語調和變化的風格背後，始終堅持的寫作主題。而這層主題甚至連作者自己都難以認清，有時即使作家們明白自己始終所欲表現的主題與其內在潛意識的癥結性關聯，然而在寫作的過程中，他們卻反而必須藉由層層的文學修飾以進行遮掩，即使所有的作品最終都將歸結到那生命中深不可見的隱性神經。尤其是在以第一人稱為寫作觀點的小說文本中，以「我」來進行陳述的意義其實也就在以迂迴的敘事，對自我生命底層那條隱性神經的揭露。然而與此同時，作家其實也正以不同的故事題材或語言形式，重複地抒發著內在刻骨銘心的隱密區域。

書寫城市中的人文景觀與街道文化，無疑是喚醒了作者追述潛存的記憶中那朝思暮想的世界，即使在現實生活裡，那世界早已幻滅為海市蜃樓。然而，心靈的放逐、記憶與時間所構成的磚石，卻形塑了作者自己稱為「家」的地方。寫作本身使作家得到了為自己尋找空間、建立心靈故鄉的方式，使無形的世界慢慢地成為以故事為框架，進而支撐起來的一個地理建構。作者所透露的潛在意識，仍是對眼前世界的生疏感，以及內心深處不斷釋放出來的密語：有點過時的、孤獨、不定，以及在現代都會中總顯得格格不入的疏離感。

葉石濤以打銀街為故事發展的核心，進而輻射出對臺南府城的記憶書寫。此一地方記憶的文學主題曾經遍及在他的散文、小說與回憶錄中。在〈卡薩爾斯之琴〉（短篇小說）、〈不完美的旅程〉（自傳體散文），以及《蝴蝶巷春夢》（九篇系列小說）中，作者以不同的體裁與情節，反覆敘述打銀街從輝煌走向衰落，以至於破敗的過程。打銀街位於現今的民權路，當年銀匠師傅們以柳絲、塹仔路、挑、刻……等技法，打造屬於宗教符號與神明意念的白銀神帽。其中還有一座每一扇窗戶皆可開闔的銀製赤崁樓，現存於日本皇宮。如今物換星移，從閃耀著神聖宗教光環與展現地方輝煌記憶的白金町，到今天蒙灰的零星店招，那曾經屬於作者記憶中美好的童年時光，以及維繫搖搖欲墜的舊世家體面的地點，在時間之流的篩洗中，愈發閃現銀亮的詩意與美感。現實的缺失與痛苦，亦反襯出往昔的完美可愛。作家捕捉這個充滿身世記憶的地方，並藉此保存對自我認知的印記，卻也不經意地道出了他是眼前世界裡的異鄉人這一悲涼處境。

反覆地書寫同一個地方，因為此間存在著對作者而言，意義非凡的隱語。〈齋堂傳奇〉中的男主角於故事開始後不久，即「站在摩天的合歡大樹下，沉鬱地望著空蕩蕩的柏油路，驟然想起埋葬於地下一千多年而重見太陽的邦貝廢墟。當他看著他生於斯長於斯；度過他底許多喜怒哀樂時光的心愛的城市時，幾乎熱淚盈眶了——這古城的高樓大廈，古色古香的紅磚老屋，大多被 B29 連日來的猛烈轟炸而摧毀，業已變成殘樓頹牆，只有鳳凰木深紅的花朵迎風搖曳於傾圮的屋頂上，格外顯得耀眼而孤寂。」（葉石濤，〈齋堂傳奇〉，《卡薩爾斯之琴》，一九八〇年。）

葉石濤表面上書寫那些名為 N 市打銀街和草花街的地方，其內在更為深刻的意識，毋寧是趨近於離散、逃避和矛盾的心境。小說裡的男主角李淳也泰半是作者的自我形塑：「他有時懶洋洋地讀著小說中扣人心弦的一段，沉迷於怪誕的德國式幻想裡；有時在花和風的搖籃裡昏昏沉沉地假寐；但大半時間都在看著色彩斑斕的蝴蝶猶如夏日陽光凝結的精靈無聲無息地飛舞在鮮紅的鳳仙花叢中。」在密集而猛烈的炮火襲擊下，民眾動輒扶老攜幼躲到郊外。死亡貼近了他們的日常生活，死神鎮日與人們的思維和情感攜手並行。李淳卻在灼熱的午後獨自留在寧靜而荒涼的城中，枕在死亡的邊境，悠然地沉浸在文學之海裡，葉石濤以「大半時間都在看著色彩斑斕的蝴蝶猶如夏日陽光凝結的精靈無聲無息地飛舞在鮮紅的鳳仙花叢中」一段長長的句子，訴說了那外表沉寂的閱讀舉動，是當時唯一可以將感知的觸角伸出炮火之外的機會。

「我在州立二中的成績一團糟。」葉石濤自述在太平洋戰爭如火如荼的年月裡：「天天啃的是閒書。從中學一年級開始我就對哲學和社會科學發生了濃厚的興趣。從黑格爾到恩格斯，我逐漸從唯心哲學轉到唯物哲學。由於讀了太多哲學順便也念了許多文學的經典名著。」從日本文學到法國文學，再到俄羅斯文學，這段無意間闖進廣大思想領域的人生階段，究竟代表什麼意義？當時誰也無法評斷，直到半世紀之後，作家才透過小說與散文的雙重異質文本，爲它補綴了總結。

耽溺於文學作品的閱讀，以至終身寫作不輟，畢竟成爲他一生藉以了解自我，並且從那令人無法接受的現實世界裡抽離開來的不二法門。他從迷上閱讀到愛上寫作，是因爲在文學的情境中，連自己都可以抽離自身，彷彿輕易地擁有了另一段人生，無論是李淳、簡明哲，或林律夫；彷彿他住在另一個地方，可以是打銀街、蝴蝶巷，或葫蘆巷。他暫時將自己化身成某個他人，從而道出想和一位舞女私奔，想和日本女人上床，想與少數民族少女結爲夫婦，想用性愛來滿足一位孤獨的阿嬤……。於是更多的小說和情慾書寫，都在這虛實交錯的「擬眞」記憶裡，以虛構和想像的形式，再現了作家最眞實的自我追蹤與回憶。

二、葫蘆巷的無性黑夜

從〈葫蘆巷春夢〉到《蝴蝶巷春夢》，葉石濤以虛擬的寂靜窄巷，象徵對女性性徵的想望與探索，並在性愛的書寫手法上，開啓了兩扇不同風景的畫窗。

(一) 偪窄與淫溢的符碼

葫蘆巷，這是個典雅與淫蕩複合的意義符碼。相傳前清舉人爲它寫了二十首「竹枝詞」，而且有一段時期，這兒是文人騷客尋花問柳的好所在。然而令人洩氣的是，它在小說裡初登場，即以湫隘、邋遢的模樣見人：「由於房屋毗連，人丁旺盛，到處傾倒垃圾，杜塞的陰溝溢出的汙水無處不流瀉，使人找不到可以落腳的乾淨地方。而且終日街上飄揚著刺鼻的異樣臭味，叫人不得不掩鼻而過。」隨後，前清舉人的第三代嫡孫更在葫蘆巷裡養起豬仔來，「不多時，前後呼應，家家戶戶養起豬來。從此處處可看到瘦如黑狗的豬仔到處亂闖、爭食、拉屎尿，這境況愈發令人慘不忍睹了。」（葉石濤〈葫蘆巷春夢〉，《賺食世家——葉石濤黑色幽默小說選》，二〇〇一年。）巷弄文化在葉石濤的筆下，既有別於上述街道文明予人世家大族的身世背景印象，同時在文學象徵的筆意中，透露了作者內在幽暗隱微的世界。於是在空間的鋪陳之外，作者也在小說中變換角度，繼而以時間為軸線，勾勒出葫蘆巷的人文風貌，以便進一步將自己對世態人情的深刻觀察，以及內心深處不為人知的一面，融進湫隘齷齪的巷弄庶民生活中。「東方剛成魚肚色，我便起床，趕忙抓住一把草紙往公共廁所跑。在那裡我幾乎會遇到所有葫蘆巷的住民；男性公民一律面容枯寂，低頭沉思，頗有哲學家的風度。女性公民即手提潔白光滑的琺瑯質尿瓶排隊等候，吱吱喳喳地講個不停，猶如在那電線上浴著蒼白晨曦啁啾不已的痲雀。」「這邋遢不堪，觸目皆是小孩蹲在陰溝拉屎的葫蘆巷早晨景色實在乏善可陳。」到了夜晚，「皎潔的月光正流瀉在關帝廟的琉璃青瓦上；那青瓷雕塑的龍昂然翹首彷彿在一片波光粼粼中隨波逐流。」在這使人頓生幽幽漂泊之感的寧靜夜晚，只有施家的古董英國壁鐘屹立不搖。作者將白天湫隘齷齪之景，與夜晚聖潔典雅的意象，以蒙太奇手法拼貼出地理景致今非昔比的無限滄桑。

然而作者在萬籟俱寂的夜色描寫中，又竟然筆鋒一轉，讓主角的視線落在豬舍裡：「那些貪睡懶惰的家畜惡形怪態地躺著，淋浴著皎白聖潔的月光，正蠕動鼻子呼呼作聲，互相愛撫。」使聖潔與齷齪揉合而折射出男主人公內心深處，面對家鄉城市巷弄之間，充滿愛恨交織的複雜心境。就在這幕景象使主角覺得噁心至極的同時，他看見鄰居江濱生靠近了豬舍，而且長吁短嘆。故事至此，留下了一個懸而未解的謎，作者預留了伏筆，而將故事盪開，寫出另一些夜晚，主角銅鐘先生和另一邊的鄰居舞女茉莉小姐的曖昧溫存：「我緩緩地起身，一抬頭便看見她的眼角有淚痕。我百感交集便一把摟住她。我聽到她快活，一聲嘆息。那溫暖的嘆息在她肉體深處震盪著，她的全身酥軟了。我和她併肩坐在床沿，一直看著逐漸黯淡下去的月亮，然後一起打了個呵欠，躺了下來。不知什麼時候睡去的，我依稀聽到幾聲雞啼劃破了濃密的暗夜，天開始朦朧亮了。」主角的意識裡始終分不清窗外的微曦是晨光還是月光，作者再度運用以外在景象錯綜模稜的描述，反映主角當下的潛在心境。亦即銅鐘先生於半夢半醒之間，無法不將身旁的女人和過世三年的妻子聯想在一起。「我有時就留在她的床上一起傾聽施老頭子的豬仔的鼻聲和騷動聲，我對這骯髒的動物已不再有根深柢固的厭惡。然而，我還是喜歡把夜晚消磨在自己床上思念我死去的老婆，可是我老記不起她的臉型是圓的抑或鵝蛋形的。」而銅鐘對茉莉的感覺，也必須藉由每一個相會的夜晚，相伴而眠的眞實接觸，才能在他心中再次確認茉莉的存在，以及自己的寂寞。只是銅鐘與茉莉每晚藉由彼此相處的心理慰藉而沉默入睡，似乎也是作者透過許多無性無慾的夜晚，描寫人心的疲憊與悽涼。

二 疲憊與無慾的身體敘述

在葉石濤的另一篇小說〈漂泊淚〉裡，到處找不到工作的男主角阿濱和暗娼秋雲，也有類似的疲憊與悽涼。他們住在八掌溪旁的過河村，葉石濤仍舊發揮了他結合地方書寫與拼貼記憶的抒情筆調：「閉著眼睛，我也能夠清晰地描繪得出那過河村的全貌；雖然我離開這貧瘠的村落已經有好多年，可是每當我憶起它的時候，它總帶有濃厚的冬天凋零的彩色重現眼前。我在那陰鬱的鹽分地帶，幾乎度過了我整個幼少年時期，因此過河村四季景色微妙的轉換和推移，住民窮苦困乏的生活，他們的喜怒哀樂、渾濁、淫猥的說話腔調，無一不是我所熟悉的。」（葉石濤，〈漂泊淚〉，《卡薩爾斯之琴》，一九八〇年。）

當地住民的固執愚昧與狂狷粗暴，成爲男主角無法恢復的心靈創傷。而「創傷」（trauma）在心理學上可解釋爲人類在對抗巨大壓力之後，所面對的心理失調後遺症。

人們的創傷經驗有時也成爲蟄伏於夢魘中的集體潛意識，既存在於個人心中，又深植爲群體思維，並隨著時間的綿延而加深變形。英國創傷文化研究學者凱西・卡茹絲（Cathy Caruth）在專著中指出：「創傷必須被視爲是心理上的病症，那麼，與其說這個病症來自個體的潛意識記憶，不如說這是歷史的病症。我們可以說，創傷病症的患者，內心潛藏著一個無法言說的歷史，或者說，創傷患者本身就是他們無法把握的歷史症狀。」（Caruth, Cathy, ed. Trauma: Exploration in Memory. Baltimore and London: The John Hopkins University Press, 1995.）

葉石濤在多篇小說中重複敘述狹窄、灰暗、家徒四壁的蝸居生活，以及和舞女或暗娼等社會底層的女性，相濡以沫的生活情懷，實際上也是一種曾經籠罩在心靈的巨大陰影，在日據時期到終戰前後，曾經壓抑而銘刻於許多年輕人的記憶深處。這些壓力實際上成爲伺機而發的靈感，因而許多作家都在持續地提及生命中難以癒合的病症，他們大量抒寫個人的生活經歷和自傳性的記憶篇章，以至於使這些寫作題材成爲終身的基調，例如：葉石濤在〈漂泊淚〉中對過河村生活氛圍的描述，成爲他有別於打銀巷一類故事題材的特殊地方記憶書寫，事實上卻是與葫蘆巷的故事題材，形成同一系列藉由寫作抒解那曾經逼迫自己陷入窘境的不堪命運。

「我就是住在這閣樓上的。樓下有許多小房間被隔開得有如蝟集蜂房，那是秋雲他們從事勞動的牛車間。我一步步地踏著腐朽的、斜斜的樓梯，彷彿在爬登險峻的山坡。每登上一層，我覺得夜色更加深了。」「過河村位於長年乾涸的八掌溪旁邊。跟八掌溪旁邊無數的村落一樣，每當夏天的狂風暴雨來襲的時候，就得忍受那氾濫的河水席捲田地，摧毀房屋和樹木。」「這村落特別顯得死氣沉沉，困苦而畏縮，充滿著不可名狀的淒苦氣氛，致使當你一踏進那泥濘不堪的村落時，你就驀地有一種感覺；好似你業已失去身體重心，猛地跌進愁苦和悽愴結成的網罟裡，你此後猶如一隻被蜘蛛捕捉的羽蟲，只好靜靜地任蹇惡所折騰。」有時暗娼送來的一碗麵，都能激起阿濱本能的飢渴與人性尊嚴的苛烈廝殺。最後，當他屈辱地幾乎嚥不下那些蠟黃麵條時，「心裡的創傷也就更加深了些。」

葉石濤以類似的角色關係、故事結構與地緣描述，重複著貧困男女內心的疲憊與無力感：「『你累了。』我溫和地說著，將她摟在懷裡，我感覺到她柔軟的身體發散著一股溫熱的氣息。我不想要她，我沒有一丁點兒肉慾；她不過是受難的我底姊妹罷了。我只要這樣摟抱著她，把我生命之活力傳給她，使她有短暫的疏鬆和憩息，我就該心滿意足了。」秋雲豐滿而鬆弛的乳房，使阿濱的悲哀與徬徨因肉體的溫暖而逐漸融化，而秋雲的淚水便成爲無聲的震盪，在兩人朦朧不清的噩夢裡哀號、呻吟和掙扎。葉石濤「無慾」的身體敘述，形成主角本身的自我療癒，也形同作者本人的書寫治療，在他隱晦地透露自身的創傷經驗和暗示歷史的集體心理陰影籠罩中，重複敘事成爲一種利器，幫助作者逃脫與超越始終纏繞於心靈的創痛。

三 小說文本的派生與結局的重新演繹

而貧困、飢餓與無性的記憶書寫，恰好與《蝴蝶巷春夢》裡無止盡的愛慾糾纏，以及露骨的性交描述，形成強烈的對比。打銀街與蝴蝶巷一系列的繁華景象，襯托出男女情事的喧騰輝煌；另一方面，葉石濤也以深層孤寂與反性慾的一面，強化貧窮與飢餓對性慾的摧殘。這一類的故事，則以葫蘆巷與鹽分地帶的書寫爲主，除了特別表現在單身青年與社會底層從事性工作的女性之間的無性的互動關係之外，葉石濤也將寫作的層次延伸到夫妻的互相對待中，以表面上看似正常的家庭生活，揭露貧窮與戰爭歲月的傷痕陰影，如何持續而深刻地糾纏在兩性無性無愛與無止盡的疲憊與冷漠關係中。在〈晚餐〉一文裡，主角們依舊住在齷齪的街路，那幢樓房「好似從重濁潮溼的地面驀地冒出來的一株色彩黯淡的毒蕈。」（葉石濤，〈晚餐〉，《卡薩爾斯之琴》，一九八〇年。）而男主角林律夫的感受則無疑是作者本人的切身體驗：「他記不清楚到底從什麼時候開始，似乎是從他懂事的年齡時候起，他就一直這樣佝僂著身子，日以繼夜地讀著這些叫人頭痛欲絕的小說。從需要用刀片截開的法蘭西裝釘的洋書直到軟薄如葉片的詩集，一本又一本，一頁又一頁，他把生命的每一滴，都消耗在這既無聊又令人心身頹喪的勾當上。有時他想到那耶穌基督揹負著沉重的十字架蹣跚地走向骷髏之丘，大聲喊著『我的神！我的神爲什麼離棄我』的時候，心如刀割，驟然淚下。」作者藉由多重文本中，閱讀者佝僂的身影與沉重的心靈，反覆進行夫子自道式的追憶與陳述，於是小說裡的男主角都與作者本人形成了人名與時空互異的層層疊影。

在無數個黃昏的殘光中，林律夫藉由閱讀證實了「這無邊無涯的宇宙裡，人類這種生物是毫無條理可言的荒謬存在。」各式各樣剪裁的書籍映襯了生活的痛苦，它們像笨重的十字架，壓扁了林律夫的背脊，也創傷了他的心靈。然而一旦將視線移出書本，現實生活中被壓榨得血淋淋的心窩和臟腑，則更加扼殺了他對未來的一絲絲憧憬。當光明逐漸隱沒於冥冥黑暗中，林律夫拿起舊報紙塞進火爐，就在陽臺上燒起飯來。這時他的耳畔響起早晨妻子出門前以沙啞的聲音交代他別錯過了煮飯時間：「我不能像你一樣，啃嚼書本餵飽肚腸！」妻子淑宜的慘然一笑與說話語氣，已經全然沒有慍意，而律夫也知道「淑宜再也沒有譏諷和侮蔑他的力氣了；她終日爲生活奔波，心身俱傷，再也顧不得纖細的感情漣漪了。」

在林律夫的眼中，妻子於艱辛的生活處境中像是一隻翅膀折損的美麗天鵝，「他只夢想著擁有一小片足讓她憩息的湖面，在那裡她能夠麻木的閉眼沉思。」律夫怕飯還沒煮好之前，淑宜帶著愁苦的臉色回來，他怕她水汪汪的瞳孔浮現絕望的神情。然而淑宜還是在這時候踩著沉重的腳步回來了，葉石濤以電影蒙太奇的手法，將林律夫眼中的妻子做了戰前與戰後兩番影象的剪輯：「他忽然覺得有一陣震顫靈魂的憐憫之情湧上心窩。她好像在以前經驗過同眼前的氣氛情調完全一模一樣的光景，不過那是很久很久以前的事了；那少女穿著黃色碎花的長衫，站在竹簾搖晃的門口，滿臉浮現著詢問、疑惑的神色盯著他不放。」

那是在一九四四年的夏天，他記得那時候的她豔如雛菊，冰肌玉骨而身材苗條。此刻卻只剩一臉憔悴與空洞無神的雙眼。「哀傷多於歡樂的時光慢慢地腐蝕著她，在她底肉體上刻上鬆弛的線條。」晚餐中的一道紅燒茄子，因爲天氣太熱而發出酸腐的氣味，使得淑宜想起了血肉模糊的屍體，林律夫的眼前頓時浮現火光衝天的地獄場景，「是的，那一次空襲死了不少的人呢！一九四五年之夏天吧，我在州廳大廈的廣場遇到你，你昏迷在噴水池旁，而地上滿躺著殘肢缺腿的屍體……。」這一段畫面的剪接伴隨著林律夫的回憶而來，同時也在另一篇小說〈齋堂傳奇〉中出現，意味著戰火的突襲與情人的相遇，在作者心目中已定格成永遠的回憶，因而成為他筆下另一場重複敘事的記憶場景。

故事裡的男主角李淳總是在空襲頻繁發生的午後，躲進蒼翠蓊鬱的齋堂裡，在綠色的陽光中迷迷糊糊地沉浸在扣人心弦的小說情節裡。那時突然來了一個女人掀起住屋的竹簾，露出一襲黃色碎花的長衫，給予幽暗的空間帶來明亮的質感，「當他微感驚訝，繼續注視的時候，那女人忽然抬起頭來，把身子依靠著長案，佇足不前，以柔媚優雅的姿態撫弄著垂肩的髮梢。」李淳覺得詫異不僅僅是因為她的美，更異於常人的是那身服飾所帶給他的深刻印象：「那一九四〇年代，正是專制和黷武至上的時代，由於執政者可笑、愚蠢的規定，男人一律要穿著草綠色的類似軍服的衣飾，甚至打著綁腿；女人幾乎是清一色的燈籠褲，色彩黯淡得足以扼殺男人的憧憬和詩情。」在那樣惡劣的色彩與服飾環境中，素珍的瀟脫與豔麗的長衫，使李淳暫時拋卻了戰爭的威脅，彷彿被帶往一個承平安詳的國度，徹底地從時代意識中解脫。

李淳和素珍第二次碰面時，命運，正以排山倒海的力量向他們猛撲。在州廳廣場前圓環的樹蔭下，「他一轉眼就瞥見那穿長衫的女人用輕快的腳步朝他走過來。她輕輕地擺動著修長的臂腕，猶如在水中穿梭的熱帶魚；她天生有優美如公主般的風度。」這對一見鍾情的青年男女，正爲了再度的重逢而彼此凝視，身子微微發顫，沒想到「石階忽然猛烈地震動了。接著眼前驟然一亮，他看見對面那富麗堂皇的州廳大廈猛地爆炸開來；火光和黑煙直升到天空去，他接連聽到炸彈落地爆炸的巨大聲響。」在沒有任何預警的情況下，轟炸機連續擊中州廳大廈的屋頂，震開了李淳和素珍原本咫尺的距離。「他反射地伏下身體，氣喘如吐舌的野狗，幾乎昏迷過去。爆炸所掀起的熱風猛打著他的身體，震動不停的大地像彈簧床似的，搖盪著他。最後一聲巨響，好像整個山峰突地坍塌下來似的，這一次天旋地轉的爆風以萬鈞之力把他像一枚枯葉似的捲了起來，猛地又摔落在噴水池旁潮溼的草地，他底心智逐漸朦朧起來。」當他重新恢復意識的時候，看見素珍橫躺在噴水池旁，毫無聲息。他救醒了她，卻在日本軍用卡車駛進之前，兩人迅速分道揚鑣了。直到一九四五年的冬天，李淳才因戰後退伍而在木魚聲中與素珍重逢。

這也許並非小說眞正的結局，因爲〈晚餐〉一文中，作者藉由林律夫和淑宜的共同回憶，再度展現了相異題材下的重複敘事情節，並爲這對炮火中的鴛鴦設計了另一段人生的樣貌。「他底眼前驟然浮現火光沖天的阿修羅地獄，他底耳畔彷彿能聽到揚長而去的重轟炸機隆隆的爆音。」這場爆炸盤據在作者兩篇小說的關鍵時刻上，使他透過書寫來思索經歷炮火轟炸而倖存的人們，究竟在往後的生涯裡承受了多大的影響。「然而那時他和淑宜的邂逅是一場悲劇的開端。他們由於一起僥倖從死裡逃生便一見鍾情，盲目的結了婚，然後平淡無奇的度過二十多年的日子。」平淡而窮困得一籌莫展的夫妻生活，使林律夫懷疑愛情曾經存在過。淑宜歇斯底里地喊著：「你那時救醒了我！你那時是一個英雄！是的，你一直是個英雄！」

葉石濤有感於戰爭時代是一切價値動搖的時代，也許人們以爲命在旦夕，於是瘋狂地做出轟轟烈烈的決定。然而戰爭時期因時勢所塑造的英雄，也許在戰後成爲失去了一切價値標準的徬徨者。「他提起那青色塑膠水桶來。他底女人伸手繞過去拉開脊背上的拉鍊，他看見衣服沿著她的肩胛滑落下去。蠟黃色的脖子，瘦弱的背全部露了出來。這裸裎的肉體並沒有引起他一絲絲情慾的悸動……他希望她能安安穩穩地甜睡到天明。」故事的結局，葉石濤依然以無性的夜晚作終，來象徵經歷戰火威脅與生活困頓的人生，終究像是缺少靈魂的傀儡，搖盪在半空中，即使滿腹辛酸，卻始終沒有哭出來。

向回憶靠近

美國漢學家宇文所安指稱：「記憶者與被記憶者之間也有這樣的鴻溝：回憶永遠是向被回憶的東西靠近，時間在兩者之間橫有鴻溝總有東西忘掉，總有東西記不完整。」（宇文所安，《追憶，中國古典文學中的往事再現》，二〇〇六年。）當作者以文字去接近童年時期的家族繁華、青少年時期的情慾幻想，與歷盡苦難酸辛之後的生命體驗。書寫確有可能逾越了眞實，同時也美化了想像，然而重點還在於賦予意義的過程。當作家以文字捕捉他對文化與地理的認同感時，我們同時理解到關於他的文化與地方意識。因此與其將文本視爲訴說昨日，毋寧是作家再度以記憶來塡充與撫慰今日。

葉石濤將戰時的生存處境與戰後的困乏生活，交融成一篇篇以地方特色爲故事序幕的短篇小說。他以個人的家世背景與成長經驗，塑造了打銀街及蝴蝶巷等一系列纏綿於情慾的私密空間，藉以抒發內心底層對出生地的認同，那不僅是個人生命從此出發所帶來的重大意義，與此同時，隱密的情慾之流也源於此穴，並從此一發不可收拾地向前湧動，因而形成了葉氏地方書寫的特殊情結。是故打銀街一帶成爲作家生命底層情慾暗流的符號，日據中期以後偌大的葉厝風華難再的景況描述，猶似作者生命之流的表層水脈甚是湍急，象徵著昔日繁華一去不復返的沒落與哀愁；所有與年長婦女裸裎相見的全面式情慾宣洩，則又暴露出隱藏在生命之流底層無盡的漩渦，暗喻了作者青春時期內在生命力與外界社會環境交流互動過程中的重重危機。葉石濤晚年的激情式寫作，若以記憶書寫來塡充和撫慰今日的意義予以理解，應多少彌補了少年時期生活慾望的深沉黑洞。

他的另一系列短篇小說，則以葫蘆巷爲背景，使讀者進入與上述世界異質的時空。故事一開始，前朝的風流雅事已成追憶，只剩下猥瑣鄙陋的巷弄生涯，教人無止盡地感受著心靈的疲憊、身體的困乏，以及靈魂的孤寂。在許多無性的黑夜，伴隨著吃飯睡眠等現實生活的是年輕時代空襲與炮火落在眼前的驚恐畫面，這些創傷與猶存的餘悸反覆以不同的題材出現在葉石濤所欲處理的兩性課題上，加深了他對當時自我處境的回顧與理解，同時透過寫作的藝術化加工，也無形中幫助他釐清了那些戰爭歲月所留下的創傷經驗，在戰後的自忖、自處，以及與他人的周旋上所帶來的影響。

這些故事容或交織了作家內在虛虛實實的想像與不完整的記憶，猶如聶華苓在〈小說的實與虛〉一文中所云：「逝去的時光抓不住，但還有記憶，那就寫下來吧！其實那記憶也並不眞實，就像一張舊照片，變了色，甚至模糊了，你抹上色彩，描上輪廓，就不是原樣了。」（聶華苓，〈小說的虛與實——以桑青與桃紅為例〉，二〇〇一年。）然而在我們重新定義今昔交錯的時空影像，並進一步試圖將重組與拼貼記憶的概念，融入小說閱讀美學的過程中，我們所能把握的眞實，也許並不一定在於作家個人的追述與集體記憶疊合的部分，更重要的是，從虛構文本與反覆書寫的題材經驗裡，我們發掘了作家眞誠地面對生命而自然流露的終身追求與價值取向。

第九章

李喬的抗爭意識

站在二〇〇八看「一八九五」

一八九四年七月，日本與清政府爆發甲午之戰，戰爭後期日本內閣總理大臣伊藤博文主張：「直衝威海衛，攻略臺灣。」一八九五年三月十九日李鴻章抵達日本下關，次日與日方主談代表伊藤博文在以料理河豚知名的「春帆樓」展開會談。會談進行到第三次時，雙方正面觸及臺灣問題。當天李鴻章返回行館途中遇刺，同時日軍編組「混成支隊」攻陷澎湖。此後，李鴻章以「臺灣瘴氣甚大」、「臺民強悍」、「我接臺灣巡撫來電：聞將讓臺灣，臺民鼓譟，誓不肯爲日民」等理由，再三要求減少割地賠款。然伊藤博文始終不予讓步，於是馬關條約明文簽訂：臺灣及其附屬島嶼永遠讓與日本。這份條約不僅爲日本爭得新領土，其賠款更成爲日本早期工業化的重要資金來源。（鄭天凱，《攻臺圖錄：臺灣史上最大一場戰爭》，二〇〇四年三月十日二版二刷。）

從近衛師團戰爭路線的轉折，到日後的談判簽約等過程顯示，日本此次出動戰爭的目的是延續牡丹社事件（一八七一年）所未完成的攻略目標——臺灣。事實證明馬關條約簽訂後，日方派赴臺灣進行交接的全權委員（日後第一任臺灣總督）即爲一八七四年曾奉命征臺的軍令部長樺山資紀。一八九五年五月二十九日，日本進衛師團登陸臺灣北海岸澳底，同年十月二十一日完全佔領臺南城。前後費時五個月有餘，日方出動三萬七千人，戰爭結束後統計死亡人數約五千人。而臺灣方面卻史料無徵，傷亡成謎。僅知因日軍採取「無差別掃蕩」，使臺灣民衆家毀人亡不計其數。

二〇〇八年臺灣作家李喬，將乙未抗日的莊嚴精神，藉由客語劇本譜寫出來，他以一八九五年新竹、苗栗的客家抗日義士：吳湯興、姜紹祖、徐驤爲主軸，彌補史料中對於戰爭區域與傷亡人數等重重數據的缺失。在歷史意義上已爲當時不計其數的殉難者發聲，並爲他們標舉出歷史定位與生命價值的評判。他在劇本前言裡沿用了「義民史觀」的概念，並賦予保鄉衛土的義民新的詮釋：「何謂英雄？個人說法是，能夠不死而死之就是。」（李喬，《情歸大地．寫在前面》，二〇〇八年。）以「新史觀」填補「舊史料」的遺憾，吳、姜、徐三秀才是具體的典型，賽德克人莫那．魯道、沓吉斯．諾亞、沓吉斯．那畏，以及吳湯興的妻子黃賢妹等，亦都是以個人「潔淨昇華的燦爛生命，成就臺灣永遠的美麗。」於是李喬以文學手法爲典型人物的精神風貌賦彩，使歷史原本不該空白的地方幻化出一道如彩虹般依稀可辨的義民光譜。

黃色帝國主義的興起

「人說清明穀雨，十夜八雨，今年卻不下雨。要變天了！」電影《一八九五》藉由女主角黃賢妹對缺水耕田的感嘆，一語雙關地道出日本帝國主義迫近的危機。在近代史上，從瑯嶠條約、牡丹社事件到琉球歸屬問題，臺灣一步步地陷入日本彀中。當代文壇則有《河殤》、《海葬》與《醜陋的中國人》等著，分別以黃河文明、儒家思想，以及清朝的衰敗跡象等不同的角度，分析近代中國與日本的差異，而終爲攔不住的歷史慘傷，共掬深切悲感。

唐德剛在《晚清七十年》一書中指陳：「日本文明原爲大陸上漢族文化向外擴展之邊緣……。隋唐以後，僧侶學子群訪長安，日本社會制度才開始漢化。然漢唐文物典章如中央集權文官制、考試制度、徵兵制度、家族制度，均未必適合島居小國。日久變質乃與中土原制各行其是。……中央集權未成型，反而助長諸侯世襲，軍人職業化，而架空了中央，所謂幕藩是也。說者以日本明治維新前之社會結構，實與西歐封建末期之社會結構，極爲相似；而此一相同之結構則爲歐洲『產業革命』（Industrial Revolution）

之溫床也。」（唐德剛，《晚清七十年》，一九九八年。）日本既形成與歐洲相仿的封建末世社會結構，則一旦進入明治維新時期，其文化與西歐接觸，便立刻符節相合，於是屬於東方的產業革命與接續而來的經濟發展，便應運而生。

日本以其社會型態與歐洲偶合，加上明治時期開國精神健旺，著力吸收歐洲文明，遂使整體民族在物質形態與精神內涵各方面均達到強化的效果，不久便崛起而成為侵略中國的後起帝國主義。自一八九四年中日戰爭後，割取臺灣，奴役朝鮮，近窺南滿，使中國的外患情勢更形複雜。而侵佔與治理臺灣的野心，既起源於產業與經濟革命，則帝國強權視殖民地為其利益範圍，也就不言而喻。事實證明臺灣日據時期自後藤新平治臺後，即發展出經營企業的型態，一切以殖民母國——日本四島——的利益為依歸。它是近代東方崛起的唯一黃色帝國主義，雖踵隨歐美諸強，卻凶殘遠甚白色帝國。其中以臺灣糖業為最，日本學者矢內原忠雄於一九二九年研究《日本帝國主義下之臺灣》時指出：「臺灣糖業在日本政府深厚的保護、獎勵之下，急激發展；但其實際經營者則為日本資本家；日本資本以中日、日俄及世界大戰為跳板而大為積蓄，因此促使臺灣糖業成為資本家的大企業；更以臺灣糖業之資本家的企業化，達成巨大的自己增殖及積蓄。」（矢內原忠雄著，周獻文譯，《日本帝國主義下之臺灣》，一九五六年。）

遲至一八九九年，美國總統麥金萊（President William Mckinley）與國務卿海約翰（John Hay）仍共同發表《開放門戶照會》（*Open Door Notes*），當時依舊強調中國領土完整（territorial integrity）、主權獨立（state sovereignty），以及列強利益均霑（equal opportunity）等原則。而日本卻早在一八七四年「征臺之役」，臺灣史稱「牡丹社事件」起，即留意臺灣豐沃的物產潛力與顯要的戰略地位。然而日本的需索並不滿足於開放門戶，而是全面攻佔。

電影《一八九五》藉北白川宮能久親王之口道出：「這裡將是明治維新後，日本最南方的一塊富土。」此一「富土」印象，與電影及原著劇本中的客家稻田、甘蔗園、柿樹林等場景，形成了相互映照，卻又在針對乙未戰爭的各自追述與鋪陳中，顯現了臺、日兩方異趣的土地情懷。

黃昏的蔗園

一九二五年創辦臺灣第一份白話文學雜誌的作家楊雲萍，曾在小說〈黃昏的蔗園〉中，描述製糖會社欺騙蔗農，當蔗農按照會社的獎勵辦法投注大量資金努力增產時，會社卻巧施詭計，使蔗農血本無歸。故事裡的一對蔗農夫婦文能與桂蕊這時產生了不同的反應。文能對於會社的罪行極爲憤怒：「豈有此理！豈有此理！難道我們永遠應該做牛做馬嗎？不，不，絕不！好，看他們能夠耀武揚威到什麼時候！」然而桂蕊的心態卻只是認命：「前註的，是前註的。」（楊雲萍、張我軍、蔡秋桐著，《楊雲萍　張我軍　蔡秋桐合集》，「臺灣作家全集，短篇小說卷，日據時代2」，一九九一年。）文能的怒罵事實上無法改變帝國主義殖民者以資本家心態實行對農民的壓榨。

楊雲萍的小說爲我們開啓了臺灣割讓日本之後，一部刻骨銘心的蔗農史。猶如桂蕊與文能兩極化的反應，日據之初臺灣人民對殖民主義政府的強制接收，也抱持相異的態度。二〇〇八年李喬的劇本《情歸大地》則以「蔗園」承載了母土意象中飽含家園的甘美回憶，與時代賦予人們的困苦艱辛。文中具體描述新竹北埔抗日秀才姜紹祖，在雞卵面斜坡灌木林地以炮擊中能久的座騎，使親王墜馬，並於午後黃昏藏身在竹圍庄的甘蔗園裡。在義軍護擁下，二十二歲的姜紹祖血染征袍，僞裝進入地下室。接著鏡頭轉向甘蔗園，園外日軍排山倒海突現，大舉躍入蔗園射殺義軍。聽聞日軍凶殘逼供殺人，為軍刀所揮斬的同袍倒臥在血澤中。劇本原文如下：

日軍：「這個就是射倒親王座騎的人。」

日軍開始逼供，殺人。

日軍：「どっちか姜紹祖？」

俘一：「……不知道。」

日軍未待日譯，揮刀斬之。

日軍：「姜紹祖，どこにいるか？」

譯者：「姜紹祖在哪裡？」

俘二：（搖頭）「不知道在哪裡！」

譯者：「どこにいるかわかりません。」

日軍揮刀殺之。

日軍：「姜紹祖ほどこにいる，いえ！」
譯者：「姜紹祖在哪裡？説！」
俘三：「不……不知道啦！」
譯者：「いません，わかりません。」
日軍怒斬之。
日軍：「いえ！姜紹祖ほどこがにかくれてるんだ！」
譯者：「講！姜紹祖一定藏到哪裡去了！」
俘四：「不用再問啦。我就是姜紹祖！」
譯者：（附日軍耳邊）
俘四被架出以制式步槍殺之。

姜紹祖起身欲出，卻一再被阻，遂於暗室中仰藥自盡。臨死前題壁遺詩曰：「邊戍孤軍自一枝，九迴腸斷自可知。男兒應爲家國計，豈敢偷生降敵夷。」

電影編劇將此處情節改編爲日軍放火焚燒甘蔗園的北、西、南三面，只留東面守株待兔。姜紹祖中計被俘，在獄中斥罵能久親王後自裁。乙未抗日秀才就這樣硬生生被拖離象徵母土的甘蔗園懷抱而率先罹難。（日據時期新竹縣的糖廠為寶山新城社區的蔗園所出，新竹糖廠成立於大正元年〔一九一二年〕可生產黑糖直銷日本，使新竹寶山成為日據時期生產赤糖重鎮。另嘉義鹽水港的二竹圍，因日軍攻臺時期有鄉民藏於樹上，以割鋏狙殺北白川宮能久親王，之後有四十九義士於三角貓庄殉難。地方人士因而將二竹圍改名為「義竹圍」。）日軍的縱火也反映了外來者對土地的踐踏。另一位抗日首領吳湯興在劇中明白地說道：「這片土地是祖先辛苦開墾來的，有人來搶就是土匪。現在東洋番來，就是海上來的土匪。」（《一八九五》〔*1895 in Formosa, 2009*〕）當短暫的「臺灣民主國」瓦解於旦夕之後，吳湯興部隊陷入孤軍奮戰的悲哀，主角在夏夜的屋牆外心生慨嘆，想起父親在他六歲時離開他們獨自回唐山的背影，話語中不無現下缺藥缺糧只能自己苦撐的窘況，似與當年為父親所背棄的影像，已交融成一片身世飄零的悲悽。而原著劇本則將這番沉痛的傷感，表現在少年主角的夢境中。

在夢裡，吳湯興孤立於巨浪滔天的海邊，父親的背影愈來愈遠，直到消失。孩子們驚恐惶惑地奔向父親，一抬頭才發現母親柔細的手已迎向他們。父親毅然的背影與母親慈愛的雙手，化約為文本意識裡對於大陸與臺灣兩處土地迥異的認同感。作家李喬同時將這一番對土地的情懷表述，寄託在吳湯興兄弟四人自幼成長於臺灣苗栗銅鑼的吳姓母系家庭中，與母親的緊密依附和對土地的深切情懷，並繼續延伸至他們在外公身上所體現的孺慕之情。

日後在另一個彩霞滿天的時刻，當吳湯興艱苦奮戰，一身血漬，四顧茫然之際，他所看到的不是當下自己的血，而是記憶中比眼前更鮮明的阿公的血。意識之流漫溢成鮮血的記憶：阿公拉著小阿興在田間散步，當阿公被百步蛇咬傷手腕，全家人焦急地看著他的血水潺潺，他卻平靜地示意家人解開綁帶：「來！大家不用怕，也不必哭天哭地的！阿公也沒離開，阿公是留在自己的土地裡面。」當他指上的鮮血滴滴成線流入草裡、地裡，「你們大家看：阿公的鮮血一滴一滴流入草堆，流進土地裡……。」「阿公眞的沒有離開，阿公和土地連在一起了；或者說，人本來就是土地的一部分。」「記得啊！想起阿公就要好好疼惜這片土地。大家跟土地連起來就不分你我啦！這是很幸福的事哪！」阿公的血肉與土地合而爲一，「想開一點吧，百年不過彈指間——秋妹，妳要放寬心，我就能心安平靜啦……。」（李喬，《情歸大地》，二〇〇八年。）文本以老人臨終前祥和寧靜的訣別語氣，聲明人與土地連在一起的決心，成爲客籍人士對土地所有權的最強烈宣示。

在電影裡，姜紹祖殉難前夕，像一縷幽魂般地回到新竹北埔姜家「天水堂」，對妻子做出另一類型的訣別與告白。夜裡，他不諱言自己對於戰爭和死亡感到恐懼，而堅持保家衛土的力量實來自妻子與母親的支持，即女性的情感撫慰。天亮後，他潛入甘蔗園尋求庇護，前後情節的銜接，暗示了蔗園在文本中所隱含的女性意象。文學的母體來自鄉土大地，影片中的蔗園，亦像是一座舞臺，提供芸芸衆生展演使人蕩氣迴腸的時代悲劇。除了姜紹祖部隊與蔗園的依存關係外，《一八九五》的另一敘事觀點，源於日本醫官兼文學作家森鷗外的日記體告白。森鷗外（1862-1922），本名森林太郎，幼時即習漢學，並曾研讀四書。東京大學醫學部畢業後，即被任命爲陸軍軍醫副（中尉）。一八八四年赴德留學，留學期間與德國女子的悲戀故事成爲他的小說處女作，隨後升任軍醫總監，在日本近代文學史上與夏目漱石齊名。當森醫官提著甘蔗與香蕉面謁坐在天井旁花園亭臺裡的能久親王時，親王耳邊正聽著留聲機播放與其同時代的捷克作曲家史麥塔納的名曲《我的祖國》。

「是甘蔗嗎？每年百分之九十外銷日本，是臺灣的珍寶。還有樟腦和茶葉呢！」

「殿下觀察臺灣很久了。」

「帝國在『征臺之役』後，就對臺灣有高度的興趣。」

「說的也是。」

臺灣的甘蔗在親王眼中是「富士」的最佳代表，我們透過日本明治維新時期的許多政治口號，如：「富國強兵」、「殖產興業」……等，了解當時的政權領導人以將近三十年的光陰，參酌西方近代的社會與政治體制，實現其成爲新中原霸主的夢想，並隨著帝國版圖的野心擴張，終於以君臨者的姿態接收臺灣。而《我的祖國》也就成爲具有跨藝術互文對話關係的配樂設計。一八四八年匈牙利的獨立運動激發了前衛派音樂家史麥塔納對祖國的熱愛，使他在早於甲午戰爭二十年，即創作出屬於波西米亞民族風的樂曲，因而被譽爲「捷克音樂之父」。《我的祖國》全曲分爲〈巍峨的城堡〉、〈莫爾島河〉、〈薩爾卡〉、〈波西米亞的森林與草原〉、〈塔波爾〉、〈布拉尼克山〉等六段，故事取材自捷克古老傳說與當地山河自然景觀，每曲皆可獨立欣賞。在電影《一八九五》中，背景音樂〈莫爾島河〉起始處由長笛與豎笛的聲響模擬出河水在陽光下持續向前汩汩流淌的狀態，配合畫面中森鷗外在野地裡看見螢火蟲緩緩閃爍飛舞，螢火蟲與糖，在日本戰爭文學中形成特殊的文學意象，日本現代作家野坂昭如在小說《螢火蟲之墓》（一九八八年由高畑勳改編爲動畫版）裡，藉由一對失去父母的孤兒——清太與節子——在水果糖罐與螢火蟲的圍繞之間，過著貧窮無依無靠的生活，哥哥揹著妹妹在山洞裡，藉著漆黑中抓取閃亮的螢火蟲作爲心靈的慰藉。最後在兄妹雙雙死亡的陰影底下，嘲諷了戰爭凶殘的本質。寫作者因而引發文學感懷：「六月五日（芒種），夜中露營，偶爾看到火金姑飛在暗中，如暗夜燈火」，「覺得很高興，心情愉快。我重拾寫作之樂，希望能眞實紀錄這片嶄新的國土。」森鷗外在日記寫作中，欣然流露出日本對臺灣這片嶄新國土的所有權。此後背景音樂《我的祖國》逐漸進入優美的主旋律，電影畫面則順接至下一場景，能久親王透過一串甘蔗興發對臺灣物產的高度興趣，音樂〈莫爾島河〉眞如一條粼粼的時空之河，流淌至第三段畫面，吳湯興統領客家軍準備進行山中游擊戰。至此方由吳統領的口白取代了音樂：

雙方兵力差太多，不能正面交戰。把部隊分散打游擊，避實擊虛，把東洋番困在北方。我們要想辦法將他們引進山林，我們地形熟，進退快，打了就跑，讓他們搞不清東南西北，不能有戰場。

吳湯興以戰略敘述反駁了前兩段畫面中，森鷗外的書寫新國土之樂，與能久親王透過戰役所展現對土地與物產的高度興致。電影的敘事結構以客家、日軍雙線觀點彼此辯證交揉出深刻的歷史感懷與豐富的戲劇張力。從貫時性的時間思維，挪移至並時的空間式敘述，畫面的片段剪接及併呈，是藉歷史空間化以探索各民族對土地認同的多元風貌，既突破了歷史時間線性與連續性的神話，同時彰顯其斷裂與衝突的狀態。以空間橫斷面爲基礎描述特定的歷史事件，亦往往隱含了族群間的政治與社會論述，並透露敘事者的主體活動及其心理空間。電影通過音樂之河暗示了閱聽衆空間的流動感，同時開展後殖民歷史界面上的文化認同及國族建構的另一重向度。

蔗無雙頭甜

電影《一八九五》經由日軍與客籍，雙股敘事觀點的螺旋式演進，推動了情節的發展與觀看歷史事件的多元深度視角。從姜紹祖投身於甘蔗園，到日軍入園屠殺並焚燒甘蔗園；從森鷗外進獻一串從泥土裡拔了根，並截成數節的甘蔗，到能久親王借題發揮，歷數臺灣富饒的物產絕大部分外銷日本等事實……，說明了這塊母土／富土在她的子民及外來者心中所佔據的意義。

根據汪大淵於一三四九年所著《島夷志略》所述，臺灣原住民「煮海水爲鹽，釀蔗漿爲酒」。始知早在十四世紀中葉，臺灣已有蔗作以製糖。至荷蘭人治臺時期，亦曾獎勵種植甘蔗，並製爲砂糖作爲重要的經濟輸出品。明鄭時期，蔗苗主要來自福建，臺灣農民屯田種植甘蔗使臺灣糖成爲對外貿易的代表。十九世紀中葉，臺灣糖業的市場在大陸、日本與美國，當時集中開放的通商口岸包括安平、高雄等地。

一八九五年後，日本人在此建立現代化新式糖業。他們鼓勵財閥投資，並制定原料分區、三年輪作等制度，以確保固定的產量。此後臺灣糖業迅速發展，與稻米合稱臺灣經濟兩大支柱。特別是在第一次世界大戰期間，由於歐陸甜菜減量，更使臺灣糖業市場的版圖擴展至歐洲、加拿大與澳洲等地。這種多年生的耐旱植物為一般習俗視為帶有甜蜜感的吉祥物，它的頭比尾甜，又不免引人缺憾的聯想，用來比喻臺灣蔗業的發展、殖民歷史的盛衰，以及人生的種種悲歡離合，則更引人唏噓悵嘆。

電影《一八九五》伊始，森鷗外面臨臺灣北岸大洋暢快抒情地吟道：「高砂這美麗島，我萬里迢迢來到這裡，展隻鷗翼，翱翔在波面。」自海上來的接收者，對美麗島充滿遠景，「展隻鷗翼」也鑲嵌了吟詠者的姓名於歌詞中，他希望未來的前進道路一帆風順，猶如展現在他面前年輕自信的人生與帝國前景。如此抒情又開懷的情緒也深深影響了曾經與他一同留德的能久親王：「美景當前，心境自在。」他希望這遍植米、蔗、果樹的富土，有朝一日也能植滿象徵大和民族之美的櫻花：「不知道櫻花生在這裡，長得好不好？」森鷗外或許不像親王那樣對文化的橫向移植具有一定的信心：「若是移植野生種的山櫻花，應該比較容易適應。」影片中以他的日記作為敘述者旁白，作為主角之一的森鷗外連續記載道：

「五月二十九日（小滿），陰天晨，見到一同留德的能久親王，率領禁衛師團成功登陸，準備接收臺灣。」

「六月四日清晨，沿著獅球嶺隧道由基隆往汐止走。情報顯示臺北沒有敵軍，開始感覺夏風和蟬鳴。」

「六月十五日，後天就是始政式，看到臺北沼澤中蓮花開滿，發現了昌蒲葉，據說葉上結蜘蛛網，願望就能實現。希望南進能像進入臺北城一樣和平。」

事實就像頭比尾甜的甘蔗，擁有快槍快炮的日軍部隊與能久親王所說「眞正的本島人」大戰對決的時刻逐漸逼近，能久親王接收臺灣的後續過程，勢必倍加艱辛，而人生無法兩全其美的遺憾，就像甘蔗無雙頭甜的滋味。電影中，當日軍首次在客家村落聚集的山區遭到義軍攻擊而挫敗時，能久親王始嚴正重視接收大員同時也必須拿出戰鬥實力的事實。歷史的書寫絕非單純的史料整理與轉述，對於事件的接受、詮釋與再創作，當不存在眞與僞的二元分化。客家部隊與日軍的遭逢戰，是雙方在同一舞臺佈景上的不同敘事觀點，然又不免相互對話，以進行交叉式地輪番演出。

臺灣土地無論自氣候、土壤、生產模式與勞力成本觀之，原皆不宜發展糖業。若非日本殖民期間銳意要求發展與進步，其競爭實力當遠不及古巴、爪哇，以及西印度群島等世界重要的製糖產地。臺糖的國際競爭力來自臺灣總督府與日本帝國政府的財團化、資本化經營，與提供各種優惠和保護性措施，其中當然也包含了不惜壓低生產成本與犧牲蔗農生活水平，以換來高度的經濟利益。

於是又像是命中註定了甘蔗所隱含的文學寓意——無雙頭甜。在糖業開發史上，統治者贏得了政權，資本家賺取了利益，而蔗農卻是聲聲血淚。由於米糖相剋的結果，米作的問題也逐漸由土地、資金，上升到權力與階級的高度。日據時期的臺灣小說家，與其說是文學工作者，毋寧賦予他們社會改革與思想啓蒙的頭銜。賴和、楊逵、呂赫若、蔡秋桐等，均以社會寫實的風格描述許多男女農民所遭受到的強烈迫害，並爲他們貧苦無助的心聲代言。

日據時期客籍作家賴和在〈一桿秤仔〉裡，描述製糖會社的剝削便是小說主人公最大的悲哀。秦得參自十六歲起便聽母命辭去了長工之職，回家務農。此時製糖會社因糖的利益很大，於是要求業主種蔗。農民卻因長期地被剝削而不願意種蔗，至於「業主們若自己有利益，哪管到農民的痛苦，田地就多被會社贌去了。」（賴和等作，李喬、許素蘭、劉慧眞主編，《客家文學精選集》，二〇〇四年。）在這樣的情況下，農民若作會社的勞工，則「有同牛馬一樣」。環境的逼迫，使得農民失去了土地，連佃農亦作不得，小說裡所鋪敘的生活悲劇，便在此前提下逐漸蘊釀成形。製糖會社的壓榨不久即引發農民運動，賴和的另一篇小說〈豐作〉即敘述蔗農的反彈意識。故事裡的添福終年辛苦，他相信製糖會社的鼓勵政策，因此不遺餘力地奉行生產。在豐收之後，他預估自己所能賣得的價格，加上預期會社所頒發的超額生產獎金，可以將娶媳婦的錢賺到手。

然而到了甘蔗採伐期，製糖會社卻臨時發佈新規則：甘蔗臭心部分要削除，蔗葉及蔗根上的土皆需「十分掃除」，若是掃除不夠，則由會社扣去相當的斤量，而所扣斤量又歸會社裁奪。尤有甚者，會社在農民繳交甘蔗時，於磅秤上動手腳偷斤減兩，一萬斤的甘蔗往往少秤四千斤。於是添福的五十萬斤甘蔗，「實收」三十多萬斤，本來預計可以得到九百三十多元，現只領得五百四十元。反抗聲浪隨即四起，添福又恐頒獎資格遭到取消，於是不敢參加反會社運動，而且他本能地想起了「二林事件」因此心生恐懼。賴和在〈隨筆〉中嘆道：「我們島人，眞有一個被評定的共通性，受到強權的凌虐，總不忍摒棄這弱小的生命，正正堂堂地和他對抗。」

其後楊逵的〈送報伕〉則描述了主角家鄉的土地被徵收爲糖廠用地的經過，主角的父親因爲土地是祖先留下來的不肯讓，而被警察拷打致死。家庭破碎了，自耕農就到父親一代爲止，小說裡的主角此後只能遠渡日本成爲送報伕而受盡挫折。楊逵的小說進一步藉由製糖的背景，揭露臺灣農民如何在日本殖民主義的蠶食之下，失去了最後的據點——土地。

蕉農左傾與臺共成立

相較於甲午戰爭，乙未征臺歷經二百多天，爲當時日本國人批評：「戰略調度拙劣，收工過遲。」當時日本近衛師團的隨軍記者大田才次郎在《攻臺見聞》中解釋日軍既能從遼東攻到北京，一路勢如破竹，卻在臺灣這個「海外丸泥」的蕞爾小島久攻不下，並且犧牲慘重的原因。臺灣誠然不及遼東十分之一，況且遼東氣候相當寒冷，然因其山不高、河不廣，舉目四野平曠，而臺灣卻「岸高海深，島內崇山峻嶺，四塞險阨，車不得並軌，馬不得並行，加上到處竹林密佈，異常難攻。」臺灣兵雖不似遼東帶甲百萬、良馬千匹，卻是「平素勇悍，視死如歸，舉島皆同仇敵愾，仇視我軍，連一小塊土地也不願讓給我們，因此勇敢抗拒，無一兵一卒投降者……。」這便是乙未近衛師團攻臺困難所在。若提及臺灣人對土地的堅持，大田才次郎則觀察到：「乃因臺灣爲其祖宗之地，墳墓所在，如何能將之讓與敵國，此所以我軍遲遲未能勘定，有迄於今。」（許佩賢譯，《攻臺見聞：風俗畫報、臺灣征討繪圖》，一九九五年。）

大田筆下所謂祖宗之地、墳墓所在，連一小塊土地也不願讓給我們，在《情歸大地》中化爲吳湯興與妻子黃賢妹的家常對白，則更以自然平淡的生活氛圍，體現了人和土地之間分不開的事實。夏日上燈時分，吳湯興雙足泡在腳盆中，賢妹說道：「你看，越搓越多……，你是不是泥巴做的啊？」湯興回道：「是啊！本來，人就是泥做的。小時候問媽媽：我從哪裡來的？媽媽就說：泥土裡蹦出來的。生命來自泥土，但人總想離開泥土，而且老想搶佔別人的土地……。」雖然到頭來，人終歸回到泥土裡去，爭也無用，但是「沒辦法啊！什麼人要來搶，我們就和他們拚命。這也是無可奈何的……。」李喬在一九八〇年寫作「生平最重要的一部書」《寒夜三部曲》中的第一部《寒夜》時，已有類似的情節鋪陳，說明了李喬的土地情懷中飽含著主體意識，及其與生命深處痛苦根源相互糾結的內心掙扎：

> 有一天晚上，上床之前，她特地燒一鍋熱水燙腳，讓雙腳浸在溫熱的水裡，有一種美夢中那樣安詳而舒放的感覺。
>
> 她提起一隻腳掌，輕輕揉著。嘻嘻，好多汙垢。
>
> 她專心地揉拭汙垢。奇怪的是，那些汙垢好像永遠擦不完；它總是不斷脫落下來。

「啊……」她有些驚慌，還有些奇異的感動。

這樣揉擦下去，也許全身都會變成汙垢脫落掉光。……有點心疼，有點不安。但是也有點朦朧的愉悅；這也就是生命吧？生命來自泥土，但生命不是泥土，而生命畢竟還是泥土。不是泥土，所以能夠自由活潑，但也多麼孤單；是泥土，所以最是卑下，但也多麼穩實安詳……

「人，本來就是泥土做的嘛。」阿漢說得十分肯定：「人，是土做的，所以人離不開泥土，愛泥土，依賴泥土，沒有泥土就不能過活，人總是爲了泥土拚命，將來人還不是都要回到泥土裡去。」

「想不到你對泥土懂得這麼多——土人！」

「唉！泥土是使人又喜歡又討厭的東西——這些日子我就常想到這一點。不是嗎？耕種，太苦，好討厭，不過，這是最牢靠安全謀生方法。」

「嗯。」她似懂非懂。

「可是，土地，正是人間最大痛苦的來源啊。」

——李喬，《寒夜三部曲 1.寒夜》，一九八一年。

大田才次郎的報導與李喬的劇本，像是一場穿越時空的對話，又像是共同聲明，展現乙未之際臺灣義軍奮起抗拒異族統治的心境。嗣後日本殖民者對土地的兼併與掠奪，所激起的農民激烈抗爭，尤以蔗農更甚於其他。上述賴和筆下的「二林蔗農事件」即爲日據時期首度以集體激烈手段爭取利益的臺灣農民運動。

一八九八年臺灣總督兒玉源太郎及民政長官後藤新平，以「振興產業」爲殖民政策，其中尤爲獎勵糖業。一九〇〇年總督府投資一百萬日圓創立「臺灣製糖株式會社」，次年開始大舉從事糖業改良專案，其中包括：糖價公定與甘蔗保險等，唯獨擱置了蔗農保障利益等條款。此後，總督府設立糖務局以獎勵生產，並由爪哇等地輸入優良蔗苗，爲了扶植糖業，臺灣農民往往被警察強壓著廉價出售自家的土地。祖先留下的土地，有不願賣者，即被毆打、拘留，因此農運形成的過程中，也不乏地主的支持與加入。日本政府後續獎勵新式製糖廠，藉以淘汰傳統農業形式的糖廍。全臺八十萬甲耕地，七十八萬五千甲地種植甘蔗，三十九萬農民爲糖廠工作。

在《製糖廠取締規則》中，牽制農民最深的是買賣價格依總督府公佈，因此完全失去市場的供需原則。日本製糖會社為甘蔗的獨佔收買者，蔗農在前金制度的約制下，淪為會社的長期勞工。而許多世家大族或地方因科舉而有功名的仕紳，自日本據臺以後便依靠政權的興替獲取政治與經濟上的特權，他們同時也是日本人攏絡的對象，如：板橋林家在一九〇九年由臺灣糖務局支持成立「林本源製糖合名會社」，一九一三年改組為「林本源製糖株式會社」，在二林四分庄的採收區內，因肥料與蔗苗的收費較「明治製糖株式會社」高，收購價卻較低，同時又利用收購價格的調整，將原本為鼓勵農民種蔗的獎勵金撈回，因而埋下「二林事件」的導火線。

糖價過低與利益壟斷，導致一九二三年起蔗農爭議事件不斷，一九二四年北斗郡首長與二林地區的蔗農代表出面交涉，獲得會社讓步，成為首度蔗農集體社會運動的具體成果，因此逐漸促成臺灣第一個農民組織——二林蔗農組合——的成立。然而到了一九二五年十月二十三日，北斗郡突然出動百餘名警力，在深夜前往二林、沙山兩庄逮捕該組合的四百多名幹部，並於次年四月起訴其中三十九人，終有二十五人被判有罪。此後臺灣農運轉為積極，甚至同盟拒種甘蔗，致使一九二六年甘蔗所種甲數僅剩九萬，為十年內最少。

由於二林事件的打擊，臺灣農民運動領袖意識到地方性的分散力量不足以應付製糖會社的壓榨，全島性的「臺灣農民組合」遂於一九二六年六月二十八日於鳳山成立，而大部分的地方農民組合則爲其支部。全島會員達二萬四千多人，支部二十三處，他們在理念上支持日本勞動黨，行動中則以大規模的請願、示威和巡迴演講形成日據時期最大的農運組織。

蔗園，抗日的主力戰場

臺灣俗諺：「第一憨，種甘蔗乎會社磅。」二林事件發生前，當地各庄長連署陳情書中指陳：「一般農作物漲價係蔗農之損失，糖價好況則力歸會社，蔗農不但毫無分潤，反蒙損失。所謂共有共榮者，果如是乎？」足見當時蔗農對會社的灰心。《臺灣民報》甚至提出呼籲：「大家趕快起來鬥爭，而獲得生存權。日本資本主義快倒了，世界資本主義也快倒了。我們不僅要從教育機關中解放出來，而且要從一切壓迫中解放出來。」賴和於一九二五年二林蔗農事件發生後，寫下他的第一首新詩〈覺悟下的犧牲——寄二林事件戰友〉，發表於《臺灣民報》，豎立臺灣文學史上知識份子見證農民運動的里程碑。爲臺灣農民組合埋下左傾伏因。

日本殖民者對土地資源的掠奪與兼併，曾在日據時期激起農民激烈的抗爭，此間尤以蔗農所遭受到的剝削遠甚其他，當時的蔗農運動以集體方式向日本人及投靠日本人的地方仕紳爭取權益，由經濟問題所引發的反撲勢力，在性質上亦已接近「民族運動」，而這場肇始於日本帝國主義侵略的民族爭伐則自一八九五年白熱化以後，於臺灣島內所發生的抗爭型態幾經變易，由武裝戰鬥過渡到理性訴求，而主力戰場則始終翻騰在廣大豐饒的蔗園裡，那些有形與無形的烽煙足足燃遍了一個時代。

在劇本《情歸大地》裡，兩軍皆為「祖國」奮鬥而血流成河，「銅鑼街精華地區，庄南幾座大院落，吳秋妹四合院大屋全被放火焚燬。」母親獨立撫養子女成人的大宅，在風雨飄搖中墜落，被縱火焚燒的不僅是經濟與溫飽的泉源——蔗園，還有每一個人自幼成長的溫暖家園。火海裡，鏡頭給予媽祖廟駁坎下水溝一個特寫，捕捉那條烏亮的祖國之水竟緩緩流出汙紅的血液。

血河緩緩流動，經過日軍司令山根信成的身邊，他的左胸、肩窩一片血漬，「我為皇國，他們為自己的土地而死，都是大義所在啊！」日軍左右二翼集聚會合，攻向八卦山，吳湯興等義軍決心抵抗，無人退卻。日軍以矩形陣勢嚴整推進，並以山炮、機關槍猛烈轟擊，義軍則如同海浪一波波俯倒在地。山崗土阜遍瀝為血河，能久親王以望遠鏡瞭察戰況，「咻～～～轟隆！」炮彈落在三十公尺處，土石片彈飛來，數人倒下，能久大腿處鮮血直流，血河在近午的陽光下一片朱赤。八卦山的另一端石磊上，吳湯興在炮擊聲響時，瞬間化為血雨，與空中的微塵細土飄落在這片廣闊的大地上，「母親、愛妻、三稚兒、敬愛祖父、破碎父像，最後是黃賢妹深情的凝視……」，畫面迅速後撤。

血河終於流入綠色大地，日軍平定全島後，能久於彌留中，念念不忘的仍是包含臺灣這片南方新富土在內的日本祖國，他竭盡心力發出最後的詠嘆：「臺灣，絕美啊！」

第十章

黃永武的治學散文

當代叢考、類稿的顯揚

散文家黃永武，自一九八一年至一九八五年間編成《敦煌寶藏》一百四十冊，期間依循敦煌史料，以及考古出土的石刻、古墓與廢墟所發掘的片圖隻字，撰述出二十五篇學術性散文。內容舉凡王昭君、西施等著名美人的歷史面貌，八仙過海、三十六禽與十二生肖的解謎，《西遊記》人物形象溯源，唐代的具象詩、突厥文與僞詩、怪字，以及漢代特技表演和唐詩中的酒壺……等等，主題環繞詩歌、小說、戲劇、民俗、藝術等，將古典文獻中的「叢考」、「類稿」一類文章，發揮得淋漓盡致！

> 古人把這類的文筆，叫做「叢考」或「類稿」，並替這類文章，懸起一個極高的標竿：「識足以徹千古之蔀，辨足以息萬喙之爭，富足以會古今之通，明足以察眞僞之溷。」而且想要寫得成功，博學、精心、卓識、果力，缺一樣都辦不到。
>
> ——黃永武，《珍珠船・序》，一九八五年。

黃永武的治學散文筆調感性與理性兼具，而博學的根柢實為其文學的基礎。「以專家材料，寫通俗文字」，成為這一系列散文的寫作原則。書名取為《珍珠船》及援引吳錫麒替趙翼書作序時所云：「每伸一解，則吻縱濤波；或下一籤，則意窮冥漠！」趙翼於乾隆三十六年自黔西罷官之後撰寫讀書札記，逾十餘年後始刊行。書前小引自云：「以其為循陔時所輯」，「循陔」即奉養萱堂，家居之餘所輯考的筆記叢書，故名之曰《陔餘叢考》。黃永武引此典故說明了以趣味性為旨歸的考證文章，務使讀者領略作者治學的興味，在永遠對「探賾窮道」的讀書生涯，保持新鮮好奇的興趣，因而著力經營學人散文的知性之美。

事實上，宋代以後筆記雜著盛行，而《陔餘叢考》乃屬於考據學類型文集，即以提問為始，舉例相關資料以歸納縱論之。內容以詩文、史事等專題抒發為主。因趙翼長於文史，因此他的考訂往往具有獨到的見解。所提出的問題與看法，亦能突破傳統論說的束縛，且不為時人意見所左右。梁啓超因而指出趙翼為文：「用歸納法比較研究，以觀盛衰治亂之原。」中國的筆記雜著由來已久，宋代以後尤為發達。就性質而言，有記事與考訂兩類。前者以雜記事實為主，多為正史補充資料，如：宋代陸游《老學庵筆記》、明代沈德符《萬歷野獲編》等。至於考訂型專著，則是在形式上提出問題，並列舉文獻史料以為證，或有結論，或無結論，都可以提供後人進一步探討，並發學人之深省。如宋代王應麟《困學紀聞》、清代顧炎武《日知錄》等。趙翼的《陔餘叢考》屬於考訂型叢考類稿。文章性質與學者治學屬性相契，因而可使欲尋求知識的讀者得到有益的啓發。

黃永武以趙翼的叢考類稿為典範，從事當代學人散文的治學考據書寫，其間所提出的問題與觀點，均能突破傳統論述與觀點視角的侷限，最終發展成不為世人與時人所左右的嶄新結論。在撥開歷史層層迷霧，還原古人古事的面貌上，其寫作成就實已超越王應麟、趙翼等人的類稿學，進而為臺灣當代散文書寫豎立起學院文風的新標竿。

重構歷史人物

歷史上曾有無數絢爛耀眼的時刻，展現著女人青春活潑的生命熱情，恍如夜空連連迸現的璀璨火花，令人景仰！然而，穿越漫長黝暗的時光隧道，隔著千百年來詩人們以文學意象所構築起的層層美麗的屏風，我們如今所能看見的似乎僅剩些許迷離的微光……。

西元前三十三年，漢元帝竟寧元年，初春時節，陽光燦爛如許！著名美人王昭君請纓報國，遠嫁塞外。《後漢書》記載了她後宮生涯結束的那一刻，竟是無比地自信與開心愜意！「昭君豐容靚飾，光明漢宮，顧影裴回，竦動左右。」她的濃妝襯托出容貌的豐美，在盛大的國宴典禮上，顧盼有神，成為世人驚豔的焦點！宋代文人黃文雷在《看雲小集》中，著意地鋪陳了當時空前的盛況：「未央殿前羅九賓，漢皇南面呼韓臣。」那是「振大漢天聲」的年代，昭君出塞時，皇家鼓鈸齊鳴、高奏凱歌，表徵漢元帝不惜傾城國色，以尤物軟化強國的特殊政治策略。

散文家黃永武曾以〈昭君不怨〉一文指出，早在漢宣帝時期，郅支單于因殺死漢使，而向新疆發展，後為漢朝大將討平，將他的頭顱掛在蠻夷官邸的門樓上。同時間，朝廷討伐匈奴的長征圖書，傳遍了後宮貴人嬪妃的椒房。（黃永武，〈昭君不怨〉，《珍珠船》，一九八五年。）自此，黃沙漫天的塞外風情與南方暖溼季風吹送不到的淒美冰封世界，成為佳麗們的新綺想！那些熱門的話題圍繞在草原游牧生活的豪情天地裡，她們想像著聯群結隊的牛羊點綴於清澈如明鏡的湖水旁，湛藍晴朗的天空時見雄鷹孤獨遨翔，茂盛齊胸的青草地裡，聽得見蒙古包內盈聲美樂……。漢宮女子有夢，夢想成為大漠中挽轡催馬的豪傑。

然而，畢竟是夢。要人真的捨棄宴樂安逸的京華生活，談何容易？當呼韓邪單于要求成為漢家女婿時，竟只有王昭君驀然挺身而起！元帝大驚！新女性的主動積極爭取遠嫁塞外，震撼了宮廷內外！美人其實也可以是英雄！她以自身美好的青春光陰投身於一片胡沙的紫臺青海，換來漢民族塞上六十年的和靖，省卻多少白骨曝屍於荒煙白草間。後世文人或有為自己一身憂讒畏譏的鬱結而借題發揮，又甚或受到民族氣節意識的束縛，將王昭君寫成了琵琶斷腸與投水殉節的女子。那要算是另一段歷史了。

至於唐代人物面貌的探源，亦為黃永武著力抒發考據的重點。作者時而結合時事，以古人呼應當代知識層面，因而達到與現代讀者溝通共鳴的閱讀效應。二〇〇五年三月，爲賑濟南亞海嘯的災民，英國皇室的威廉王子與哈利王子特地從學校趕到英格蘭西部參加了一場慈善馬球賽。賽程中，威廉王子不慎落馬，摔得四腳朝天，意外場面引起現場群眾的驚呼。然而王子卻從容不迫地一躍而起，爬上馬背繼續比賽。王子熱愛運動，甚至不惜搏命演出，不僅增添了比賽的看頭，也爲慈善演出募得高額善款。

馬球這項活動起源於唐代吐蕃，經西傳至中亞乃至於歐洲大陸。根據蘭州大學藏族學者宗喀・漾正岡布的研究，「馬球」一詞，即西方語言的 POLO，源自藏語 SPO-LO，古典漢語長時間稱爲「頗羅」。敦煌殘卷裡，有一則馬球賽的實況轉播：在仲春時節，人們結伴遊球場，看到「青一隊，紅一隊」的球員，乘騎剽悍的紫騮馬，追著白色皮革製成的球，「球似星，杖如月」，銀鐙金鞍在光耀的日暉映射下，閃閃發光！而總裁判正是身材矮小卻身手玲瓏，且廣受球迷喜愛的鮮卑人軻比。因爲前場比賽沒能斷出輸贏，於是賽程延至日落黃昏……。

唐景雲三年，西元七〇九年冬天，在長安芳林門所舉行的吐蕃對大唐的球賽，可能是史書所載最早的一場國際性球賽。吐蕃與唐代原有軍事紛爭，打打停停許多年，至唐中宗決定送金城公主和親，不料迎親的大使尚贊吐奏言：「臣有曲部善球者，請與漢敵。」爲遏阻吐蕃隊凌厲的攻勢，中宗派出臨淄王李隆基、嗣虢王李邕，以及楊慎文、武秀兩位駙馬，組成了夢幻球隊在梨園迎戰，並且以軍樂助陣。

唐代的「梨園」是一座規模完備的國家藝術院，內設音樂、舞蹈及戲劇學院，更有巨大的球場，可供拔河等各種競技活動。其間的馬球場，建築講究，設有貴賓席。據詩人韋應物的〈寒食後北樓作〉云：「遙聞擊鼓聲，蹴鞠軍中樂。」可知球賽過程中還有固定的音樂伴奏。馬球傳入唐朝以後，朝野上下競相追求，唐玄宗在登基前出戰吐蕃迎親使的那場國際球賽，《封氏聞見錄》以「東西驅突，風回電激」來形容他，明星球員的架勢，早早勝過威廉與哈利。

唐詩爲黃永武專注研讀賞析的重要文類。在《珍珠船》裡，作者爲我們解讀李白、杜甫所遺留的珍貴手稿，又辨析了孟浩然集中的僞詩。對於喜愛唐詩的廣大讀者，帶來新穎的論說與學術上最新的考證資料。尤有甚者，李白，這位中國詩歌原野上一匹羈不住的野馬。黃永武對他四十二歲到四十四歲在宮廷裡的重要外交工作，亦提出前人所未發的新論點。世人都知李白他隱居練劍，揮翰散霞。年輕時壯遊五湖四海，中年赴京深受太子賓客賀知章的賞識，被譽爲「天上謫仙人」。唐玄宗在金鑾殿召見他，李白口若懸河，筆不停輟。自此「令龍巾拭吐，御手調羹。貴妃奉硯，力士脫靴。天子門前，尚容騎馬……。」恩寵達於極致，更是他人生登峰的時刻！

李白的直上青雲與他醉眼朦朧援筆賦詩，將貴妃的嬌顏譜寫成三首豔麗絕美的《清平調》有直接的關聯。除了這件事，根據范傳正〈唐左拾遺翰林學士李公新墓碑並序〉中所載，當年李白曾即席爲皇帝解讀突厥文的降書，因而得到皇帝親手爲他調配羹湯、御賜七寶食牀，並直升翰林學士的殊榮。「天寶初，召見于金鑾殿，玄宗明皇帝降輦步迎……論當世務，草答蕃書，辯如懸河，筆不停輟，玄宗嘉之，以寶牀方丈賜食于前，御手和羹……遂直翰林，專掌密命。」

據黃永武的研究，天寶元年八月，突厥阿布思及默啜可汗之孫，與登利可汗之女，相與率衆來降。突厥向來是唐室最大的外患，此番歸降，李白居中翻譯並起草詔書，因而獲得天子的青睞。且《開元天寶遺事》亦曾提及李白奉旨起草詔書，時值十月大寒，雨雪紛飛，筆硯皆凍，難以作書。玄宗命嬪妃數十人，各持象牙柄筆，圍侍李白左右，輪流呵氣，使筆尖不凍，李白隨取隨書，是以筆不停輟，草成詔書。

據郭沫若的考證，李白出生於武則天長安元年，地點在西域的碎葉。碎葉城位於今天中亞的吉爾吉斯，原屬蘇俄，一九九一年獨立迄今。「吉爾吉斯」是「草原」與「流浪」的複合詞，因此這便是一個銜接中國新疆與天山山脈的草原上的游牧民族。此處自西元六世紀興起突厥汗國，東至大興安嶺，西抵鹹海，北越貝加爾湖，南接阿姆河南。

有文字、立法以及官制。李白的母親爲中亞人，父親祖籍隴西成紀（甘肅天水）。大詩人自五歲起，隨父親離開了此地。直到四十二歲依然能以非常流暢的母語回答唐玄宗所垂問的突厥文書。他受到的眷寵，實來自當年的一段「草答蕃書」。

敦煌學研究

黃永武教授以學問爲散文的基石，下筆處情深心細，筆端自然流露歷史的深厚度與哲理思維的雋永，成爲獨樹一幟的優雅行文風貌。用詞遣字古風中帶有強烈的新意，比一般感性敘事文體，更添知性與理性之美。信筆拈來便將古典詩詞與中國文化中鮮爲人知的精妙之處，古今中外的奇聞逸事，融會在深入淺出文學世界裡，呈現出豐富雅致的情韻。其寫作題材曲盡蟲鳥木石、繩瓶枕椅，透過治學嚴謹的點化，使其文章如同歷史萬花筒般顯映出色彩繽紛的各式紋樣。在他的治學散文中，敦煌學的發揮尤爲紛繁多變。敦煌這條古代「絲路」必經的重要之地，那懸崖上多如蜂巢的洞窟，呈現出卷帙浩繁、舉世聞名的重要史料。其中千佛洞的莫高窟便藏有兩、三萬卷古書，以及大量的壁畫和二千多尊塑像，是中國龐大、珍貴的文化遺產。

敦煌莫高窟建於西元三六六年，從北魏到元朝，前後歷時約一千年，它的藝術價值歷來不甚受重視。直到一八七九年，匈牙利學者到西北考查地質後，才發現並予以公開。其後英國斯坦因、法國伯希和均來偷盜文物，使敦煌文獻散軼各地。而莫高窟中的壁畫以唐代的作品佔大多數，此處可見文字對於唐畫的描述。壁畫的題材以佛經故事爲主，同時也反映了唐代的世俗生活，亦即在風俗畫中可以看出當時民間的生活景況。敦煌因爲石質的關係，佛像皆以灰土塑成。因而此處保存了大量唐朝泥塑，其歷史意義與價值之高可以想見。塑像主題也多以佛經所載爲主，其造像的表情與姿態神情逼眞、性格鮮明而且各具特色。

石室的收藏以唐朝豐富的民間文學作品，如：俗講、小說、詞曲、佛經、道書等等爲大宗。敦煌史料因而成爲研究文學史、宗教史的珍貴資料，現今多收藏於巴黎、倫敦等地。然而這些寶藏無疑該歸功於當初無名人士的努力和收藏。而今這些寶藏經過了保養、修護和複製，世人可從巴黎和倫敦等地購得顯微膠片，對於珍貴的文化遺產研究亦是很大的貢獻。「敦煌學」一詞更由一九二五年日本學者石濱純太郎（1888-1968）所創，其中包含宗教、文學、語言、藝術、考古、科技、建築等專業學科，並以敦煌藏經洞出土的文獻及文物爲研究主體。例如敦煌出土的唐代《金剛經》（八六八年），即現存最早的印刷品之一，今藏於大英圖書館。

清光緒二十六年（一九〇〇年）莫高窟的道士王圓籙在清理洞窟流沙時偶然發現一小石室，室內藏有數以萬計的經卷、文書。英國考古學家斯坦因便掠奪文物，並於一九〇七年首次將藏經洞文物運往西方。其後各國考古學家如法國的伯希和、俄國的奧登堡、日本的桔瑞超等接踵而來，從王道士的手中拿走了大批珍貴文物，捆載而歸，導致大量文物流散海外。一九一四年奧登堡還掠走了第二百六十三窟的多塊壁畫。羅振玉也曾私藏一些文物賣給了日本人，他在一九〇九年發表〈敦煌石室書目及其發現之原始〉和〈莫高窟石室祕錄〉，兩文均收錄於《東方雜誌》。而陳寅恪則爲陳垣編《敦煌劫餘錄序》中指出：「一時代之學術，必有其新材料與新問題，取用此材料，以研究問題，則爲此時代學術之潮流，……敦煌學者，今日世界學術之新潮流也，……自發現以來……東起日本，西迄英法，諸國學人，各就其治學範圍，先後都有所貢獻。」英語中甚至出現 Tunhuangology 一詞。

由於敦煌位於絲綢之路的交通要道，歷代許多少數民族都在敦煌停留。從大量的文獻中，可以幫助考古學家研究少數民族的語言，包括：吐火羅語、塞語、粟特語、犍陀羅語、大夏語，並有助於漢語演變史的研究。藏經洞內尚有大量儒家典籍，包括古本王粲《晉紀》、虞世南《帝王概論》、孔衍《春秋後語》等，均爲首度面世。亦有許多歌辭、俗賦、白話詩、話本等，也都是從未面世的史料，如：唐代詩人韋莊的長詩〈秦婦吟〉，便不曾收錄在《全唐詩》，至清末始復出於敦煌石窟。在佛教文獻中，許多敦煌寫本是《大藏經》中的佚文佚經。而宋眞宗時被明令禁絕的變文，也在藏經洞內被發現。所有文獻皆爲手抄本，以卷軸裝爲主，又有梵篋裝、經折裝、蝴蝶裝、冊子裝和單頁等多種形式。一九〇九年《朝日新聞》登出內藤虎次郎所著〈敦煌石室發見物〉一文，是日本敦煌研究學的第一篇歷史性文獻。一九五〇年初，石濱純太郎成立了「西域文化研究會」，集合日本的敦煌學專家，編成六卷本的《西域文化研究》。日本學者藤枝晃還對吐蕃及歸義軍時期的敦煌歷史做了深入的探究。一九八〇年日本人開始編纂《講座敦煌》（至一九九二年出版）。一九八一年藤枝晃於西北師範學院演講時表示：「敦煌在中國，敦煌學在日本」。

黃永武教授便於一九八一年起編輯《敦煌寶藏》，其間不僅有《詩與美》、《珍珠船》、《抒情詩葉》等文集，亦與張高評合著《唐詩三百首鑑賞》。《敦煌寶藏》於一九八五年十二月編成，共一百四十冊，爲世界各大學圖書館所珍藏。其後，陸續有《敦煌遺書最新目錄》及《敦煌的唐詩》等著作分別於一九八六與一九八七年出版，後者並被譯爲日文，收入日本《講座敦煌》系列。敦煌的名畫珍本，分藏在法國巴黎的國家圖書館、紀梅博物館；英國倫敦的不列顛博物館，以及蘇俄列寧格勒的亞洲民族研究所，日本大谷大學、龍谷大學及書道博物館，美國、東德、丹麥也有少量的收藏；而劫後的餘卷，則分藏於北平與臺北。黃永武曾在〈沙漠大書坊——敦煌〉一文中指出：

最可惜的，自然是這個大書坊在清末一再遭劫，……吾人今日所亟需做的，就是將分散各地的敦煌資料，攝影留眞，彙編在一起，標明書名，編成索引，展開有計畫的研究。

——黃永武，〈沙漠大書坊——敦煌〉，《珍珠船》，一九八五年。

沙漠大書坊一再遭劫，《珍珠船》中特別附錄盜取寶物者的照片，他是法國語言學家，同時也是探險家——伯希和（Paul Pelliot, 1878-1945）。一九〇八年前往中國敦煌石窟探險，購買了大批敦煌文物運回法國，今藏法國國家圖書館舊館。伯希和精通多國語言，包括：英語、德語、俄語、漢語、波斯語、藏語、阿拉伯語、越南語、蒙古語、土耳其語、吐火羅語等。畢業於巴黎斯坦尼斯學院，曾師從漢學家沙畹（Edouard Chavannes）和印度學家烈維（Sylvain Lévi）。一九〇〇年初伯希和被派往位於法屬印度支那河內的法國遠東學院工作。同年二月他被派往北京爲學院的圖書館搜集中文書籍。在北京被義和團困於外國公使館，期間伯希和對義和團發動了兩次突襲，不僅奪取了義和團的旗幟，還爲那些被圍困的人取得新鮮水果，因此獲得法國榮譽軍團勳章。

一九〇一年伯希和二十二歲，返回河內，成爲遠東學院的漢學教授。同年第二次到中國考察，爲遠東學院帶回大批漢、蒙、藏文書籍和藝術品。一九〇二年伯希和第三次到中國考察，收羅大批書籍和雕刻藝術品。一九〇六年伯希和與軍醫 Louis Vaillant 和攝影師 Charles Nouette 一道從巴黎出發前往中亞探險。三人乘火車經莫斯科和塔什干進入了中國的領地新疆。探險隊八月末到達喀什，在俄羅斯總領事館逗留。中國的官員對伯希和流暢的中文感到吃驚，並爲探險隊提供了各種方便。探險隊離開喀什，第一站到達了圖木舒克村，然後前往庫車。一九〇七年探險隊在庫車發現了用婆羅米文書寫的久已失傳語言的文件。這些失傳語言後來被伯希和的老師烈維譯解爲乙種吐火羅語。探險隊在同年九月到達烏魯木齊，伯希和獲得瀾國公贈送的《沙州千佛洞寫本》一卷。

一九〇八年二月，爲了查閱敦煌出土的《法華經》古抄本，探險隊到達敦煌。英國的探險家斯坦因在前一年（即一九〇七年）已經從敦煌的莫高窟竊取約七千餘卷古文書。伯希和與保護莫高窟的王圓籙談判後進入藏經洞。在這裡伯希和流暢的漢語又一次發揮了作用，他經過三周調查藏經洞的文件，並選出最有價值的文件約二千餘卷。王道人最後同意以五百兩官銀（約九十英鎊）的價錢把這些文物賣給伯希和。因爲斯坦因不懂中文，相反地，通曉中文等十三國語言的伯希和所選出的文件幾乎都是絕品，其中也包含新發現的唐代新羅僧人慧超所著的《往五天竺國傳》、景教的《三威蒙度讚》。同年伯希和在《法蘭西遠東學院學報》發表〈敦煌藏經洞訪問記〉。一九○九年，伯希和在北京向直隸總督端方和學者羅振玉、王國維等出示了幾本敦煌珍本，才立即引起中國學界的注意。伯希和也發表了《中國藝術和考古新視野》向歐洲介紹羅振玉、王國維的研究成果。探險隊於一九○九年回到巴黎，卻意外地受到了遠東學院激烈的指責，指稱探險隊浪費公款，帶回了僞造的文件。他們認爲英國的斯坦因已經拿走了敦煌所有的文獻。後來斯坦因於一九一二年出版了《探險旅行記》，宣布還有大量的文件被留在敦煌，歐洲遠東學院才消除了對伯希和的疑惑。此後，伯希和還曾發表《敦煌千佛洞》等多部論文，對世界漢學研究帶來深遠的影響。

敦煌情詩解析

黃永武根據上述資料著重分析了敦煌出土的唐人情詩，並以此與《全唐詩》中的名家作品對照比較，進而考證出某些詩歌的作者姓名。其中有一頁長篇情歌即敘述遠在一千二百多年前，荒漠絕塞的敦煌，相思情深的詩人留下了斑斑血淚的詩卷。這是寫成於吐蕃人攻佔敦煌時期，詩人兼大唐戰士而被蕃軍拘俘於流沙萬里的飄零心情。詩中飽含國仇情淚，至今仍使讀者心生震撼。這張敦煌遺留的詩卷，現藏於巴黎國立圖書館東方稿本部。卷中大部分詩篇，都出於《全唐詩》之外，若非敦煌石窟的重現，紫塞黃沙之間如此癡情絕作便要永遠失傳。

黃永武結合《敦煌寶藏》的出土史料，以及歷年來對唐詩的鑽研心得，爲讀者介紹了多篇敦煌的唐詩，例如詩卷中的〈晚秋〉七首，即爲情韻綿渺、愁思婉轉的情詩。詩人在寫作中呼喊妻子，儘管我們無從得知詩人的妻子是否讀到了這些相思的詩篇，「但這一段心事，一直像孤石般堅立在塞外，經歷了十二個世紀的風雨狂沙，還鮮活地發出呼喚的聲音，可是唱情歌，等情書的男女主人，早已化作灰燼。」（黃永武，《敦煌的唐詩》，一九八七年。）詩人被羈留在蕃營裡，寒來暑往，已近一年：「縲紲戎庭恨有餘，不知君意復何如。一介恥無蘇子節，數回羞寄李陵書。」被囚禁的期間，心裡時有餘恨，不知道妻子將如何看待自己。堂堂漢子，若無蘇武不屈的節操，多麼可恥！幾次想寄回家書，卻害怕妻子把自己看成是投降的李陵。「春來漸覺沒心情，愁見豺狼夜叫聲。君但遠聽腸應斷，況僕羈縲在此城。」鄉園阻隔在萬重山外，即使春天將近，有何心情迎春？在愁恨中聽夜晚豺狼可怖地咆哮，刺人心耳！

接下來的詩句情意陡然轉為激切：「日月千回數，君名萬遍呼。睡時應入夢，知我斷腸無。」日升月落，詩人在內心呼喊妻子的名字千萬遍。親愛的人，應該有所感應！深夜如果情人入夢來，就會知道作者已肝腸寸斷。「白日歡情少，黃昏愁轉多。不知君意裡，還解憶人麼？」白天自無歡意，到了黃昏，愁情轉趨濃烈。只不知對方的心裡是否也一直惦念著自己？同一位被囚禁的詩人，除了有〈晚秋〉之外，另有〈閨情〉二首則是他揣摩妻子無依無靠的心情與生活：「千迴萬轉夢難成，萬遍千回夢裡驚。總為相思悲不寐，縱然愁寐忽天明。」輾轉反側，千迴萬轉，不是難以入夢，就是夢被驚醒。總為相思睡不成，縱使稍微入睡，卻又忽然天亮。黃永武體會這首〈歸情〉詩：「句意由千而萬，又由萬而千，反反復復，睡睡醒醒，耿耿不寐的情調一致。」（黃永武，

《敦煌的唐詩》，一九八七年。）千百次看著星月起落，深夜難寐，苦候五更天明，最後詩人終於明白自己沒有福氣享受夜的美麗。只能乞望曙色早早降臨。「百度看星月，千迴望五更。自知無夜分，乞願早天明。」面對敦煌卷帙中有如此幽怨萬分的閨怨情詩。黃永武做了一番考察：「這張詩卷前後很長，寫了一百多首詩，詩卷的正反與頭尾，都寫在蕃軍中被拘繫的苦況。千山皓雪，萬里黃沙。穹幕為家。這些記事作品中，卷首卷尾都有類似的句子。像卷尾有一首〈途中憶兒女之作〉：『髮為思鄉白，形因泣淚枯。爾曹應有夢，知我斷腸無。』前兩句與卷首晚秋詩中『髮為多愁白，心緣久客悲』相似。下兩句與前述晚秋詩中的『睡時應入夢，知我斷腸無』相似，應是同一人的手筆，可以推斷詩卷的前端與末後都是這位陷蕃詩人自己寫的詩，至於作者是誰，已經失傳。」

此外，這張詩卷中間部分還抄錄了許多唐詩的名作，詩篇下面偶有作者署名，如：〈高興歌〉署「江州刺史劉長卿」，這首七言古詩很長，卻不見於今本《劉長卿集》，據黃永武的判斷，應是一首久已失傳的佳作。劉長卿詩後面又抄錄了〈娥眉怨〉、〈畫屏怨〉、〈綵書怨〉、〈珠簾怨〉、〈別望怨〉、〈錦詞怨〉、〈清夜怨〉、〈閨情怨〉、〈閨情〉等，都是寫蕩子戍邊，閨婦思夫的情歌，與陷蕃詩人的感觸產生強烈的共鳴，因此詩人將這些作品聯抄，同時也表達出他對閨情詩的獨鍾。此外，黃永武認爲：「這些閨情相思的作品，都沒署作者的名字，聯在劉長卿之後，容易被誤認是劉長卿所作。其實像『日暮裁縫罷，深嫌氣力微』的那首〈閨情怨〉，經我考查是開元年間進士王諲所作，在《全唐詩》二冊一四七一頁。又另一首『自別隔炎涼，君衣忘短長』的閨情詩，經我考查是孟浩然所作，可見這些情歌是由不同的作者創造的。」

在〈閨情〉之後，是一首署名劉希夷的〈白頭老翁〉，這首詩因「年年歲歲花相似，歲歲年年人不同」兩句寫得太好，「據說引起大詩人宋之問的嫉妒，要求將這兩句的著作權讓渡給他，劉不肯答應，竟遭到宋之問僕人們用土囊壓死的厄運。」在劉希夷〈白頭老翁〉之面，又出現了九首纏綿悱惻的情詩，尤其是以男女互答的形式，爲中國詩史上所罕見。黃永武據以說明：「這九首詩也是舉國失傳，而僅存於敦煌地方的情詩，前面七首題目是『思佳人率然成詠』，作者當然是男性。」詩中情淚滿紙云：「臨封尺素黯銷魂，淚流盈紙可悲吞。白書莫怪有斑汙，總是潸然爲染痕。」臨到把尺書密封起來的時候，內心黯然銷魂。淚水汪汪，沾染了信紙，仍禁不住吞聲悲泣，希望情人千萬別責怪信箋上的汙漬，因爲每一點每一滴，都是潸然而下的情淚！「歎嗟玉貌謫孤州，思想紅顏意不休。著人遙憶情多少，淚滴封書紙上流。」年輕即被謫放，心裡滿懷對紅顏佳人的思念，如同終身信仰，永不休止。窮荒的孤舟，處處是情人的影子，隨時惹人遙憶，如果問我癡情有多少，且看這封書信上的串串淚珠。「直爲悵怨不出門，言將白日是黃昏。朝夕上猶都不覺，秋冬誰更辨寒溫。」滿懷的惆悵與哀怨，懶得出門，即使外出也感覺不到時光的流轉與節物的變換。即使在白天也誤以爲到了黃昏，心裡塡滿情人的影子，思念使人恍恍惚惚，更分辨不得秋冬寒暑。「三時出望夢南樓，面迴延首望東州。知人憶著兼腸斷，不覺題書雙淚流。」一路往西北絕塞行走，身在西北，心卻像指南針指望著東南方。春去秋來，三季的企盼，夢裡出現的總是南樓，望眼欲穿的也總是東州。深知妳也正思念著我，爲我腸斷，這分情愛，在我提筆寫信時，淚水早已化爲噴湧而出的泉流。「精神恍惚總緣奴，憔悴啼多眼欲枯。遙思遙想肝腸斷，遙憶遙憐氣不蘇。」

黃永武指出：「『奴』在唐人口裡，是男女通用的。『奴』是儂的聲轉，都是指我。」（黃永武，《敦煌的唐詩》，一九八七年。）而這首詩表達了從詩人的眼中望見對方精神恍惚，滿臉憔悴，啼哭多時，連眼眶四周都枯凹，這全是爲了詩人自己。「下面兩句，故意重出四個遙字，妳我遙遙地相思，遙遙地想念，遙遙地回憶，遙遙地憐愛，肝腸爲之迸裂，神氣也難有蘇息的時刻。」（黃永武，《敦煌的唐詩》，一九八七年。）因而形成一首以第一人稱與愛人對話的特殊詩歌。「別來月已兩迴新，相思懷抱失精神。不信詩中稠疊意，殷勤問取送書人。」自分別以來，已逾兩回新月，滿懷的相思使得精神耗弱。妳若不信詩中化不開的濃情深意，那麼請向帶信的朋友多問問吧，是眞是假，連旁人都深受感動。「形枯削瘦爲分離，乾坤頓覺少光輝。天傾雲注東征去，相助迎奴計日歸。」形貌枯衰一身削瘦，都是爲了與妳分離。一朝失去妳的陪伴，天地因而褪色無光。有甚麼力量可以旋轉天、傾瀉雲，讓我踏上向東的歸程，幫助我計算返家的日程。

在一連串思念情人，哭成淚海的情詩之後，接著竟出現了女子確切的回音！

黃永武指出：「奇妙的是接著爲女郎〈奉答〉二首，前面七首男子信誓旦旦的情歌，終於有了確切的回音，天涯雖遙，心心相印，何等令人興奮。」（黃永武，《敦煌的唐詩》，一九八七年。）女郎回答的情歌是：「縱使千金與萬金，不如人意與人心。欲知賤妾相思處，碧海清江解未深。」千金萬金誠然可貴，仍不如情人情深意濃的可貴。你如果想知道我的相思深到甚麼程度，即使碧海、清江也未能相比。接著又有「紅粧夜夜不曾乾，衣帶朝朝漸覺寬。形容祇今削瘦盡，君來莫作去時看。」紅粧上的淚痕，夜夜不曾乾，衣帶隨日子消磨而漸漸寬。女子自稱如今形貌已十分削瘦，當你回家時，恐不能再能見到當初分別時的青春美麗。

據黃永武的考察，這些情詩包括〈奉答〉二首，極有可能是劉希夷的作品：「這九首情詩，沒有題作者姓名，不過，既聯在劉希夷〈白頭老翁詩〉之後，有可能一并是劉希夷作的。劉希夷的生平資料不多，《唐詩紀事》引唐新語的話，說他好為宮體詩，詞旨悲苦，《唐才子傳》中則說他『特善閨幃之作』，詞情哀怨，《全唐詩小傳》中說他『善為從軍閨情詩』，那麼他正是擅長於寫征人思婦題材的詩人。現今留存劉希夷的三十五首詩裡，就有『代閨人春日』，『代秦女贈行人』，這種喜歡喬扮女聲，為女性設想，代替女郎作贈答詩的手法，和本卷中代女郎〈奉答〉正相似，更增強了這九首情歌是同出其手的可能性。劉希夷的詩文集原本共有十卷，其中詩集有四卷，元代時辛文房還見到有流傳的本子，現今《全唐詩》裡只剩下一卷了，七言絕句部分已全部失傳，這張敦煌卷子中重見的了九首男女互答情詩，可能都是他早已失傳的作品。」（黃永武，《敦煌的唐詩》，一九八七年。）而這些唐代著名詩人逸失的作品，不僅情意懇摯，許多名句如：「衣帶朝朝漸覺寬」等，也替宋代詞人柳永「衣帶漸寬終不悔」，尋到了眞正出典處，黃永武據此推斷，這些敦煌的情歌確實豐富了中國情詩的寶藏。

第十一章

大陸新世紀小說中的女性意識

女人四十

當代大陸女性小說家在創作主題上，將筆力集中於女性生活經驗的描述，藉以開發女性書寫特質的文學現象，自新時期伊始，便已在呼喚人性的要求上，逐漸展露出迥異於以往的精神面貌。尤其是在不同於樣板戲時期男性化的女性形象塑造方面，顯示出社會變遷爲女性帶來了新的生活觀以及價值思考模式。當代女性文學在關懷愛情與婚姻等人生要義的基礎上，逐漸開放眼界，轉向獨立思考與追尋自我意識的路程。在女性追求自信與自尊的道路上，曾經樹立起的里程碑，同時也是女性對自我價值重新認定的象徵性語言，包括了劇作家白峰溪在《風雨故人來》中所提出的：「女人不是月亮，不借別人的光炫耀自己。」以及舒婷在〈致橡樹〉中所云：「我必須是你近旁的一株木棉／作爲樹的形象和你站在一起。」類此宣言式的主體意識覺醒，確實爲女性獨立的人格與理想的精神書寫，奠定了基礎。

此後針對女性情、愛、慾、性等生活經驗所進行的深入而廣泛的探索，便持續朝向以故事類型題材及藝術表現手法，作爲私人領域之感官體驗所服務的方向不斷前進。在經過許多短篇小說女作家，如：蔣子丹、遲子建、方方、趙玫、陳染、張欣、池莉、張抗抗、鐵凝、殘雪……等人，先後發揮了坦率的寫實功力之後，女性以自我形象爲主題的寫作風格，到了本世紀初已蔚然成風。同時在呈現與掌握自我的書寫能力上，亦更臻於成熟。

由於女作家們所關懷的諸多寫作課題中，已不乏重新建構女性生活史的敘事觀點，因此這一類的小說往往呈現出明顯個人化的性別意識覺醒與自我想像層次的提升。許多具有女性自審意味的小說，便不斷地通過敘事者的感覺，將隱祕深藏在夢境與回憶中的「我」還原或再現出來。藉由家族故事或日常生活細節的摹寫，將小說中女主人公潛存的本能及慾望突顯在男權勢力相互糾葛的背景之上，使得許多看似平淡的現代生活變奏主題背後，卻往往隱喻著女性面對生存侷限而不得不展開的自我歷史追尋。

本文以二〇〇三年發表的五篇女作家短篇小說：陳染〈夢回〉、潘向黎〈重重跌倒〉、魏微〈化妝〉、張洁〈玫瑰的灰塵〉，以及周曉楓〈妳的身體是個仙境〉……等女性主觀抒情意味濃厚的作品作爲主要研討對象。在回溯生活史的觀察視角下，探討現代女性藉由沉思與冥想的筆調，在俯拾皆是的人物性格與生活細節描寫中，清醒地正視自我年齡與處境的尷尬。在家庭、友情與性愛……等斷斷續續的自敘故事烘托之下，評述那些娓娓而談又耐人尋味的表現藝術。

新時期以來，小說中女性的悲劇往往與國家民族的不幸休戚相關。那一幕幕傷心悲情的破碎人生景象，成爲傷痕文學的主旋律。十年浩劫對人性的摧殘與蔑視，使得小說作品中悲劇性女主角的淒清、孤獨與離散，成了反映社會更迭、政治變亂等時代悲劇的鏡子。這一個時期的女性悲劇題材雖然完成了文學在社會寫實主義方向上的定調，卻在細膩地描繪女性生活，包括鮮明的自省性文字處理上，留給後起的作家們更多的揮灑空間。

走下以巨幅出生入死爲背景的時代舞台，新世紀的女性轉戰到充滿個人生活與情愛掙扎等人物眞實坦示內心世界的藝術小劇場，首先感受到的第一層失落與空虛，來自於年齡的壓迫。中國傳統詩文裡，運用牡丹花謝、黃鶯聲歇來暗示美人遲暮與青春的虛度。每一個女人都有她最美麗的時刻，像是瞬間怒放的花朵，關鍵在於這空前絕後的風華，誰能眞正看見？一旦春盡花落，那份落寞與惆悵便緊緊壓迫著她的心。

將平凡中年女子的生活遭際，作爲探索女性如何掌握自我命運的對象，以進行細緻挖掘與抒情描寫的作品，在一九八〇年代即已崛起。胡辛的短篇小說〈四個四十歲的女人〉（胡辛，〈四個四十歲的女人〉，一九八三年。）通過四個看似不連綴的故事，將不同處境的女性形象用追求自我獨立的線索貫穿起來，形成了一幅當代女性生活風貌的寫實畫卷。曾經對於自己的未來前途充滿美妙的理想與憧憬的女性們，有的醉心於戲劇演出，有的一頭鑽進紡織業，有的想做好鄉村女教師的工作，更有那為了圓夢而發誓一輩子不結婚的女醫師……。然而人生處處充滿著顛簸與逆流，女性的多重社會角色尤其成了隨時襲擊理想人生航向的風濤。愛戲的為了無法生育而被丈夫與婆婆歧視，擁抱事業的最終仍需為了家庭離開那片夢土，無憂無慮的天眞少女在經歷了二十年的人生風雨之後，個個像掉了魂似的，只剩得一身的孤淒，與默默無聞相伴。

新時期女性文學對於自身歷史的反思與感悟，在面對何為眞正幸福的主題上，處處閃現了自我與精神枷鎖衝撞的痕跡，給人留下深刻的印象。作者在文中不無感嘆地說道：「四十歲，對於女人來說，眞是個不可饒恕的年齡。青春，徹底地在這門檻上告別；衰老，不可遏止地從這裡起步。」十九世紀德國著名的女鋼琴家克拉拉・舒曼在她四十歲生日時回信給布拉姆斯道：「我正獨自坐在窗前眺望落日。」四年後，她又在日記中寫下：「如果不能再全心全意地從事藝術創作，那將是怎樣不可名狀的痛苦啊！所以一定不能變老。」青春歲月的流逝，對女人而言是如此地敏感，以致女作家們要將這場個人的身心浩劫與文革期間的政治摧殘，用特殊的命運作為線索加以綰合。於是這心靈的創傷便不可避免地在某種程度上，淪落為從不同角度描繪歷史面貌的工具。

或許時代的倉促，真的造就了文明的昇華。二十一世紀初，女作家們終於從傳統波瀾起伏的情節中解放出來，帶著輕鬆感，以凌亂、鬆散的反情節敘事手法醞釀出種種散文般平淡的氛圍。在脫去了強烈戲劇性的斧鑿外衣之後，那屬於女性的生活氣息，看似漫不經心地講述一個平凡人的軼事，卻又如此精準、機智地敲動了女性讀者的心。那些簡單中帶有一點荒謬的人生故事框架，負載了許多耐人尋味的生存與殘酷的對話，許多從潛意識，甚至無意識中流洩出來的女性私密隱語，在清醒的內心獨白與縹緲的夢囈甚或夢魘之間，跳躍聯想。逝水的年華與蒼老的眼神本身就像是一部部呼之欲出的傳奇，迫使我們不得不欣賞那些將精心設計的情節，讓位給現實生活裡粗粗寫來的普遍象徵性感受。

陳染的短篇小說〈夢回〉（陳染，〈夢回〉，二〇〇三年。）便是一篇充滿生活況味的作品。小說以不如意的婚姻生活中的種種感受為主題，運用第一人稱散文化的敘事手法，展現女作家捕捉日常情事深刻意蘊的創作自覺，作品因而更切近生活，作家不再苦苦追尋世間希罕的人物，故事素材就在眼前腳下，甚至不乏自身的經歷，因而使得文風頗有日記體或自傳體的性質。而「女人四十」或許又可以說是作者從布帛菽粟等冗贅的生活之流中，檢別出來具有想像意味的自視角度。作者通過小說女主人公對夫妻生活的自白，以及追尋童年生活的實際行動來層層鋪敘四十歲女人敏感且困乏的心境。儘管體態未老，髮絲光潤，胸部挺挺的，臉頰也還飽含著水份與光澤……，但是，終究不再是荳蔻年華。畢竟「誰能阻擋更年期那理直氣壯的腳步聲呢！」於是籠罩〈夢回〉全文的氣氛是一股欲振乏力的壓抑情緒，與若有似無的敏感神經質。這樣的心態使得女性即使僅是面對著一縷粉紅色的晚霞，也要驚疑殘陽已經透露了自己臉上的祕密。這個多少有點固執、疑慮而且鬱鬱寡歡的女人，面對辦公室裡新來的一位女大學生，興起了警惕：

有一次，我正在辦公室裡埋頭核對單據，忽然聽到背後有吃吃的訕笑聲，我扭過頭看……問她笑什麼，她卻板著臉孔做出一副行若無事的樣子，說她根本沒有笑。眞是奇怪，我分明聽見她在我身後訕笑，笑我什麼呢？

我警惕地審視一番自己的衣裳，難道有什麼不合時宜嗎？

作者試圖將四十歲女子內心世界零散、朦朧，難以把握與模擬的意識活動，用人物的言行狀貌等外觀世界的訊息呈現出來。直到小說的尾聲，女主角才不無調侃地說，她那毫無特色卻合體得絲絲入扣的上班服，使其整個人「就像一份社論一樣標準，無可挑剔又一成不變」。這些「肯定缺了什麼，卻又挑不出什麼不妥」的生活細節，還包括了她提前衰老的性生活：

> 賈午好像也沒有什麼新鮮事可說，就沒事找事似地親熱起來。他連我的睡裙也沒脫，只是把裙襬掀到我的脖頸處，讓我的一隻腳褪出粉紅色的短褲，而他自己的短褲只是向下拉了拉，褪到胯下，我們隔著一部分貼身的內衣，潦潦草草，輕車熟路，十幾年的生活經驗提供了熟悉的節奏，一會兒就做完了。

小說中的「我」只想追究：「生活還有什麼奇蹟？」「我真不知是哪裡出了差錯。」否則日子怎麼會在虛與委蛇與心神恍惚之間煙消雲散了呢？那徘徊在四十歲上下的夫妻，就像是過了一輩子的八十歲老人，連提起一點興致都嫌麻煩。面對這無法溝通的男人，只好將心事隱藏。「好像我是一個陌生人一樣，或者，是我用一種他聽不懂的語言在說話。」「他一側的腮幫子鼓著，囫圇吞棗，聲音像是另一個人的。」這分明有一堵無形的牆杵在兩個共同過著乏味又冗長歲月的人之間。又像是一個巨大的休止符，使得彼此身體裡的某一部分都無奈地休止了！

與鏡子獨處

女性將自己對世界的感受建立在自我身體的感覺基礎上，通過體內微小區域的巨大騷動來說明慾望的錯綜性和複雜本質，並且從肉體和感官的觀望中認識自己。女性對於膚觸的敏感像是與生俱來的天賦，她可以從雨和酒的混雜氣味中，直接感受到有一雙眼睛在自己蔥管一樣青白手臂的游移：「一寸寸的像螞蟻在爬。」（魏微，〈化妝〉，二○○三年。）也能夠體會如春天降臨一般盛大無比的吻：「讓我像被唱針輕輕觸及……身體在歌唱裡。」（周曉楓，〈你的身體是個仙境〉，二○○三年。）以至於周曉楓在〈你的身體是個仙境〉中引用弗朗西斯·維庸的詩句：「噢，女性的軀體，如此柔軟，嫻雅，珍奇，那些邪惡也在等著你嗎？」這篇小說的結尾處，女主人公輕描淡寫地訴說了親眼見到故事：逝去青春的女子正在手術檯上剪除癌變的子宮。「這裡，接受過對於女人來說，世上最最珍貴的東西：情人的愛和孩子的依戀。」手術室外年輕的丈夫仍含著淚說：「她真美，她的陰部像一朵花。」血氣方剛的男人可以用這樣的眼光看待邁入暮年的妻子，也就值得讓世間許多女子甘願將自己簡化到像白痴一般地，誤以爲「他是微服到我命裡的神」，並且盡情地在「他」大動物特有的溫存和溫暖的懷抱裡，感覺自己被抬升到了天堂的高度。

許多比喻法和形容詞環繞著我們的聽覺、視覺和嗅覺，使我們游移在女性的愛、慾與各種身體感官之間浮想聯翩。然而人世都百歲，誰能迴避白髮？當花飛人倦，生命走到了黃昏時節，女性又該如何面對自我？張洁在〈玫瑰的灰塵——也說玫瑰，在它如此盛開的時候〉（張洁，〈玫瑰的灰塵——也說玫瑰，在它如此盛開的時候〉，二〇〇三年。）讓年過五十的露西和她的老衣服對戲：

> 那些老衣服，每一件差不多都連著一個她自己才知道的故事。
>
> 那裡，幽冷幽冷的一襲深度寶石藍絲綢禮服，倚在角落裡默默地向她凝望，眞像冷不丁在哪個僻靜小飯店裡的故友重逢。燈影慘淡，人跡稀拉，相對無言。
>
> ……
>
> 她從衣杆上把禮服取下。
>
> 不慌不忙，一件件脫下身上的衣服，然後輕輕拎起那襲禮服，慢慢

從頭上往下套。毫不費力地就把禮服拉到腿下，她的體型沒有多大變化。

對著鏡子轉過身來，又轉過身去。

體型固然沒有多大變化，可是昔日凹凸有致的窈窕淑女，卻變成了眼前這段風乾腸。

果然是面好鏡子。

露西未嘗不知道自己老了，可這景象依然讓她驚惶失措。

「鏡像」無疑是女性文學中用來自我體認的一座觀測站。許多小說中所出現女性觀看自我鏡像的場景，不僅說明了女性對自己的感覺，同時也表露出從女性的立場出發重新認識自我的慾望：

有一次，我放掉浴缸的水，看到水流渦漩中有朵下陷的玫瑰，也看到其中央裹著幾根自己掉落的長髮。突然想到，一天天老去，我從來不曾完整地了解自己，比如我不知道自己的背部曲線什麼樣兒。

猶豫一下，我搬來屋裡的梳妝鏡，背對浴室敞闊的那面鏡子……鏡子繁殖著我的背影，我發現，我竟然對自己這個與生俱來、相伴而行的裸體份外陌生與恐懼。

早在上個世紀三十年代，張愛玲已經令我們見識到女性筆觸下種種脆薄易碎等瑣屑事物所發揮的小說藝術效能。那些關於鏡子、玻璃、眼鏡與白瓷……的安排，讓故事中人的內心世界在華麗深邃的透視下，以無心淺描的方式與讀者相見。在〈鴻鸞禧〉中，張愛玲讓她的女主角邱玉清處身在一個鏡子世界裡，她「背著鏡子站立，回過頭去看後影」，這一間四面崁有長條穿衣鏡的小房間，照映出層層疊疊的結婚禮服身影，玉清就這樣站在人生關口上眺望著自己未來無窮盡的婚姻生涯。而她的準婆婆婁太太同樣也在鏡子面前，吐露了心事：「……湊到鏡子跟前，幾乎把臉貼在鏡子上，一片無垠的團白的腮頰；自己看著自己，沒有表情——她的悲傷是對自己也說不清楚的。」

鏡子作爲許多小說場景中描寫女性自我的媒介，使得女性藉以舒展出其私人生活與情緒，於是鏡子裡的我，無形中也就成了女性的夫子自道，當婆婆與兒媳兩面鏡子交相疊映，邱玉清那「重門疊戶沒有盡頭」的晚景，便很巧妙地給照映出來了。

女人在年華漸老時與鏡子獨處的戲，總會是一場精采的內心戲。這時鏡裡出現了另一個自我，原本白瓷的膚色變成了青玉，圓臉也削尖了……，再打量下去，就成了張愛玲筆下的白流蘇了：

流蘇突然叫了一聲，掩住了自己的眼睛，跌跌衝衝往樓上爬，……上了樓，到了她自己的屋子裡，她開了燈，撲在穿衣鏡上，端詳她自己，還好她還不怎麼老。

——張愛玲，《傾城之戀》，一九九一年。

文學裡的鏡子還可以剪接女人的青春，將十年前與十年後的自己疊映出來：

風從鏡子裡進來。對面掛著的回文雕漆長鏡被吹得搖搖晃晃，磕托磕托敲著牆。七巧雙手按住了鏡子。鏡子裡反映著的翠竹簾子和一幅金綠山水屏條依舊在風中來回盪漾著，望久了，便有一種暈船的感覺。再定睛看時，翠竹簾子已經褪了色，金綠山水換爲一張她丈夫的遺像，鏡子裡的人也老了十年。

〈玫瑰的灰塵〉裡，露西也在鏡像的時空裡穿梭，頻頻回首當年的風華：

穿過歲月，露西重又看見當年自己穿上這襲禮服的模樣。裁縫在肩胛骨下交叉了一個別緻的結，將她那本就無與倫比、目中無人的脖子，襯托得更加讓人心悅誠服。……更漂亮的是她的肩，那是眞正的「法國肩」。既不過分骨感又不過分豐腴，兩可之間。在這種肩上，兩種極端的審美觀大概都不會再各執一詞。尤其兩條鎖骨旁的下滑處，滑出多少適可而止的銷魂！那是爲數不多的人才能領略的一種性感。

女性身爲觀鏡者與敘事者，面對鏡子展現自我給自己看，鏡中裡那個被對象化了的「我」會隨著自身的活動而活動，這一作爲自我主體存在的明證，已經足以阻擋一部分男性視線加諸在女性身上的作用，使女性得以沉浸在細細的自我觀照與體認上，逐漸接受了歲月刻畫的痕跡。於是露西終究還是「緩了一口氣，然後不屈不撓地抬起頭，固執地向鏡裡望著。」

女人的一生

相對於張洁運用戲劇性的鏡像來處理老化的身體，陳染則是選用了「天空」與「壁鐘」兩件事物，來隱喻女主人公即將老去的心。當地面的熱氣蒸騰而上時，她注意到了許久未見的天空：

清晨的天空已經被蒸得失去了藍色。誰知道呢？也許天空幾年前就不藍了，我已經很久沒有仰望天空的習慣了。

灰闇的天空暗示了女主角不再激動的心，與此產生鮮明對比的是回憶裡，戲劇化的童年與當時燦爛的蒼穹。

記得那時已經是「復課鬧革命」的時候了，可我們依然不上課，整天在學校宣傳隊裡歡樂地排練節目，等到天上的星星亮晶晶地燃亮了整個天空。

——張洁，〈玫瑰的灰塵——也說玫瑰，在它如此盛開的時候〉，二〇〇三年。

如今「我」這個活在現實裡，看不到藍天的可憐小人物，竟然在與丈夫訴說苦惱時，都因為疑慮窗外霓虹燈的閃光，而必須把事情在低聲細語之間說出，以免憤怒的情緒伴隨著鋒利的字眼湧至脣邊。那滿天裡亮晶晶的星星所點亮的歡樂童年，與此刻霓虹燈「心懷叵測」地照映出一室裡的沉悶與無趣對比，今昔輝映，使人們不得不輕嘆歲月催人，時光是如何匆促地流逝著，於此同時也帶走了生命裡某些晶光燦爛的東西。面對迅速飛逝的光陰，張抗抗曾經在〈面果子樹〉（張抗抗，〈面果子樹〉，二〇〇三年。）中用「火車」來形容它的一去不回頭：

很多年以後，我才漸漸意識到，歲月就像那些破舊不堪的車廂，一旦被那冒著白色蒸氣的火車頭拽上了一條固定的軌道，它自己是沒有辦法倒回來的。

然而陳染卻寧願選擇一個壞掉的壁鐘，來形容時間對於一個總是提不起勁來的人，是如何地空洞無意義：

> 我抬頭看了看壁鐘，壁鐘的指針停在七點五分上，不知是早上的七點五分還是晚上的七點五分，那只無精打采的鐘擺像一條喑啞了的長舌頭，不再擺動，不知已停多久了。

小說中的「我」突然感覺到時間雖然匆忙地飛逝，然而自我的身體卻像是消失了指針的空洞圓盤，連心臟的怦怦聲也停住了。陳染很清晰地運用不再移動的指針與鐘擺再現了生活中無以名之的凝固狀態，這個意象隨著作者主觀性地引申而加強了那失去生命持續感的落寞基調。

回顧曾經對生命充滿熱情的花樣年華，遙望當年不由自主的心跳與悸動，對女性而言自有一股難以言喻的痛。魏微的小說（〈化妝〉）女主角嘉麗在三十歲擁有了事業與金錢之後，試圖回眸凝睇十年前眼睛時常煥發出神采的自己：

> 整天，她的腦子裡會像冒氣泡一樣地冒出很多稀奇古怪的小念頭和

小想法，那眞是光，燐火一樣眨著幽深的眼睛；又像是蚊蟲的嗡嗡聲，飛繞在她的生活裡，趕都趕不走。

——魏微，〈化妝〉，《花城》，二〇〇三年。

儘管連她都驚嚇於那些念頭，但畢竟又像是樂在其中地品嘗著這一旦被它們所驅動後不堪設想的危險與刺激。那雙美麗而靈活的眼睛，閃爍著激動與快樂的光芒。如今想來，自己也不禁爲之迷惘了。嚮往著那已經翻過去的人生扉頁，「嘉麗突然一陣喪魂落魄，她想哭。她坐在沙發上，後來滑到地板上，她幾乎匍匐在地板上，痛苦地蜷縮成一團。」這喪魂落魄的痛苦眞切得足以提醒人看看自己是否還活著？看看過去曾經一步步走過的路，而今又剩下了些什麼？嘉麗在電話筒中聽見十年前的戀人問道：「妳變了嗎？」她不由得回答道：「我老了。」

另一位女作家張抗抗在描述女性找尋昔日青春時，所感受到情緒，與其說是痛苦，毋寧說是一雙疲憊的腳在悄然無預警之際，遭受突如其來的一場足以令人莫名驚心的震動：

……那些年輕時心裡珍藏的往事，就像枯黃的頭髮那樣，正在一根一根無聲無息脫落，你若是偶爾扒到了其中的半星游絲，它立馬會在你的腳趾下發出驚天動地的斷裂聲。

跌倒在生活裡

大陸新世紀以後，在工商業持續發達與市民意識擴大強化等社會條件下，小說作者逐漸以纖細筆墨帶領讀者體會平常情事裡，既單純逼眞，又深細入微的場景。彷彿要在普通的愛情與家庭生活中，體察人生種種底蘊。爲了反襯那瞬間即逝的每一事每一景在人們意識裡所印下的不甚連貫的痕跡，作者儘管未必搜奇獵勝，卻也不免讓小說人物逸出生活的常軌，任由外在的時空環境被心理的主動追摩與回憶所分割，甚至於打亂，藉以呈顯意識活動與心態發展的隨意跳躍與不受邏輯制約。於是〈夢回〉中的女子離開了一向循規蹈矩——上班、下班、菜市場——的三角路線，踏上了尋找夢中的老婦人（也就是若干年後的自我）一再穿梭、詢問的途徑。原來那條名叫細腸子胡同的地方，竟是自己遺忘已久的童年故里。而魏微筆下的嘉麗，也爲了證明即使自己衣衫襤褸，淪爲乞丐，十年前的情人依舊寄予懷念。於是她決定讓時光倒轉：

她要化妝，變成另一個人，那個十年前的自己：黯淡、自卑、貧

困。她將重新變得灰頭土臉，默默無聞。呵，沒有人會記得她的灰
姑娘時代，那像被蟲子啃蝕過的微妙的難堪和痛苦。

這一條溯尋初始自我的道路，對於一向遵循刻板生活，偏好單純且安全的人際關係的〈夢回〉女主角而言，「實在是一樁異想天開的大事件」：「由於興奮，我的臉頰不由自主地熱起來，心臟也不規則地突突亂跳了幾下。」

在此之前，日子悠長地猶如一個孤零零飄落下來的塵埃，又像是一連串反覆單調的琶音練習，叫人感到既連綿不斷，又似凝固不動。女主角不得不承認她像是一個面壁罰站的孩子，作家因而將生活比喻成了一場苦役。於是，翻回人生中已經過去的那一頁，或許才是使得這痲木的心重新溫潤起來的契機，那激動與顫抖的滋味將是中年女性一路微笑嘆息的誘因。

〈嘉麗〉第一次發現，三十年了，沒有哪件事會讓她如此激動。
她全心投入這場回到過去的行動，在追趕十年前的容顏、愛情與生
活的同時，將生活中不再出現的顏色召喚回來。

遲暮中的女子，唯有在天色倏然暗下之前，在那遙遠的一抹胭紅尚未完全沉入地下之際，循著夕陽裡鮮豔的玫瑰花路卻顧所來徑，才能一一拾回生命中象徵年輕時代自我愛慾的一幅幅幸福圖景。張抗抗在這一條路上鋪敘出女性作家耽溺於色彩和氣味等多重感官書寫的藝術軌跡。爲了找回並且結束年輕歲月知青時代，暱友小楊子那一段彷彿早春櫻花爛漫開遍，或是初夏櫻桃成熟時，熱烈而狂野的尋父故事，小說中的女主角在許多年後回到了有大雁盤旋的北方：

穿過白樺樹林間的泥濘小道，在翠綠、墨綠、金黃和雪白，那麼多顏色在各個季節輪流交替著的原野深處，我一閉上眼就能想起那個地方。我甚至能聞到沙果樹開花時醉人的甜香。

那些充滿光影和色彩變幻的書寫，促使女性一點一滴地拼湊出當年爆發愛慾火花的自我形象與全幅故事的象徵性畫面。

我看見一個輪廓分明的黑影，在溫柔而蒼涼的月光下，如一幅生動而清晰的剪影緩緩移動。那是一匹半人高的小馬駒子，在馬圈的門邊上一步一步地蹭來蹭去，朝著一匹母馬遲遲疑疑地靠攏過去，它短而細巧的馬蹄輕輕踢著地面，爲那幅黑色的剪影增添了造型的動感。

這些生活中具有意義的畫面，的確有助於自我詮釋。潘向黎在〈重重跌倒〉裡一開頭就描述了一位在潮州餐館裡重重跌倒的女人：

一切都在一瞬間發生。腳跟向前一滑，身體突然失去平衡。雙手在空氣中徒勞地想抓住什麼，像笨拙的翅膀撲了幾下，然後以在這個過程中出溜了三十公分左右的腳跟爲圓心，身體向被鋸斷的木頭一樣，筆直地畫了四分之一個圓，仰面朝天，後腦著地，砰的一聲。

——潘向黎，〈重重跌倒〉，二〇〇三年。

跌倒的時候，她想：不能怪別人不來拉她，因爲連她自己也不知道自己是誰。直到小說結尾，女主角才站了起來，並且「終於明白自己是誰了」。小說花了六分之五的篇幅倒敘生命中一次又一次跌倒的慘痛經驗，同時也在回顧人生中各種階段的自我。原來高考失意的夢魘一直是她不願回首的一頁，但是卻又成爲十幾年來臨睡前固定的節目，使得她在溫暖的被窩或舒服的竹蓆上，安安靜靜地想著，如果那一年沒有摔那一跤，或是有人及時將她喚醒扶起，「那她會是什麼樣子的命運？」「她想啊想啊，安安靜靜地笑起來，又安安靜靜地流下眼淚。」然而白天現實生活裡所面臨的重大考驗依然牽扯著她的腳步，使她幾乎失去平衡：「離婚的那一陣，她覺得自己連路都走不動了，隨時可能跌倒……。」

生活本身像是連續不斷的鎖鏈，又猶如流淌不止的長河。短篇小說的開端與結尾各自形成了一個有利的切點，讓作者選取生活中的某一環節作爲帶動情節開展的著力點。潘向黎的故事以「跌倒」作爲文中女性回顧自我生命片段史的連綴樞紐，在人生的每個重要關卡上，重新省察自我的面目。運用「跌倒」的形象化描繪，在故事的開端上即引人注目，給人留下深刻的第一印象，同時又具有足夠的帶動力，串連女主角人生中的許多重要環節。從跌倒到爬起，一幕幕生活中不堪的場景，使人彷彿也目睹觸及了女主人公十幾年來深藏於內心的苦痛。最後一幕，她突然爆發出一輩子沒有過的果斷，拍了拍手上的灰：

> 她終於明白自己是誰了。她想自己已經跌倒了很多次，應該可以應付這種情況了。怎麼跌倒，怎麼爬起來。這是自己的事，有沒有人看見，都和別人不相干。這樣一想，力量回到了她的身上。

有趣的是，當她決定自己站起來的時候，一隻寬大、厚實的男人的手卻伸了過來。笑靨隨之展開，「好像剛才的一跌，撞開了一個閘門，關在裡面幾年的笑一下子湧了出來。」重新站起來的笑容在小說中負有完成主題和形象的特別任務，它的出現證實了女性終於找回面對自我的坦然，於是在〈玫瑰的灰塵〉尾聲中，「想起了那段風乾腸，露西再次笑了起來，是顏色十分清晰、光色十分明亮的笑。」

回顧生命中曾經發光發熱的瞬間，像是打撈一幅沉浸在溪底、經年已久的畫，或是垂首祝禱那埋葬在迷人的花園式墳墓裡的青春，無論如今看來那是怎樣碎片化的人生，都讓我們說聲：安息吧！

藝術創作者們務求於生活原型的基礎上，提煉出人物典型的結晶。這意味著作家必須觀察實際生活中的種種變化，然後在人物形象單純化的同時，不斷地為人的內在本質的深刻化與豐富性賦彩。小說相較於其他文類而言，雖然佔據了更便於完整、細膩地描繪人生的優勢，然而作家卻不可能，也沒有必要將現實人物的全幅思想、生活與感情毫髮不爽地呈現出來。於是，尋找一個適當的角度，工筆細寫人生的某個側面，以單純化的表象來揭示人類精神層面中的某些複雜且抽象的感覺，便成為當代大陸女性小說家選材與敘述過程中揣摩寫眞的目標。尤其是短篇的表現力，往往放在典型性的第一人稱——「我」的感受與經驗上，試圖以細微卻更分明的特定角度，反映普遍的社會人生風貌。

女性文學中看似瑣碎而不加修飾的各種感官性抒寫，像是：笑與淚、鏡子與壁鐘、跌倒與出走……，實際上正是含有眞實感與親切感的藝術修飾，那些穿了又脫，脫了又穿的衣服，以及每天從浴缸裡流逝的玫瑰渦漩，也在隱喻著時光的匆匆。法國肩和風乾腸，滿天星與霓虹燈，又分明無情地對照出老化的姿態與心態。新世紀女性短篇小說儘管不以寬泛的社會事件作為背景題材，卻從自我反思的角度取得了更貼近文學的地位，同時也因為使用了自己的說話方式來展現尷尬的處境與困頓的心情，反而更加使人體會到文中含藏著悲憫與哀矜的人文情懷。

第十二章

大陸新世紀女作家的孤獨意識

總是在春天：愛情化為煙燼

愛情是滿天燦爛的煙火，而且在風中。

安妮寶貝曾在〈風中的煙火〉裡，透露她面對愛情稍縱即逝的悲觀情緒。「你低低的歌聲好像不屬於這個喧囂的世界。在夜色中，它像一隻流浪的鳥，飛到它可以停留的地方去。」愛人的聲音彷彿是一隻在黑夜裡漂泊的鳥，作者的詩句裡充滿了孤獨的意識。敘述者以「我可愛的孩子」稱呼情人，又形容他是「容顏如風的男人」。面對愛情，作者鋪展出她柔軟易感的靈魂，以及缺乏安全感的惆悵心境。從癡纏、追索、激烈，竟而頹敗，愛情逐漸遙遠得像一座城市，原本近在眉睫的溫暖氣息，彷彿一整個天空的美麗煙火，也曾喚起人們心底的野性與陰暗，直到纏綿如熱浪的煙火漸漸熄滅在風中，化作冰冷的煙塵，世人也許不再相信愛情，「愛情是絕望的……讓我們看完這場煙火好嗎？」文中的敘述者站在制高點上俯眺走過愛情的塵世男女，其中也定然有她自己的身影。直到愛情的盡頭，人們也可以是沉淪在世界末日的快樂裡，只要感覺還未完全麻木，冷酷絕然和極致的無望，仍然撫慰了傷痛者的心靈。

愛情在生命的夜空裡乍然閃現的那一刻，已注定了它將逐漸消逝直到了無蹤影的命運，它是在風中道別的「詩人的孩子」，也是作者在心裡養育的小小寶貝。在這首小詩裡，作者最後寫道：「在風中輕輕牽住我的手……不要讓我看見離別。」

曾於中國銀行、廣告公司、網站和雜誌社等多處擔任各種工作的大陸當代名作家安妮寶貝，自一九九八年起陸續發表小說作品，題材大多聚焦在城市邊緣的游離者身上，藉以探索人物內心及其外界的關係。安妮寶貝至今所出版的長篇小說、短篇小說集、攝影圖文集與隨筆集等，計有：《告別薇安》、《薔薇島嶼》、《清醒紀》、《蓮花》、《素年錦時》等。本文主要以她的小說和散文作爲研究對象，分析文中所透顯的自省與疏離，同時評析她的寫作風格與創作意識。

燦爛的陽光不屬於我：城市生活的冷漠之感

安妮寶貝在小說〈小鎭生活〉裡，延續愛情書寫裡心境孤寂的獨白體語言：「眞的不難過了。只是有一點點寂寞。那種寂寞，好像流淌在血管裡。寂靜的冰涼的。慢慢侵蝕到身體的每一寸骨骼和肌肉。我想我是不是在逐漸地冰凍。」現代都會與情感世界對於敘述者而言，無疑是雙重疏離的夾擊，人們在笑臉中看見彼此眼神中的抑鬱，它無處閃躲，唯有酒精可以紓解眼光中犀利的抑鬱之情，使得愈來愈冰冷的靈魂找到暫時取得溫暖的迷醉。安妮寶貝將現代都會男女的寂寞心情，以充滿醇酒的胃、冰涼的手指和懷念起往昔戀人的種種美好回憶，盡情地表現敘述者當下無盡的寂寞與空虛。「她輕輕地碰了我的杯子。爲往事乾杯。我突然明白她其實早就看出我的寂寞。」苦澀的酒精帶動了身體劇烈燃燒的灼熱感，像一把無名的火焰將所有痛苦和快樂都一起吞噬，人們只能在那一瞬間，捂住自己的胸口而發不出任何聲音。

現代人的疲憊心態在安妮寶貝的小說裡，始終佔據著明顯的位置。「其實任何一個人離開我們的生活，生活始終都還在繼續。沒有人必須爲我們停留。我們也不會爲任何人停留。」因此，每一回醉酒之後劇烈地嘔吐，其實都是流不出的淚水的替代品。吐過之後，不僅是臉色變得更蒼白，而且是心靈變得愈加地空洞，寂寞的人在此時此際，更需要得到溫暖。「我們轉到一個黑暗偏僻的牆角裡，他擁抱住我。他的臉埋在我的脖子裡。他低聲地說，到底有沒有愛情。我閉上眼睛，沒有發出任何聲音。」這是兩個各自處在失戀階段裡，抑鬱而難以自拔的人，彼此激盪著內心不能平靜的浪濤。

新世代男女在安妮寶貝的敘述中，又像是找不到港灣的泊舟，他／她們最可憐也最可愛的地方，就在於無法爲自己的生活做出規劃。「因爲我對生活從來不抱任何期待。除了寫稿，大部分也就是和錢有關了。可是這個問題到最後總是使人鬱悶。比如王菲做個百事可樂的廣告，就有上千萬美元的收入。我花上三生三世的時間寫稿子，也賺不了那麼多。所以她可以做出酷的表情，對任何人愛理不理。即使是唱片公司的老闆，也不用看他太久的臉色。因爲她說五年後就打算退休。」新世代青年即使思緒散漫，卻又很輕易得到面對生活的結論：「繼續寫稿。兩天後去電臺領稿費。」「寫完稿子是早上八點鐘了。一邊列印，一邊去廚房拿冰牛奶喝。然後把房間的窗簾拉嚴。燦爛的陽光和湧動的人群都不屬於我。在床上躺下來以後，我把被子蓋住自己的頭。」

她既不屬於陽光燦爛的晨間，只好將自己推入夢境般黑暗的被窩，然而此情此景卻恰好觸碰到前天夜晚的眞實夢境：「很奇怪，以前我從來沒有做過這樣的夢。是一條夜色中寂靜的黑暗的河流。我站在旁邊，看著它。它被茂盛的浮萍所遮蓋，已經看不到河水。只有浮萍開出來的藍紫色花朵散發出詭異的光澤。我看著它們。我內心被誘惑的心動終於無法克制。於是我走了過去。我的腳下是一片虛無。在浮萍斷裂的聲音中，我慢慢地下沉。腐爛芳香的氣息和冰涼的河水無聲地把我浸潤。可是我的心裡卻有無限快樂。」夢境的眞實表現在充滿誘惑性詭異的花朵裡，花朵發出幽幽的藍紫色光澤，卻是漂浮在一片腐爛氣息的浮萍之上，當河水浸潤人心的時候，也是生命感到最空虛無依的時刻。此時，如果藉由腐爛的芳香氣息，藕斷絲連地想起一個人、一段往事，生命彷彿又找到了依附的救生艇，即使生活隨波逐流，週遭盡是未曾謀面的陌生人，靈魂也彷彿有所依憑。

「我喜歡看到陌生人。看他們一群群從我身邊走過。我們之間的距離最近的時候只有兩公分。可彼此的靈魂卻相隔千里。城市的生活給人的感覺總是冷漠。」新世代年輕男女踽踽獨行在冷漠的城市，與其說他們感到畏懼或孤寂，不如說感到好奇，更爲精準一點。「我是個好奇的人。小時候，我常常一動不動地看著別人的眼睛。那時候別人常對我父母說，這個女孩子一點都不怕生。長大以後，有很多人提醒過我，不能放肆地看別人的眼睛。尤其是對男人。因爲這對他們來說，可能是種誘惑。可是我已經改不過來。」當女主角進入回憶的時候，眼前這個處處是陌生人的城市裡，突然閃現初戀情人的身影，「一個高個子的男人走過來叫我，小安。我的嘴張了半天，終於叫出他的名字。你好你好。一個穿著粉紅色毛衣的女人微笑著跟在他的身後，他說，我的妻子，我陪她去醫院。我看到她的肚子。我連忙又說，恭喜恭喜。太客套了。我幾乎不想說話。」

敘述者在偌大城市，茫茫人海中，獨自面對六年來沒有見面的分手情人。失去緣分以後的再相見也算奇緣，因爲即使是在同一個城市裡生活，重逢的機會也已渺然。如果眞的碰巧遇上了，也只有認眞地看看對方，然後珍重地說道：「你要好好照顧自己。」眼看著這個男人把手搭在他的妻子的腰上，扶著她慢慢地走了。女主角內心浮現的畫面是「十六歲的時候，看完夜場的電影，他送我回家。」其後腦海中彷彿見到了，在黑暗的樓道上兩人沉默而激烈的親吻……。然而所有的溫柔甜蜜的回憶，在陌生的人海街道上，也只是凝固成一個平淡畫面，平時因爲壓抑得夠深，所以並不輕易想起，分手的原因往往屬於事後歸納的課題，總不外乎：「那並不是我理想中的愛情。」

安妮寶貝善於以淡漠的筆觸娓娓細訴關於城市愛情終點線的那道風景。她在〈無處告別〉裡，一開頭先描寫道：「我和這個男人一起等在街邊花店的遮陽棚下時，一場突然的大雨正橫掃這個城市。」當時，女主角聞到潮溼的冷風中有枯萎的玫瑰花香，並順著玫瑰花的氣息，作者帶領我們意識到故事背景是一場盛大的婚宴。然而，盛宴尚未開始，鮮花已經乾枯，憔悴得像是沒有靈魂的木乃伊。不是所有的植物都像眼前這乾涸的生命，作者隱喻著愛情的衰敗，也許源於男女相見伊始，但並非自始便毫無新鮮感。然而，令人感傷的是，找尋愛情的鮮醇美好，似乎只能從記憶中挖掘：「小時候，是一個有點古怪的女孩。最喜歡的事情，是一個人跑到湖邊的草地上去捉蝴蝶。那時寄養在郊外奶奶家裡。把捉來的蝴蝶都關在一個紙盒子裡。一天，一隻蝴蝶死掉了。恐懼地想到，這些美麗的生命都會離我而去。無法抵擋。」也許自敘者就是從那一刻起，意識到愛情也有其生命的週期，一旦死亡便不再復生。「在一個下午，跑到湖邊挖了一個洞，然後把還在撲閃著翅膀的蝴蝶一隻隻活埋。」

「最初的告別」成爲安妮寶貝書寫的主題之一，也是作者寫作城市愛情故事常見的淒涼心境的反映。更精確地說，兩人相識的最初，便是一生不免疼痛回憶的開始。那時「他正從隔壁的教室走出來。陽光細細碎碎地灑在他的黑髮上，那是一張明亮的讓人愉悅的臉。一直到死，我都是個會對美麗動容的人。那種疼痛的觸動，像一隻手，輕輕地握住我的心。」當時，女主角十四歲，出衆而又孤僻，總是在黃昏的時候，獨自在操場上跑步。更喜歡於暮色瀰漫的寂靜空闊中，遙望天空鳥群飛過。「我一圈又一圈地跑著，在激烈的風速中體會心跳的掙扎，直至自己筋疲力盡。」這樣的描寫，本身體現女主角的自我壓抑，對於心儀的對象——隔壁班的班長，溫和而潔身自好的男生——的自我抑制。也許是因爲她心裡清晰地洞見了將有別離的一天。「六年以後，林第一次來我家看我。他考上北方的大學，來向我道別。」三年中學生涯，兩人之間平淡而持續的書信往返，「對於我來說，這是一種無聲的潰爛。」外表平靜，內心卻隱含了無數激烈的想像。那段日子裡，每逢夏天晴朗的夜晚，風中就有盛開的薔薇花香。男孩淺藍的襯衣肩上也經常沾黏著飄落的粉白花瓣。「我伸出手去，輕輕拂掉他肩上的花瓣。林微笑地低下頭去。」

遙想當年，午後的陽光一如流水，窗外寧靜的空氣中，還有一株古老的櫻花樹。只要是在春天，「粉白粉白的花朵，開得好像要燒起來。」那時他們相信，總有一天會相吻。思緒逐漸回到枯萎的玫瑰氣息瀰漫的當下，過往的時光荏苒像風一般從指間滑走，平靜的生活裡只剩下，上班對著電腦工作，下班對著電腦寫稿。現在如果和一個陌生的男人一起聽音樂，還要不停地找話題，對他微笑，或是做個好聽衆。無論做什麼事，那都只會是一件令人感覺疲憊的事情。而當年在寂靜空闊的大操場上，沉浸在暮色的籠罩下，仰望天空中有鳥群飛過。只要想起隔壁班的男孩，那激烈的風聲和心跳迫人窒息，十六歲的少女在暈眩般的痛苦和快樂中，感覺到自己和鳥一樣，在風中疾飛。今昔對照，安妮寶貝眞正告別的對象，其實是自己年少的青春。

藏在大山裡的幽靜：鄉村歲月

除了今昔的對照，安妮寶貝也在小說裡鋪陳她對於城鄉生活差距的感受。

> 小時候，印象最深的事情，是到鄉下外婆家過年。記得村裡的祠堂，每年春節都會唱上三天的戲。全村的人都會聚在那個古老的大祠堂裡看戲。

在她的記憶中，外婆家祠堂門口是很大的一棵老樹，樹下面有人賣葵花子和黃蘿蔔，後者便是孩子們的零嘴。兒時的記憶裡，戲臺廣大而陳舊，臺上的人，穿漂亮的古裝，演才子佳人的唏噓愛情，使臺下的人則跟著長吁短嘆。因爲社戲的日子總是伴隨著熱鬧而溫情的節日氣氛，因此在女孩的記憶中留下了鮮亮的畫面。「外公常常帶我去看戲。那時我是從城市裡來的小女孩，穿整潔漂亮的衣服，和村裡活潑的孩子不同。」每一回到了深夜，社戲結束之後，城市來的小女孩都是趴在外公的背上昏昏欲睡。在她模糊印象中，曾經有很多人同時走在田間的小路上，那裡充滿了田野清香的泥土氣息，以及手電筒晃動的光影。偶爾會有人來撩蓋在女孩頭上的圍巾，仔細地看她的小臉，然後輕聲對外公說，是美的女兒嗎？「美是我媽媽的名字。媽媽是這個幽靜的藏在大山深處的小村裡，第一個嫁到城市裡去的女孩。」

外婆和母親的形象，成爲作者勾勒城鄉差異的具體輪廓。在山裡的歲月，「晚上我和外婆睡在她的大木床上，外婆的大棉被是用洗得很舊的潔白的棉布縫起來。她在燈下輕輕地唱讚美詩，然後在黑暗中祈禱。」外婆喜歡種植花草，在庭院和平臺上種滿了牽牛、太陽花、茶花、梔子和蘭花。每到黃昏，她便煮一大鍋的南瓜和紅薯，餵養豬圈裡的大母豬。此外，她還養了一些雞和鴨。記憶中，外婆心靈手巧，會做許多好吃的糯米糰子，有豆沙餡的、鹹菜筍絲餡的……。每逢過年的時候，她也自己炒花生和葵花子，又做紅薯片和凍米糖。這些都是鄉下常見的零食。夏季，外婆喜歡把菜瓜、西瓜放在井水裡。孩子們睡過午覺，即拿上來吃，那冰涼的滋味，使人難忘。晚上在屋頂平臺上放一張大涼蓆，仰躺著就能看到滿天星光。有時還可以看到流星。到那時，外婆就會搖著扇子說故事。「田園的安謐和恬淡，以及於大自然的無限貼近，是我心裡深刻的快樂。」相較於城市生活的疲憊不堪與情愛掙扎所留下的痛苦回憶，鄉村生活眞是歡愉的嘉年華。

有一次和外公一起去掏蘭花。外公帶著我爬上很高的山坡，一直在幽深的山谷裡走。野生的蘭花是生長在很寂寞的地方。外公說。那一次我在山頂看到山的另一面，是一個很大的水庫。安靜明亮。在太陽下就好像一面鏡子。映著藍天白雲，好像世外桃源。在竹林裡有清涼的山泉，有人削了竹筒，可以盛水來喝。清脆的鳥聲，在寂靜的風中迴蕩。

對於一個城市的孩子來說，能擁有這樣的童年經歷。我感覺是幸福的。

小女孩和外公一起去刨土豆、採番茄、摘豆子、趕著鵝群去吃草。那清澈見底的溪水之下有成群的小魚兒游動著……。

安妮寶貝長大以後，很少再有機會到鄉下享受田園生活，然而田園的樂趣對她的影響一直都存在。「很多時候，我都不像一個太純粹的城市女孩。性格裡有慵懶，恬淡的部分，喜歡植物，衣服只穿棉布，對自然的景色和季節的變換有細膩的感受。」這樣的自述與童年以來鄉村認同意識有密切的關聯。甚至於見到城市街道兩旁的梧桐樹被砍掉的時候，作者會不由自主地心痛起來。每當想起日後孩子們也許連稻子和麥子都不懂得區分了，那份喪失了對自然和生命感受的失落感，也讓她倍感惆悵。

居住在鄉村的時候，作者經常一個人爬到高山頂上，坐在大岩石上，感受著溫暖的陽光和寂靜的山風。遍野的映山紅和潔白的野山茶綻放在眼前。「我這樣會獨自坐很長時間。不需要任何言語和思想。」因爲在自然的懷抱裡，人們更接近於自己的靈魂，而當一個人從城市的喧囂塵煙裡出走，漫步在田野和山風之間，他就更能體會到靈魂的孤獨。此後，生活便不至於那麼輕易地將自我淹沒。

撒在心田深處：孤獨和心痛的種子

在夜裡享受風的溫暖，也是非常自我的事。安妮寶貝在〈一個春天的晚上〉描述獨自散步的眼中景、心中情。「走了很久，一直走到郊外的田野。月光像一些遺失掉的語言。灑在心的深處。」在城市裡住久了，許多內心的疼痛是無處傾訴的。所以城市裡的人們往往拒絕傾訴。唯有在告別的時候，大家會振作精神地說：「開心啊！大家都開心一點！」其實每天夜裡，網路上擠滿了睡不著覺的人，他們都被往事和寂寞淹沒了。心裡的話只能說給一個遙遠的人聽。這樣的感覺，像是在黑暗中接觸到一雙輕撫的手，既疼痛又溫暖。

一天當中，最孤獨的時光還在於黃昏的時候，作者經常選在這個引人落寞的時刻到熟悉的唱片行去尋找喜歡的 CD。「老闆已經認識我了。只要他的店裡有 IRISH MUSIC，就會買下來的女孩。」「帶著兩張心愛的 CD 回家去的感覺是快樂的。」而欣賞音樂也是非常孤獨的享受。那瞬間流瀉出來的其實也是房間裡的寂靜。「流水般的音樂突然把自己纏繞。清涼空靈。是風笛高亢憂鬱的旋律，帶著透明的無孔不入的宛轉。雖然已經很熟悉這樣的音色。但是心裡還是再一次的。疼痛起來。」深愛某一類型的音樂，都與天生氣質有關，也與私密的想像空間取得神祕的聯繫。「沒有任何理由地深愛著愛爾蘭的音樂。那片神祕的土地似乎蘊藏著無盡的傳說。天生的憂鬱氣質。但是在一些奔放的舞曲裡，卻又不羈而爛漫。」獨自聽著無法與人分享的音樂，安妮寶貝在〈音樂如水〉裡說：「我的沉淪，像一場沒有開始也沒有結束的愛情。只有自己的想像。是美麗的。也是孤獨的。」在一個悶熱的夏季夜晚，獨自與純粹的音樂相對的時候，感覺像是在陌生的群體裡，體會到自我的存在。

安妮寶貝以孤獨的情懷送走生命中的愛情，帶入童年時代和外公、外婆一同居息的山居歲月，她聽音樂，也獨自散步。此外，她也帶著一份孤獨感走過許多地方。而這些地方不外是城市和山村。她喜歡爬山，特別喜愛那些艱難和空洞的起落地形，及至攀登到達山頂的那一刻，她曾經強烈地感受到眼前的美景是個人所無法擁有的，於是在山頂的巨風中沉默許久，又在下山的時刻，重新體驗著回到最初的虛無。

「在不同的城市裡遊蕩的時候，夾在陌生人群裡可以體會它的獨特氣息。」從繁華的大街轉進冷僻的小巷，有時在菜館裡好好地吃上一頓，但也寧可花一個下午的時間，挑一家咖啡店靠窗的位置，坐在溫暖的陽光中，凝望著異鄉的塵煙與風情。其實在人們的內心深處都想走得更遠，只是有時受到很多限制，於是心裡始終有一個遠行的目的地，在沒有實現之前，反而是快樂的。因爲心在路途上，還未曾停歇。

安妮寶貝喜歡的城市之一是南京。「去中山陵的途中，大路旁邊有高而粗壯的梧桐。下雨的時候，綠色的大片樹葉會發出聲音。這樣幽靜的感覺，是在南京停留了很長時間以後，才有的體味。」體味一座城市，需要靜下心來，也需要孤獨。賞析像南京這樣典雅美麗的古城，其實是需要承受一定程度的迷醉，和迷醉過度之後凄清的倦怠。安妮寶貝引述其他作家對南京的評論：「說起它一貫的頹唐。曾經的紙醉金迷，秦淮河流淌過煙花般的糜爛和華麗。所以在此建都的朝代都不長久。異常脆弱地傾倒。在杭州建都的朝代也很短命。江南是皇帝的溫柔鄉，容易使他們遺忘烽火的危機，民衆的煎熬。對著湖光山色，只有了沉淪。就像有漂亮妻子的男人，總是容易缺乏上進心。有些美麗，遠觀賞心悅目。深陷其中，卻會疲倦。城市也一樣。」南京城的風韻使她思量過多，久而久之，竟有一種不能承受的重量感，壓抑在心頭。

然而提起武漢，安妮寶貝便又重新提煉出一股名之爲「沸騰」的感官意象，意欲走出疲倦感，好好地重整旗鼓，搖著筆桿迎接這座充滿商業氣息的城市。「一到晚上，霓虹閃爍，人群湧動。看過去燈紅酒綠的感覺。」她曾經在一個叫名「剪」時髦髮廊裡洗頭髮。那裡的生意特別好，有一幫年輕女孩子以普通話混雜著武漢話聊天。當地人把染髮叫做「上點顏色」。再從髮廊裡出來的時候，安妮寶貝的前髮已經被一名造型前衛的男人剪成了如同六歲女孩兒一般的瀏海。然後她在晚間乘著長江輪從武漢到九江，目的地是著名的廬山。透過玻璃窗，啜飲著咖啡，看著夜色中的武漢，心裡獲得平靜。「也許以後不會再經過這個城市。它在我的生命中出現一次。但是我卻可以記得它的夜色和咖啡。記得從江面上傳來的輪船鳴笛聲。記得豆皮和它的蹦蹦車。記得它永遠不會停息的沸騰生活。」

當安妮寶貝走在大連寬闊乾淨的大街兩旁，所有的法國梧桐葉子都落盡了。只有光禿的樹椏，凝肅地橫向天空。紅磚尖頂的房子與寂靜的大廣場映襯出成群鴿子的靈動。一大片黃色的樹林也和藍色的天空揉合成特殊的情調，那中間的媒介便是灑滿的燦爛陽光。間或有計程車在有坡度的街道上，飛快而輕聲地疾馳。安妮寶貝曾經撰文描寫過這座東北美麗的海濱城市，她說：「在街上拍的一張風景照，同事看了都說像歐洲的某個街景。」有時在路邊看到一幢紅磚尖頂的建築，立刻爲它古典和陳舊的氣息中所透出優雅韻味所吸引。「那時淡淡的冬日陽光剛好在空曠的大街上投下一片陰影。我用黑白底片和佳能的變焦相機把它拍下來，效果卻出奇的好。遠遠看過去的時候，它像一個電影畫面。有我喜歡的氣氛和味道。」

大連冬季的海岸也曾爲安妮寶貝所捕捉。「蔚藍寂靜的海面，有潔白的海鳥盤旋著飛過。溫暖而淡泊的陽光。」她是在老虎灘上看海，那時風很大，她站在堤岸上，任頭髮飛揚。卻不由自主地意識到「這片大海顯得非常男性」。她於是和幾個孩子一起爬到海邊的礁石上，心想如果是在夏天來，應該會有更多的樂趣！然而卻也是因爲正值冬天，大海特別給予人孤獨之感。「沒有喧囂，卻留下了沉思。」

值得形諸文字的城市還有西安。「從機場到達市區的時候，夜色一片黑暗。看到窗外掠過的建築老式而頹敗。雨水潮溼冰涼，但不阻擋我對這個古老城市的溫柔心情。」安妮寶貝珍惜那飛越千里而來，就是爲了觸摸它滄桑容顏的珍貴機遇。於是她不顧淋著雨，在一條偏僻的街道上獨行。偶然瞥見一處燈火明亮的小吃攤正在售賣餛飩和粉蒸肉。「矮矮的小桌子，圍著幾條簡陋的長凳。但熱氣騰騰的看過去很溫暖。」看來粉蒸肉的生意很好，許多騎著自行車路過的人都會停下來買了帶走。桌上有一碗乾的蒜頭，是準備讓客人用手剝了皮，直接放在嘴巴裡嚼。這樣的飲食習慣也讓作者印象深刻，因爲「在南方，蒜頭只有在做菜的時候才用。切得碎碎的，用來調味道。」儘管平時很少接觸攤頭，安妮寶貝到達西安的第一個夜晚，爲了感受到這個城市獨特的樸實陳舊的氣氛，那粉蒸肉和蒜頭的小攤就成了最好的開始。

安妮寶貝眞正的住所在北京，儘管如此，也是一年裡搬個三次家，亦不足爲奇。她曾經搬到亞運村附近的公寓。「很幽靜的居住區。紅磚牆面，老式的舊公寓樓。有大片花園和樹林。草坪很家常，能夠讓小狗和孩子在上面嬉戲。槐樹搭出一條綠蔭濃密的走廊，陽光從翠綠的樹葉間滲透下來。」石榴、桃、蘋果，還有許多不知名的黃色小花點綴得田徑而繽紛。樹木都很茁壯，並且常有老人在樹下支個小板凳，坐在那兒剝豆子乘涼。相較於曾經遊走的各大城市，安妮寶貝筆下的北京才眞正有了家的味道。

洗了床單，也可以放到花園裡去曬。陽光把棉布曬得香噴噴的。似乎又回到了童年時住在大院落裡的日子。一切都變得可親近。租下的房間，有乾淨的木地板和貼著碎花瓷磚的小廚房。推開窗，就能聞到風中樹葉和薔薇的清香。

花園裡種滿了薔薇。大蓬大蓬的豔紅，粉白的小花，一枝能開上近五十朵花。讓我想起故鄉的院子牆頭，一到夏天就探出來的大簇花枝。還有人種月季。枝莖粗壯，開出的花有碗口大。這些花開得轟轟烈烈，此起彼伏。如同一場盛大的演出。

找到這樣愜意的住所，一切都是爲了寫作。那是生活中唯一沒有變化的事情，唯有寫作。哪怕有時候一連寫上十個鐘頭；有時候只寫五分鐘。

天亮就該睡了

城市生活的麻木、感情世界的倦意、對於鄉間外祖父母的留戀，以及遊走在中國各大城市之間，貫穿安妮寶貝寫作風格的基調是那份強烈的孤獨感。她的母親在上海，身爲女兒卻選擇離開上海，獨自在北京尋找家的感覺。母親希望她有個家庭，那是期盼她結婚生子的意思，但這卻不是安妮寶貝心目中對於家的定義。「她擔心我獨自在異鄉，困頓脆弱。我笑笑，沒有話說。我們要對一個人產生與之相對一生的願望，多麼的難。」理由很簡單，因爲溫暖的男人太少了。「我們無法在與人的關係裡獲得長久的安全，一向如此。」而至於娛樂的激情，那已經是青春期的往事，而不是成年人的生活方式。回憶起中學時代隔壁班的男孩，以及陽光下的大操場，直到這一刻，才體會到自己的心已經有多麼疲累。

安妮寶貝曾經在越南的透藍大海中，看到一些翠綠的島嶼。「星羅棋佈，彼此隔絕，各得其所。這些島嶼沒有出口，也無法橫渡。」安妮寶貝直覺地理解到：我們的家就是我們的靈魂，身在繁囂的城市裡，也始終是一座島嶼，彼此隔絕，無法橫渡。這樣孤獨，也是各得其所，而形成了各自蒼翠和繁盛。

溫暖安靜的男人，乾淨的房間和一條小狗，有窗簾被大風吹起的映滿綠色樹蔭的露臺。失眠的時候，還可以彼此擁抱。以上純屬於幻覺中的薔薇島嶼，需要依靠想像來成就一個平凡的家庭。安妮寶貝的孤獨之感使她放棄了這份想像力。「我沒有對母親說，只有經濟不獨立或害怕孤獨的女人和男人，才會想用婚姻去改變生活，獲得安全。而對我來說，那已不是最重要的事。」「我過得很好。因為我知道我要什麼。我熱愛大海一樣的生活。有潮水，有平靜，但是始終一往無前。大海的孤獨，不會發出聲音。」現代都會男女彼此相愛，又選擇分離，所付出的代價也一律概括承受。「沒有人可以在生活裡同時謀求自由和安全。那是不可能的。」安妮寶貝面對自己的孤獨，體認得眞切。

每到凌晨四點鐘，花園樹林裡的鳥群開始嚣叫。一片清脆的音響，此起彼伏。天空是蒙上一層灰的郁藍，然後逐漸地清晰透亮。這時候早起趕車的人帶著微微的睡意，聽著身旁的人聲話語，猶似還在夢中，而新的一天已經展開在眼前。經過一夜的寫作和孤獨，安妮寶貝通常在此時走到露臺上，看著樓下沉寂的花園，感受到遠處馬路上隱約傳來的汽車聲音。這時城市開始甦醒了。天空的顏色一直在變化，好像有一塊藍布一點一點地被掀開，直到天色完全發亮，天際便出現一抹玫瑰紅。這又會是個明亮的一天。

此刻「天亮了。我也就該睡了。」安妮寶貝總是這麼說。

國家圖書館出版品預行編目資料

浮生情海——兩岸現代文學評賞／朱嘉雯著.
——初版. ——臺北市：五南，2016.08
面； 公分
ISBN 978-957-11-8717-4（平裝）

1.中國當代文學　2.文學評論

810.7　105013142

1XDJ

浮生情海——兩岸現代文學評賞

作　　者— 朱嘉雯（34.6）
發 行 人— 楊榮川
總 編 輯— 王翠華
企劃主編— 黃文瓊
責任編輯— 吳雨潔
封面設計— 吳佳臻
封面繪圖— 林明鋒
出 版 者— 五南圖書出版股份有限公司
地　　址：106台北市大安區和平東路二段339號4樓
電　　話：(02)2705-5066　　傳　　真：(02)2706-6100
網　　址：http://www.wunan.com.tw
電子郵件：wunan@wunan.com.tw
劃撥帳號：01068953
戶　　名：五南圖書出版股份有限公司

法律顧問　林勝安律師事務所　林勝安律師

出版日期　2016年8月初版一刷
定　　價　新臺幣380元